Les Retours de la mémoire

Hanna Krall

Les Retours de la mémoire

Récits traduits du polonais
par Margot Carlier-Tomerska

Albin Michel

« Les Grandes Traductions »

Domaine Europe centrale
Collection dirigée par Ibolya Virág

Édition originale polonaise :
HIPNOZA

Traduction française :

22, rue Huyghens, 75014 Paris

ISBN : 2-266-06023-5
ISSN : 0755-1762

Sommaire

Rosenfeld

Rosenfeld est revenu.

On l'avait vu à l'aéroport de Rome.

Entouré de malles, de baluchons et de valises, il y collait des étiquettes d'une main tremblante et distraite. Près de lui se tenait une petite femme blonde et deux enfants aux cheveux couleur de blé – et c'était bien la femme et les enfants de Rosenfeld. – Doux Jésus, criait-il, ce garçon, cette petite merveille aux yeux bleus, c'est mon fils, c'est Rosenfeld! Le père Daniel l'avait lui-même baptisé dans le lac de Génésareth.

On l'avait vu dans l'avion.

C'était un Ilyushin dix-huit, envoyé de Varsovie à la place d'un autre Ilyushin, plus solide celui-là, et le commandant Sylvestre avait demandé aux passagers de passer de la queue à l'avant, car l'avion n'arrivait pas à trouver son équilibre. – Voulez-vous qu'on pousse? proposa quelqu'un avec empressement. – Pas la peine rétorqua froidement l'hôtesse de l'air.

Le commandant annonça : « Mesdames et messieurs, nous venons de traverser la frontière polonaise. » Rosenfeld leva la tête, ferma les yeux, et des larmes coulèrent le long de sa barbe noire et crépue.

Rosenfeld pleurait de bonheur car il venait de traverser la frontière polonaise.

On l'avait vu à Lublin.

Il s'était installé chez son ancienne épouse, une femme grande, calme, avec des cheveux lisses coiffés en chignon. L'ancienne épouse offrit l'une des deux chambres de dix mètres carrés à Rosenfeld, à son épouse actuelle, à ses deux enfants, à ses sacs et à ses valises, puis elle prit une paire de chaussons rouges dans l'armoire. Rosenfeld mit ses chaussons rouges et, pour la deuxième fois de la journée, il prononça : « Je suis revenu. »

Il s'était séparé d'avec sa grande épouse sur l'avis des médecins : « Vous souffrez de sclérose en plaques. Pour combattre cette horrible maladie, votre vie a besoin de motivations nouvelles. Et quoi de plus motivant pour la vie d'un homme que des enfants, une nouvelle femme et une nouvelle maison? »

Ainsi disaient les médecins. Rosenfeld se devait donc de suivre leurs conseils et trouver une motivation.

Il la trouva dans le train de Zywiec. Elle avait des yeux bleus et environ quinze ans de moins que sa grande épouse qui ne produisait plus en lui de motivations suffisantes, mais qui, à peine sortie du tribunal après le divorce, l'avait emmené dans un magasin de vêtements pour lui acheter un pardessus ouatiné. L'hiver approchait, la future épouse attendait un enfant, et Rosenfeld allait devoir faire face à des dépenses importantes.

Deux ans plus tard, la sclérose en plaques le préserva de l'internement : « Incarcération possible uniquement dans des conditions hospitalières », avait écrit le médecin chez qui il avait été conduit depuis le Commissariat Central. Et trois ans plus tard, déjà en Israël, il s'avéra qu'il ne s'agissait pas de sclérose en plaques mais simplement de conséquences bénignes d'une encéphalite subie dans l'enfance. Ce qui pourrait expliquer un autre trouble chez Rosenfeld, à savoir : l'amnésie rétrograde.

C'est à cause de cette amnésie qu'il ne se souvient que de certaines choses, moins désagréables que d'autres, et dans le plus complet désordre. Il se souvient de son travail à Świebodzin qui consistait à collecter des cotisations parmi les membres du Parti Paysan Unifié. Il avait obtenu ce travail grâce à un militant paysan dont il avait connu la fille au café *Télimène*. A la suite de cette rencontre, la fille du militant donna à Rosenfeld une fillette, et le district de Świebodzin passa à la tête de la voïvodie dans la collecte des cotisations. Hélas, la guerre du Proche-Orient éclata et le président du Comité du Parti Paysan déclara : « Vous serez obligé, mon cher Rosenfeld, de condamner publiquement l'agression au cours d'un meeting organisé pour la population de Świebodzin. » Alors, Rosenfeld s'installa à Kielce où il était chargé de fournir à la ville des pièces détachées pour ascenseurs, ainsi que des câbles dûment attestés. C'était une drôle de mission car, durant les deux dernières années, personne à Kielce n'avait commandé une seule pièce pour ascenseurs, mais Rosenfeld l'ignorait, il prit un camion et se mit en route :

– Bonjour monsieur, dit-il, arrivé à l'usine d'outillage pour ascenseurs, dans le quartier de Służewiec, à Varsovie. Je m'appelle Rosenfeld. – Enchanté, répondit ledit monsieur, moi, je m'appelle Apfelbaum.

Il ne s'appelait peut-être pas tout à fait « Apfelbaum », mais certainement quelque chose dans le genre (ce qui, en 1968, devait sembler plutôt drôle à Varsovie, dans le quartier de Służewiec), en tout cas, Rosenfeld revint à Kielce le soir même, le camion rempli de pièces détachées.

Malheureusement, le mariage avec la fille du militant battait de l'aile. Malgré un succès incontestable dans la vente de câbles à Kielce, Rosenfeld s'installa à Wrocław. Il y fit la connaissance d'une charmante infirmière qui, quelque temps plus tard, trouva un poème de Rosenfeld dans une revue littéraire et écrivit une lettre au rédacteur en chef. C'est de cette façon que Rosenfeld apprit que son fils habitait près de Kraśnik et qu'il avait déjà six mois. Il se précipita dans la région de Kraśnik afin d'épouser la mère de son enfant, obtint un emploi à la bibliothèque municipale et fit un beau mariage... mais avec la bibliothécaire, une femme grande, calme, aux cheveux lisses coiffés en chignon.

Rosenfeld s'installa donc à Lublin. Il était ambulancier, conférencier dans un cinéma d'Art et d'Essai, et videur au restaurant *Le Populaire* où il lui fallait faire ses preuves. – Vous avez l'air bien trop intelligent pour vous mêler à cette populace! dit-il, le premier soir, à un client de trop. Cet argument se révéla être très efficace et Rosenfeld devint l'un des meilleurs videurs de la région de Lublin. Quelques mois plus tard, il publia son premier reportage dans la revue *Kamena* – un reportage sur le restaurant *Le Populaire*. Depuis, il écrivait des reportages, des chroniques et des poèmes. En 1981, le rédacteur Edward Borkowski fit paraître son poème sur Łódź dans *La Voix Ouvrière*. Quelques années plus tard, Rosenfeld rencontra ce même rédacteur à Rome, Via Nomentana. – Olek, dit le rédacteur, j'ai un problème. – Quel problème peux-tu bien avoir, Edward? demanda Rosenfeld. – J'ai une icône avec une parure d'argent à vendre. Rosenfeld pensa tout de suite au père Sergio qui était si bon pour lui, et qui lui avait même offert une machine à écrire électronique. Il est vrai que la machine ne possédait pas de caractères polonais, «ż», «ź», «ę» et «ą». – Mais à quoi bon me serviraient tous ces «ę» et «ą» dans ma poésie? se consolait Rosenfeld. Il se rendit immédiatement au *Centro Russia Ecumenica,* où l'on vendait des icônes, et où travaillait le père Sergio. – C'est lui qui a publié mon poème sur Łódź, expliqua-t-il. – Et combien veut-il pour cette icône? demanda le prêtre.

– Il n'y a pas de quoi. D'un geste nonchalant, Rosenfeld interrompt les remerciements du rédacteur. C'est le Bon Dieu qui m'a permis de te rendre la pareille.

– Ne penses-tu pas mêler un peu trop facilement le Bon Dieu à une affaire on ne peut plus banale? s'inquiéta le rédacteur.

– Je ne le mêle à rien, répondit Rosenfeld. De toute façon, Il est partout, pourquoi ne serait-Il donc pas sur la *Via Nomentana* au moment où tu passes avec ton icône?

C'étaient sans doute les poèmes sur la peur que Rosenfeld réussissait le mieux.

J'ai choisi pour demeure ma propre angoisse
je l'ai fouillée du regard c'est un F-3
37 mètres carrés
plus les toilettes à la nuit tombée je m'étale sur le divan...
...j'ai même un peu de place
pour me retourner de l'autre côté.

Ou bien :

calme-toi mon cœur grelottant
même si quelque chose te menace
on n'y pourra rien...
calmez-vous mes deux ventricules
aucun étranger ne piétinera mon avant-cœur.

Ou bien :

la peur m'habite et je suis tout petit face à ma peur
je crains de la nommer et il m'est si difficile
de devenir son ami...
nous sommes inséparables moi et ma camarade – la peur.

Ou bien :

je porte un habit de peur de moi-même
j'ai mis mon habit de bonnes manières avec ma bouche
édentée je souris au pouvoir
une révérence à droite une révérence à gauche le jour passe
après le jour tout va bien.

Après avoir trouvé la motivation dans le train de Żywiec, Rosenfeld aurait dû avoir moins peur.

En effet. Le mois d'août arriva, et un ami rencontré à Żywiec employa Rosenfeld dans une branche régionale du Syndicat, à la rédaction d'un bulletin destiné aux paysans. Depuis la collecte des cotisations du Parti Paysan Unifié dans la région de Świebodzin, le monde rural n'avait plus de secrets pour Rosenfeld qui s'était mis au travail avec beaucoup d'entrain. Malheureusement, le mois de décembre arriva très vite et Rosenfeld avait peur plus que jamais.

Après quelques interrogatoires successifs, Rosenfeld écrivit une lettre au général Kiszczak. *« Monsieur le Général,* disait Rosenfeld, *si vraiment quelqu'un doit m'interroger, je vous en prie, faites que ce soit quelqu'un d'intelligent. »*

Un mois plus tard, deux hommes se présentèrent devant sa porte. – C'est nous les intelligents. C'est ainsi qu'ils déclinèrent leur identité, tout en faisant comprendre à Rosenfeld qu'il vaudrait peut-être mieux pour lui de partir. D'où Rosenfeld conclut que rester vaudrait sans doute moins bien pour lui, et il décida d'émigrer. Bien évidemment avec sa femme aux yeux bleus et son petit garçon de trois mois, aux cheveux couleur de blé.

L'épouse aux yeux bleus reçut un vrai passeport polonais, le petit garçon aux cheveux couleur de blé reçut également un vrai passeport polonais, quant à Rosenfeld, on lui remit une feuille, genre bulletin scolaire, où il était écrit : « *Dokument podróży. Plutievoï dokumient.* Titre de voyage... » Au-dessous de cette inscription figurait une photo de Rosenfeld, noir et barbu, et l'explication suivante : « Le titulaire de ce document n'est pas citoyen polonais. *Vladietz nastoïashevo dokumienta... No polish citizen...* » Et cetera.

Rosenfeld se retrouva en Israël.

Il devint facteur, travailla dans une usine de chocolat, prit des cours de plomberie et balaya des gares.

Il dit un jour : – Je suis allé en Israël car là-bas, il n'y a pas de Polonais. Mais savez-vous ce que j'ai découvert? Que là-bas, il y a des Juifs.

Qui plus est, tous ces Juifs ne semblaient point émus par les origines de Rosenfeld, ni par ses poèmes sur la peur, ils voulaient seulement que les lettres fussent distribuées à temps, ou la gare correctement balayée.

Alors, Rosenfeld quitta Israël et partit pour Rome – tout comme autrefois de Lublin pour Zywiec, ou de Świebodzin pour Kielce.

La sœur de Rosenfeld téléphona au Vatican à un prêtre ami : en Israël, son frère avait contracté des dettes que son vieux père était obligé de payer après son départ.

– C'est exact, acquiesça calmement Rosenfeld. Mon père ne m'a jamais donné un sou. Il devrait plutôt m'être reconnaissant : à présent, il a payé sa dette et pourra mourir en paix.

Que Rosenfeld se soit trouvé au Vatican, rien de plus naturel. Il n'est pas étonnant non plus que, durant une année, le pape ait entretenu de ses fonds privés les quatre membres de la famille Rosenfeld. Car, où aurait-on pu baptiser les enfants de Rosenfeld, sinon dans le lac de Génésareth, et qui aurait pu entretenir la famille Rosenfeld, sinon le pape?

Rosenfeld est revenu.

L'ancienne épouse sortit les chaussons rouges, les habitués du bistrot *Au Bon Goût* l'accueillirent avec leurs habituelles gueules de bois et beaucoup d'émotion. Quant aux Juifs du pays – distingués et instruits –, ils écoutaient parler de Rosenfeld avec une certaine gêne et du dégoût. Bien entendu, ils acceptaient d'autres Juifs, mais d'un certain niveau tout de même. Des Juifs Allemands ou Parisiens, par exemple. Une Arendt, un Husserl, pourquoi pas? A la limite, les Jelinek de Vienne (médecin, peintre, soprano, producteur de liqueurs). Mais Rosenfeld? Le héros tremblotant de l'éternelle anecdote juive? Si seulement il s'était fait tailler la barbe. Ou bien ne se rongeait pas les ongles. Ou bien s'était fait mettre un dentier. Ou bien riait moins fort. Ou bien payait ses repas. Ou bien n'écrivait pas si impudiquement sur la peur. Un tel Rosenfeld est capable de casser l'image de tout Juif distingué, l'image si inlassablement édifiée sur ses propres ventricules frémissants.

Heureusement, tout est rentré dans l'ordre.

Rosenfeld est parti.

On l'avait vu à la Gare Centrale, à vingt et une heures vingt-cinq, dans le train Leningrad-Köln.

Les fenêtres étaient fermées. Derrière une vitre sale, les yeux et la bouche édentée de Rosenfeld paraissaient plus noirs que jamais.

La veille, quelqu'un avait dit : – Vous n'êtes pas revenu, monsieur Rosenfeld. Vous n'êtes qu'un touriste. Votre visa expire demain. Vous devez quitter la Pologne avant minuit. – Mais voyons, monsieur Rosenfeld, ajouta quelqu'un, vous n'étiez pas obligé d'accepter le « Titre de Voyage... »

Après cette conversation, Rosenfeld accompagna sa femme et ses enfants munis de leurs bons passeports aryens chez la famille, vendit sa machine électronique, le cadeau du père Sergio et acheta un billet.

– Mais, où dois-je donc revenir? cria Rosenfeld de derrière la vitre.

Pour la dernière fois, on l'avait vu à la fenêtre du wagon 256, sur le quai numéro 3.

Krieg ist schrecklich

(La guerre est horrible)

1.

Voilà ce que nous savons :

La fille était Allemande et s'appelait Gretchen.

Elle habitait un joli petit village au bord d'un lac, près de Grünberg, Zielona Góra.

Le village fut pris par l'Armée Rouge en janvier 1945.

En septembre 1945, Gretchen mit au monde une fille qu'elle appela Margarethe.

L'enfant était le fruit du viol commis sur Gretchen par l'armée victorieuse.

Deux ans plus tard, Gretchen mit au monde une seconde fille.

Gretchen et Margarethe partirent pour l'Allemagne.

La fille cadette fut laissée au village.

La fille cadette de Gretchen, sœur de Margarethe, avait alors quatre mois, et une double pneumonie.

Elle fut élevée par un couple venu de l'Est.

C'est tout ce que nous savons, le reste n'est que suppositions.

2.

Comment était Gretchen?

D'après une photographie récente, elle était jolie, quoique plutôt petite et menue. La clôture qu'on voit sur la photographie lui arrive à la poitrine; or, d'après les iris qui poussent dans le jardin, on peut supposer que c'est une clôture assez basse.

La photographie nous montre une dame âgée au sourire agréable et aux cheveux clairs, encore très épais. Gretchen était donc blonde.

Sauf si les cheveux de la vieille dame ont été teints, mais c'est peu probable, car les yeux aussi sont clairs.

Quelle était la couleur des yeux de Gretchen?

Bleus? Gris? Elle ne se souvient pas des yeux de la dame qu'elle appelle obstinément « madame Gretchen » car, au moment de leur rencontre, elle s'efforçait de ne pas la regarder. L'autre lui fit un sourire embarrassé; alors, elle leva le regard et vit dans les yeux de Mme Gretchen quelque chose de familier qu'elle avait déjà connu dans sa vie. – Ces yeux-là, on peut les apprivoiser, pensa-t-elle; mais elle n'essaya pas de les apprivoiser, ni même de les garder en mémoire. Elle ne rêvait que d'une seule chose : que cette première rencontre avec sa mère, la seule rencontre depuis trente ans, finisse le plus vite possible.

De retour à la maison, elle essaya de comprendre quelle était cette chose si familière aperçue dans les yeux de la vieille dame.

L'idée de son mari qu'elle y avait vu sa propre image, ses propres yeux gris-vert, éveillait en elle méfiance et aversion.

3.

Quel était le prénom de la fille cadette de Mme Gretchen?

Le père venu de l'Est apporta chez lui un baluchon avec un bébé souffrant de pneumonie, mais sans l'acte de naissance.

Les parents venus de l'Est l'appelèrent Térésa.

Elle porte ce prénom encore aujourd'hui, mais comment s'appelle-t-elle vraiment?

(VRAIMENT? Pourquoi le prénom donné par Gretchen serait-il plus vrai que celui des parents venus de l'Est?)

Eh bien, d'accord. Helga? Hilda? Dorothéa? Son mari, Walter, propose Lotte. En Allemagne, Goethe faisait partie des lectures obligatoires dès l'école élémentaire, mais est-ce que Gretchen avait pu lire *Les souffrances du jeune Werther* avant la guerre? Car, après la guerre... certainement pas, après la guerre, il y avait le front, les armées victorieuses, la pêche des cadavres, Margarethe... Il n'y avait plus d'hommes dans les villages allemands – ils étaient tous morts ou bien capturés par les Russes. Seules les femmes restaient et, une fois le front passé, leur occupation principale consistait à pêcher des cadavres dans les rivières et les lacs environnants. Là où habitait Walter, le futur gendre de Mme Gretchen, le futur mari de Térésa, les cadavres de la guerre arrivaient par la rivière Pergoła et croupissaient ensuite dans un charmant petit lac aux abords du village. Non, il ne pouvait être question des *Souffrances...*, ce n'était donc pas Lotte.

Mais, est-ce que la fille cadette de Gretchen avait un prénom? Valait-il la peine de donner un prénom pour quatre mois?

4.

Pourquoi Gretchen avait-elle laissé sa fille en Pologne?

Walter pense que ce n'était certainement pas par malveillance mais, au contraire, par amour et par crainte.

Walter, fils d'Ulrich et de Hildegarde, frère de Siegfried et de Horst, est originaire de Warmie, région lacustre de Prusse-Orientale. Après la guerre, quand la famille devait être expatriée, sa mère dit : « Attendez, je vais voir ce qui se passe », et elle partit à la gare.

Dans un des wagons bondés du train soviétique, elle

vit une femme en manteau de fourrure, la femme était nue sous le manteau, et elle tenait dans ses bras un enfant mort. La femme tendit l'enfant à la mère de Walter en la suppliant de l'enterrer : « N'importe où, disait-elle, même le long des rails », mais la mère de Walter recula, fit demi-tour et courut rejoindre ses propres enfants. D'autres gens prirent le cadavre et l'enterrèrent comme il faut, dans un cimetière, bien que la femme ne cessât de répéter : « N'importe où, même le long des rails », tandis que la mère de Walter arriva essoufflée à la maison et cria : « Nous ne bougerons pas d'ici! » Sans enlever le fichu de sa tête, elle sortit de la cave le reste d'eau-de-vie et courut chez M. Lipski, le maire d'avant-guerre, mais qui avait encore une certaine influence auprès du nouveau pouvoir.

– L'histoire de Gretchen, poursuit Walter, aurait pu être la même. Les wagons bondés, la famine, le froid, et la décision de laisser le bébé malade chez de braves gens. Décision dictée par l'amour et le désespoir.

5.

Elle aurait tellement aimé penser ainsi à Mme Gretchen. Qu'elle n'avait pas pu la prendre. Qu'il y avait la famine, le froid...

6.

Durant dix-huit ans, elle vécut dans la paisible certitude d'être la fille des parents venus de l'Est; un jour, un poète local qui travaillait à la centrale laitière et qui lui lisait des poèmes à haute voix, lui annonça : « Mais, au fait, tu n'es pas leur enfant. »

En ce temps-là, la Pologne grouillait de ces paisibles poètes locaux amoureux de filles plutôt quelconques et des poèmes de l'écrivain Stachura; elle pensa tout bonnement que son poète avait tout inventé pour les besoins de sa poésie. A tout hasard, elle demanda à sa mère : – Est-ce vrai que... La mère fondit en larmes en disant : – Gretchen... Elle s'appelait Gretchen... tu n'avais alors que quatre mois...

Elle ne posa plus aucune question, plus jamais. Peut-être ne voulait-elle pas faire de peine à sa mère, peut-être pour d'autres raisons inexplicables. D'ailleurs, rien n'avait changé dans sa vie, à part l'apparition du sentiment de précarité. Tout devenait incertain, tout pouvait être autre chose, signifier autre chose, se dérouler autrement.

Elle quitta le poète local.

Elle s'en alla du village.

Elle fit des études, se maria et eut un fils qu'elle appela Igor.

7.

Les parents venus de l'Est ne connaissaient pas Gretchen, elle comprit donc que ce n'était pas Gretchen qui avait confié le baluchon à l'homme venu de l'Est. Elle ignore comment il se l'était procuré, elle ne l'a pas demandé. L'a-t-il reçu? Trouvé? Peut-être était-il abandonné, déposé sur le seuil d'une porte? L'homme était facteur, il parcourait la campagne, quelqu'un aurait pu lui dire qu'il y avait un bébé à prendre.

Peut-être l'information venait de M. Jackowski?

M. Jackowski fit irruption dans sa vie en même temps que Mme Gretchen, l'année de ses trente ans. Un jour, la mère venue de l'Est l'appela au village pour lui annoncer qu'une personne arrivée d'Allemagne voulait les voir.

– C'est Gretchen, dit la mère.

Le lendemain, une voiture allemande amena deux dames allemandes, mère et fille, toutes deux élégantes, sveltes, maquillées; la plus âgée d'entre elles s'avança d'un pas rapide, énergique, vers la mère venue de l'Est, lourde, corpulente, sans maquillage. Elle dit : – *Grüss Gott, die zweite Mutter,* et elles devinèrent que cela voulait dire : – Que Dieu vous bénisse, l'autre mère! C'est tout ce qu'elles avaient compris. Elles restèrent ainsi debout, en se regardant toutes les quatre, ou plutôt toutes les trois, car elle essayait d'éviter les regards des dames allemandes; soudain, Mme Gretchen la regarda et lui sourit. C'est alors qu'elle vit dans les yeux de Mme Gretchen quelque chose de familier, qu'elle avait déjà connu dans sa vie.

Le jour suivant, elle rendit visite aux gens qui hébergaient les dames allemandes; c'était dans une petite bourgade près du village.

Au milieu de la pièce trônait une grande table autour de laquelle de nombreux convives étaient assis et chantaient des chansons allemandes.

Elle était assise entre Mme Gretchen et une femme mince au visage ridé, aux yeux noirs et aux cheveux noirs tressés derrière la tête. On lui dit que sa voisine de table était sage-femme. Elle comprit que c'était donc elle qui, il y a trente ans, avait accouché Mme Gretchen de ses deux filles.

L'assemblée devenait de plus en plus joyeuse et les chants s'élevaient de plus en plus fort.

Mme Gretchen lui dit quelque chose qu'elle ne put comprendre à cause du vacarme, mais aussi parce que Mme Gretchen parlait allemand.

– Qu'est-ce qu'elle dit? demanda-t-elle à la sage-femme.

– Elle dit que la guerre est horrible, expliqua la sage-femme à mi-voix.

Mme Gretchen prononça encore quelques paroles, un peu plus fort et puis encore... et elle comprit que Mme Gretchen répétait toujours les mêmes deux ou trois mots : – *Krieg ist schrecklich, Krieg ist schrecklich, Krieg ist...*

– La guerre est horrible, la guerre est horrible, la guerre est... traduisait la sage-femme, bien qu'elle fît signe de la tête qu'elle le savait déjà.

Ce fut tout ce qu'avait dit Mme Gretchen.

Elle passa la nuit au village. Ses hôtes lui mirent un édredon. C'était la première fois qu'elle dormait sous un édredon, elle avait chaud, elle ouvrit la fenêtre et vit la forêt.

Elle enjamba la fenêtre et courut vers la forêt.

Entourée d'arbres, elle pensa : « Mon Dieu, mais qu'est-ce que je fabrique? J'ai trente ans et j'ai un fils de cinq ans. » Elle fit demi-tour, regagna la chambre par la fenêtre et se blottit sous l'édredon.

8.

Le lendemain, la sage-femme lui annonça que M. Jackowski venait de mourir et qu'elle avait droit à une certaine somme d'argent.

Elle entendait prononcer le nom de « Jackowski » pour la première fois. Elle ne demanda pas qui c'était ni pourquoi il lui devait quelque chose.

La sage-femme expliqua qu'il s'agissait des économies de toute une vie, qu'on les avait trouvées sous le matelas de M. Jackowski, et que l'argent était à elle.

– C'est une somme importante, poursuivit la sage-femme, Gretchen dit que cela t'appartient.

– Je ne veux pas d'argent, répondit-elle. Je ne connais pas M. Jackowski. Dites au revoir de ma part à Mme Gretchen.

9.

Nous savons peu de choses sur M. Jackowski. Il a vécu solitaire dans le village, il s'est pendu, après sa mort on a trouvé une grosse somme d'argent sous son matelas.

C'est sans doute à cause de cette mort que Mme Gretchen était venue en Pologne.

Elle n'a pas demandé quel était le prénom de M. Jackowski. Elle ignore ce qu'il faisait de son vivant et pourquoi il s'est pendu. Elle ignore pourquoi Mme Gretchen est venue à l'enterrement. Elle ignore où il est enterré. Elle n'essaie pas de comprendre pourquoi elle a hérité de tout son argent.

10.

Douze années se sont écoulées depuis la mort de M. Jackowski. Mme Gretchen ne s'était plus jamais manifestée dans leur vie.

Walter, son mari, pense que si elle ne s'était pas manifestée, ce n'était certainement pas par malveillance mais au contraire par délicatesse. Pour ne pas détruire leur tranquillité, ne pas remuer le couteau dans la plaie, ne pas faire pleurer.

– Mais personne n'a pleuré, s'offusque-t-elle.

– Comment ça, personne? Et maman, n'a-t-elle pas pleuré?

– Non. Elle l'a saluée calmement, elle souriait même...

– Et toi? Tu n'as pas pleuré? Ce n'est pas bien, la réprimande son mari. Tu n'as pas agi comme il fallait. Il existe des situations où il faut savoir se comporter. Voilà qu'arrive une mère disparue, elle dit : « *Grüss Gott* »; il serait d'usage que sa fille verse quelques larmes pour les retrouvailles.

– Je pleure quand ma mère venue de l'Est chante des complaintes de Vilnius : « Cours vite, fillette, cours vers la tombe de ta mère car, à la maison, la marâtre prépare déjà un gros bâton. » Là, oui, là je fonds en larmes, mais pleurer après « *Grüss Gott* »?

11.

Walter dit que sa femme se sent frustrée. Car elle est Allemande. Car elle n'est pas Allemande. Car elle n'est pas Polonaise. Car...

– Une chose est sûre, dit Walter. Quand tout le monde aura quitté la Pologne : Polonais, Allemands, Juifs, Lituaniens... Quand il n'y restera plus qu'un espace vide, balayé par le vent emportant sur son passage des brins d'herbe ou de paille, des lambeaux de journaux et des restes de l'esprit collectiviste... Quand seules deux voix s'élèveront dans ce désert, celle de Mazowiecki et celle de Rakowski, « Y a-t-il quelqu'un? » vont-ils demander, car ils voudront savoir s'il reste encore quelqu'un à gouverner; c'est alors que résonnera une toute petite voix isolée : « Je suis là, il y a moi encore... ne fermez pas... » Et ce sera la voix de mon épouse, conclut Walter.

12.

La famille de Walter avait vécu en Prusse-Orientale : Les arrière-grands-parents à Königsberg, les grands-parents, les parents, les tantes et les cousins à proximité d'Allenstein, dans un domaine situé au bord de Kośno Fluss, la rivière Kośno; il y avait aussi Kośno See, le lac, mais eux, ils étaient du côté de Fluss.

Les premières à avoir quitté Kośno Fluss furent ses trois tantes, les sœurs de son père, que l'amiral Doenitz avait réussi à évacuer à temps vers le Danemark; la quatrième tante, Frieda, avait déjà atteint Königsberg avec son fils de deux ans.

Après les tantes, ce fut le tour du père. Il noya son fusil dans la rivière gelée et prit le dernier train pour Königsberg, où il essaya tout d'abord de trouver Frieda, sa sœur cadette. Les nouveaux locataires de l'appartement de celle-ci lui annoncèrent que Frieda et son fils étaient morts de faim durant le siège. Le père voulait savoir où se trouvait leur tombe et il apprit que Frieda n'avait pas de tombe, car d'autres affamés avaient dépecé le corps pour le cuire dans la soupe, et le manger. « Ce n'était pas les Russes, put-il encore confier à l'un de ses cousins, avant que l'armée victorieuse ne l'attachât à deux chevaux qui partirent dans deux directions opposées, ce n'était pas les Polonais... Ce sont de vrais Allemands qui ont mangé notre Frieda et son garçon... »

Vinrent ensuite les expatriations.

Puis, ce fut le tour de M. Lipski, celui-là même qui s'était arrangé pour faire rayer le nom de la mère de Walter de la liste des expatriés car bien qu'étant maire avant-guerre, il gardait toujours une certaine influence auprès du nouveau pouvoir.

Après M. Lipski, ce fut le tour de M. Głowiński, fils de Mme Głowińska, leur voisine, qui avait l'habitude de dire à la mère de Walter : « Prie en polonais, ma petite Hilde, car la Sainte Vierge ne parle pas l'allemand... » Le père de Mme Głowińska s'était fait connaître à l'époque des partages comme un irréductible défenseur de la polonité; le fils de Mme Głowińska émigra avec sa fille en R.F.A. où celle-ci se suicida, car quelqu'un avait rapporté aux Allemands qu'elle avait lutté pour que la Warmie et la Mazurie restent polonaises et que cette lutte lui avait même valu des décorations officielles en Pologne.

Après le petit-fils et l'arrière-petite-fille de l'irréductible défenseur de la polonité, ce fut le prêtre Kamiński qui partit en R.F.A. Le prêtre Kamiński avait jadis baptisé la grand-mère de Walter, celle qui avait eu une apparition durant son sommeil. Dieu était sorti de derrière les nuages et lui avait parlé : « *Mensch,* avait dit Dieu à la grand-mère – car contrairement à la Sainte Vierge, il savait parler allemand –, *Mensch.* Tu dois devenir catholique... » La grand-mère raconta son rêve au prêtre Kamiński, puis rendit l'âme, sans doute sous le choc, et le prêtre lui administra les derniers sacrements.

Après le prêtre Kamiński, ce fut le tour de la seconde grand-mère, toutes les sœurs évacuées par l'amiral Doenitz ayant été retrouvées, à part Frieda, bien entendu. La grand-mère âgée de soixante-dix ans partit rejoindre son mari âgé de soixante-dix-sept ans qu'elle n'avait pas revu depuis trente ans. Elle emmena avec elle une énorme valise remplie de terre de son jardin; dans le propret jardin allemand, elle sarcla les genévriers et les roses, répandit sa propre terre, y planta des pommes de terre et des carottes et poussa un soupir de soulagement : « Tu pourras enfin manger une vraie soupe de légumes, mon pauvre vieux. » Après la mort de son mari, la grand-mère éleva un tertre sur sa tombe; or, il s'avéra que tout devait être plat dans un respectable cimetière allemand. L'administration du cimetière rasa donc le tertre, mais la grand-mère revint le soir même avec une brouette, avec sa propre terre pour élever un autre tertre. La nuit, le tertre fut de nouveau rasé mais le matin, la grand-mère était déjà là avec sa terre... Après plusieurs semaines, l'administration du cimetière capitula, et c'est ainsi que, dans un respectable cimetière allemand, on peut voir une vraie tombe de Warmie, la seule avec un tertre.

Après la seconde grand-mère, le frère aîné de Walter, Siegfried, dit à sa mère : « Eh bien, maman... » et il partit.

Après le frère aîné, ce fut le tour de la mère de Walter. La voisine, Mme Głowińska, lui disait : « Prie en polonais, ma petite Hilde, car la Sainte Vierge... » et les employés de l'école où, bien qu'à la retraite, elle occupait un petit logement de fonction n'arrêtaient pas de lui répéter : « Si seulement vous saviez quel logement vous attend en R.F.A... Alors, madame Hildegarde? »

Après la mère, plus personne ne partit, car Horst, le frère cadet, mourut suite à une hémorragie cérébrale;

quant à Walter, il était justement occupé à faire l'agent de liaison pour un éminent militant de l'opposition clandestine.

Quand Horst tomba malade, Walter annonça au militant : « Excuse-moi, mais je dois te laisser tomber quelques jours », et il partit voir son frère, déjà inconscient, branché à des appareils qui pouvaient le maintenir ainsi en vie vingt ans encore. Il demanda aux médecins de débrancher les appareils car l'existence, privée de psyché, lui semblait indigne de la condition humaine; il enterra Horst au bord du Kośno Fluss, puis rejoignit son éminent militant clandestin qui l'attendait, coupé du monde.

Quand le militant sortit de la clandestinité, Walter prit place dans la queue devant un magasin de meubles pour acheter un ensemble de meubles de cuisine « Talia ». Malgré le grand froid, il attendit devant le magasin huit semaines durant, nuit et jour, et quand quelqu'un capitulait en essayant de partir, il criait scandalisé : « Vous voulez déserter! Vous priver de tels souvenirs? Ces quelques planches de bois et de contre-plaqué tomberont vite en morceaux, mais la fierté d'avoir résisté subsistera durant des siècles! »

Bref, ce n'est ni le profit ni les conditions matérielles qui importent dans la vie mais, comme l'avait enseigné le philosophe Henryk Elzenberg – que Walter relut après avoir acquis les meubles « Talia » –, le plus important c'est l'âme. Ce qui danse dans le cœur d'un homme comme la flamme d'une bougie.

La plaisanterie

1.

Quand il avait vingt ans, il commença à écrire un livre. C'était un livre sur l'enfance. Son enfance à lui avait duré sept ans, jusqu'à l'Insurrection de Varsovie. Ce livre, il l'écrit toujours. Depuis trente ans, il écrit le livre sur l'enfance qui a duré sept ans.

2.

Le monde qu'il avait décidé de décrire évoluait dans un appartement spacieux d'un imposant immeuble varsovien. Il y avait trois pièces : la chambre dorée aux murs couleur de miel, avec une étagère remplie de jouets dont un nounours avec des chaussures (en partant rejoindre les insurgés, le père emporta l'une de ces chaussures comme porte-bonheur); la salle à manger, immergée, selon sa propre expression, d'ocres éclatantes, et où les grands meubles majestueux semblaient être dotés d'une force intérieure, alors que les vitres des crédences offraient un refuge à la fragilité cassante de la verrerie; le bureau enfin avec sa bibliothèque morose, ses presse-papiers en forme de navires et les flots agités de quelques marines décorant les murs.

C'est précisément dans ce décor que s'était réfugié le monde qui allait devenir sa raison d'être.

3.

Au bout d'un an ou deux l'idée lui vint que le livre était terminé. Il le recopia, relut le texte dactylographié, mais quand il tourna la dernière page, il comprit que tout aurait dû être beaucoup mieux. Cela aurait dû être comme *Enfance* de Tolstoï... Ou bien comme Proust... Il était en quatrième année de droit. Puisque les études pourraient l'empêcher de continuer son travail sur le livre, il quitta l'université et se mit à faire des corrections. Hélas! Toutes les pièces étaient déjà peuplées de fantômes : la mère, belle et songeuse, arpentait le salon en attendant éternellement le père qui ne revenait pas, la tante débonnaire racontait des fables qui finissaient toujours mal; dans la chambre dorée, la grand-mère somnolait dans un fauteuil à bascule, tandis que la très dévouée bonne commençait à mettre la table. Tous ces fantômes, il les extirpait de force, par les cheveux, des plus petits recoins de la mémoire, des interstices du plancher, mais ce n'était toujours pas du Proust, malgré tout.

A cette époque-là, il était convoyeur à la Société Coopérative de Consommateurs de Varsovie. Puisque le travail l'empêchait d'écrire plus encore que les études, il réintégra l'université et obtint la maîtrise, avec mention très bien d'ailleurs.

Il devint conseiller juridique dans une grosse entreprise. Estimant que le mariage lui assurerait le calme indispensable à l'écriture, il épousa une camarade de faculté. Il acheta un chien, un basset allemand. Il fit des trous dans le mur en béton et y planta des chevilles pour fixer des étagères – ce travail ne le dissipait pas, au contraire, il favorisait sa concentration. Avec sa femme et son chien, il entreprit de longues promenades dominicales.

4.

Tout d'abord, il renonça aux étagères. Il avait déjà les baguettes découpées aux dimensions nécessaires, mais il devait justement décrire le jour où la tante avait raconté la fable sur la mort du rossignol. C'était la première fois qu'il avait entendu prononcer le mot « mort » et aussitôt décidé de trouver un métier où il ne mourrait jamais. Hors de question d'être aviateur ou marin, et même le conducteur de tramway ne semblait pas à l'abri du danger. Il demanda à son père dans quel métier on ne mourait pas, mais le père...

Puis il renonça aux promenades dominicales.

Vint enfin le jour où ils arrivèrent en retard pour le déjeuner de Pâques offert par ses beaux-parents. Il était déjà dans l'entrée, en habit du dimanche, prêt à partir, quand soudain il réalisa à quel point la présence de la grand-mère avec son fauteuil à bascule dans la chambre dorée l'agaçait. « Elle va certainement me réprimander à cause du vacarme, pensa-t-il. En présence d'adultes, on ne peut pas vraiment jouer... » Or, à sa grande surprise, la grand-mère ne lui fit non seulement aucun reproche mais qui plus est, elle ne daigna même pas le regarder. Il eut beau jouer le plus bruyamment possible, rien n'y fit, la petite vieille resta bouche cousue. Finalement, il s'approcha du fauteuil et jeta un regard furtif sur son visage. Tandis que sa femme sortait déjà les clefs de son sac, il observait la vieille dame assise dans le fauteuil à bascule et comprit soudain n'avoir encore jamais vu un tel visage chez un adulte. Il vit la maison abandonnée d'où tout le monde était parti, il vit de grandes pièces vides en enfilade devenir de plus en plus petites, s'échapper l'une après l'autre dans le gouffre du temps... « Tu viens? » demanda son épouse; alors, agenouillé devant le fauteuil de la vieille dame, il crut qu'elle ne lui adresserait plus jamais la parole.

Ils arrivèrent chez les beaux-parents à la fin du déjeuner de Pâques. La belle-mère pleurait, le beau-père gardait le silence. Après le retour à la maison, il annonça : « Désormais, tu vas y aller seule »; et il retourna auprès de la vieille dame au visage vide. Quand brusquement, il entendit sa petite voix frêle : « enfile-moi l'aiguille », il se sentit soulagé, enleva son costume de fête et prépara un bon thé bien chaud.

Puis il quitta l'appartement. Il loua une chambre et trouva enfin calme et inspiration. Quand tout son argent fut dépensé, il revint et demanda à son épouse de bien vouloir déménager chez ses parents pour quelque temps. Elle déménagea, mais dut vite revenir, car on venait d'instaurer l'état de siège et il fallait résider à l'adresse figurant sur la carte d'identité.

5.

Un jour, une amie de sa femme leur demanda d'héberger pour une nuit un militant clandestin. Ils trouvèrent un journal d'opposition avec la photo du militant, la regardèrent scrupuleusement, puis annoncèrent à l'amie que l'homme en question pouvait bien venir chez eux.

Le militant clandestin arriva le soir. Ils discutèrent tard dans la nuit, ils lui donnèrent même à lire un extrait des mémoires. Le militant clandestin fut surpris par la fréquence de répétition du mot « moi ». Ils allèrent dormir. Le lendemain matin, ils annoncèrent à leur invité qu'il pouvait rester chez eux plus longtemps.

Le militant clandestin passa chez eux plusieurs mois, il déménagea pour des raisons de sécurité, revint, resta quelque temps encore. Il était l'objet d'un avis de recherche. Tous les jours, il recevait des agents de liaison ou d'autres clandestins... Tout cela avait bien duré plusieurs années, car il était arrivé à l'époque où ils avaient encore le vieux chien paralysé et aveugle qui le dégoûtait un peu, et il était toujours là à l'époque du nouveau, le noir aux reflets dorés, qu'il prenait parfois sur ses genoux. A leurs questions sur le vrai sens de tout cela, il répondait qu'il ne le savait pas très bien, que tout cela n'avait peut-être pas beaucoup de sens – on finira bien par les cueillir tous tôt ou tard et ils seront incarcérés –, mais ils ne pouvaient agir autrement car sinon ils auraient trompé les espérances de tous ces gens qui avaient confiance en eux.

Il n'appréciait guère l'idée que le militant clandestin allait être incarcéré. Cela voulait dire qu'eux aussi le seraient, or l'idée de la prison lui était franchement insupportable. En prison, on ne donnait pas de bon thé chaud sans lequel il était incapable d'écrire. On ne distribuait pas de papier. Était-il possible de renoncer à écrire ses mémoires durant de longues années à cause d'un militant clandestin?

Il travaillait avec frénésie. Derrière le mur, dans une minuscule chambrette, le militant clandestin discutait avec d'autres clandestins; à la cuisine, l'épouse s'affairait en essayant de ne pas faire de bruit; quant à lui, il siégeait dans le salon, occupé à écrire ses souvenirs d'enfance.

Il aimait le monde dans lequel le transportait son écriture. Il s'y sentait en sécurité, il y était sans reproche; dans ce monde-là, il était sans reproche : personne n'exigeait quoi que ce soit de lui – qu'il fasse des études, qu'il gagne de l'argent, qu'il accroche des étagères, qu'il cache un militant clandestin... Dans les pièces spacieuses de cet autre monde il n'accrochait rien et ne cachait personne et malgré tout, il était sans reproche.

Auparavant, il essayait toujours de retrouver les moindres détails dans sa mémoire. Il procédait tel un chasseur qui chasse les oiseaux dans la forêt : l'oiseau tombait, il le soulevait, l'examinait en se délectant de chaque petite plume. Dès lors, il renonça aux proies nouvelles et décrivit toujours et encore les mêmes événements. La mère attendait le retour du père. La tante disait : « Mort? Qu'est-ce que cela veut dire? » La grand-mère demandait : « Enfile-moi l'aiguille. » L'homme tendait le pistolet. La mère attendait le retour du père. « Tu veux tirer? » demanda l'homme.

TIRER?

Tout d'abord, il ne reconnut pas l'homme, ne comprit pas ses paroles, mais voilà que doucement lui parvint à l'esprit une scène oubliée qu'il n'avait encore jamais décrite.

L'insurrection battait son plein.

Tout le monde restait caché à la cave.

La chambre dorée ressemblait à une énorme barricade.

Un homme de grande taille, en civil, avec un brassard blanc et rouge, lui tendit un pistolet : « Tu veux tirer? Eh bien, tire... »

Les Allemands résidaient dans la maison d'à côté. Ils avaient un excellent tireur d'élite qu'il était impossible de débusquer. Des heures durant, tout le monde se demandait qui réussirait enfin à le faire sortir de sa cachette et le tuer. Quand l'homme lui dit : « Tu veux tirer », il s'imagina aussitôt que ce serait lui, un garçon de sept ans, qui allait tuer du premier coup de feu un tireur d'élite allemand.

– Vas-y, dit l'homme de grande taille. Tiens-le bien. On appuie ici... Ici...

Avec le pistolet qui rentrait à peine dans sa petite main, il s'approcha de la fenêtre. A travers l'interstice entre le mur et le rideau, il vit le balcon de la maison d'à côté. Sur le balcon se tenait un homme. Il était penché, sans doute arrosait-il des fleurs. L'homme portait l'uniforme allemand. Il pensa que tout cela n'était qu'une illusion; à travers l'interstice, il ne pouvait certainement pas voir tant de choses.

– Alors? s'impatientait l'homme de grande taille. Tu tires?

Il leva le pistolet une deuxième fois, l'homme en uniforme allemand lui tournait le dos, penché au-dessus des fleurs.

– Mais je pourrais le tuer... murmura-t-il effrayé.

– Eh bien, tu le tueras, dit l'homme en riant.

Il se leva de son bureau et se dirigea vers la cuisine.

– Écoute-moi, dit-il. Je sais enfin comment terminer mon livre. Je viens de me rappeler une scène très importante. Après cette scène, il n'y aura plus rien, tu comprends? L'enfance sera terminée, le livre sera terminé...

– Très bien, se réjouit sa femme. Assieds-toi et écris.

– Comment puis-je écrire! éclata-t-il. Ils peuvent venir l'arrêter demain. (Cela se passait pendant une courte absence du militant clandestin qui devait revenir le lendemain.) Ils le mettront en prison. Ils nous mettront en prison. Est-ce que tu peux seulement l'imaginer? Moi, en prison, sans thé, sans papier, et avec cette scène que je ne pourrai écrire et qui doit terminer mon livre.

– Tu déménages encore? demanda son épouse.

– Non, répliqua-t-il. Cette fois, c'est LUI qui ne viendra plus ici. Va les voir... Dis que... Peu importe quoi, mais va les voir tout de suite. Quant à moi, je prends un congé sans solde, je me mets au travail et je termine mon livre.

6.

Il prit le congé sans solde et se mit à décrire la chambre dorée transformée en barricade insurrectionnelle.

Cela s'avéra plus difficile qu'il ne l'avait cru, car il ne se souvenait plus des détails les plus importants.

Où se trouvait l'énorme crédence marron qu'on avait transportée de la salle à manger?

Comment se sont éparpillées les miettes des verres en cristal qu'abritait la crédence?

Où gisait le nounours tombé de l'étagère? (Il gisait sans chaussures, où est donc passée la deuxième chaussure?)

Et les marines apportées du bureau? A quel endroit précis le tireur d'élite allemand a-t-il transpercé les flots agités?

Il ne se souvenait de rien. Un long et laborieux travail l'attendait.

Le militant clandestin ne revint plus jamais chez eux.

Un jour, au cours de sa promenade du soir, il entendit les jappements déchirants d'un chien et les cris d'une femme. Il se dirigea vers l'endroit d'où venait le bruit. Il vit deux jeunes gens. L'un frappait le chien, l'autre tordait les bras à la jeune femme.

Il cria : « Laissez-les! Mais, vous allez les laisser, enfin! »

Les deux jeunes abandonnèrent la fille et le chien, et se précipitèrent sur lui.

Il se souvient qu'ils avaient des bâtons.

Il se souvient d'être tombé dans l'herbe.

Il se souvient qu'en protégeant son visage de ses mains, il pensa : « Heureusement qu'ils portent des baskets. »

Il se souvient de la voix : « Tu vas le tuer... »

Et de l'autre voix : « Eh bien je le tuerai... »

7.

Il a quitté l'hôpital.

Il se porte bien.

Il n'a pas encore repris l'écriture de ses mémoires.

Il a l'impression d'avoir chassé tous les oiseaux, mais malgré leurs cadavres gisant épars à ses pieds, il n'a plus envie de se baisser pour les ramasser.

8.

Son auteur préféré est Conrad, son livre préféré *Lord Jim,* mais il ne croit pas que le fait d'avoir refusé son hospitalité... abandonné le militant clandestin, puisse rappeler la fuite de Jim du bord du « Patna ». Il ne croit pas non plus qu'il puisse exister un lien entre l'affaire du militant clandestin et la défense de la jeune femme et de son chien.

9.

Il croit qu'un jour il sera obligé de s'expliquer à propos de deux choses : sa vie et la mission qu'on lui a confiée. Chacun est investi d'une mission mais ne la perçoit pas toujours tout de suite. Parfois la tâche est confuse et il faut fournir beaucoup d'efforts pour en décrypter le sens.

Le Procès de Kafka n'est pas une métaphore du totalitarisme, comme le suggère Havel, cela eût été trop simple. Ce procès est destiné à chacun d'entre nous, car la vie n'est qu'une accumulation de pièces à conviction pour notre défense devant le tribunal futur.

Il devra donc rendre compte de sa vie : du fait d'avoir offensé sa femme, chassé le chien de ses genoux, refusé l'hospitalité au militant clandestin.

Et il devra rendre compte de sa mission, c'est-à-dire : ÉCRIRE.

A une condition, bien sûr.

Qu'en le voyant, Dieu n'éclate pas de rire en disant : « Écrire? Mais c'était une plaisanterie! Ce n'était qu'une plaisanterie que tu as prise au sérieux... Allons... allons... ne te fâche pas... Je l'ai fait par pitié... Pour que tu puisses vivre... Tu ne crois tout de même pas que tu aurais pu vivre ta vie sans écrire? »

Un roman pour Hollywood

1.

Une dame que je ne connais pas m'a téléphoné pour m'annoncer qu'une autre dame, qu'aucune de nous deux ne connaissait, voulait avoir un livre sur sa vie. C'est moi qui devais écrire ce livre.

– Est-ce que sa vie mérite d'être racontée? ai-je demandé, mais mon interlocutrice ignorait totalement la vie de la dame en question.

– Est-ce qu'elle va me payer? ai-je demandé. Mon interlocutrice ignorait également la situation matérielle de la dame; en revanche, elle m'a dicté son adresse. La personne au nom de laquelle elle me téléphonait habitait en Israël. Je lui ai écrit une lettre. C'était une lettre brève, précise, une véritable lettre d'affaires. « Il paraît que vous voudriez avoir un livre sur votre vie, écrivis-je. Si votre vie vaut la peine qu'on en fasse un livre, je l'écrirai, mais moyennant finances, bien entendu. »

Je n'avais encore jamais écrit de pareille lettre, mais je n'avais encore jamais eu de fille émigrée non plus. Ma fille et mon petit-fils habitaient depuis peu au Canada; or, un billet d'avion pour le Canada n'était pas bon marché. Et encore moins deux billets, en comptant celui de mon mari. Contre deux billets pour aller chez ma fille, ai-je pensé, je peux bien faire le nègre pour n'importe quelle vie.

« Faire le nègre », c'est ainsi que l'on nomme le service que je devais rendre.

A l'Ouest, c'est une activité fréquente chez les écrivains peu fortunés. On les appelle des « ghost-writers ». Des écrivains fantômes. Des « nègres » écrivant dans l'anonymat, sur commande, pour de l'argent.

En guise de réponse, mon éventuelle héroïne et patronne m'a proposé de venir en Israël.

Une conférence internationale consacrée à l'histoire et à la culture des Juifs polonais, à laquelle j'étais invitée, devait avoir prochainement lieu à Jérusalem; tout marchait donc à merveille. J'ai répondu à mon éventuelle héroïne que j'allais lui rendre visite après la conférence; ainsi, elle me raconterait sa vie, et je lui présenterais mes conditions. Si nous n'arrivions pas à nous mettre d'accord, cela ne ferait rien. Nous allions faire connaissance, prendre du thé ensemble, et nous dire gentiment au revoir. Peut-être même allions-nous devenir amies.

J'ai passé une semaine à Jérusalem. De temps à autre, je discutais au téléphone avec mon éventuelle héroïne. J'ai vite su qu'elle habitait en Israël depuis peu de temps, qu'elle y avait deux filles, et que, pendant la guerre, elle avait été à Auschwitz.

– On a écrit beaucoup de livres sur Auschwitz, ai-je dit sans cacher ma déception.

– Je sais, a dit mon éventuelle héroïne, mais j'y ai été différemment.

– On ne pourra rien écrire de mieux que Borowski ou Primo Levi...

– J'ai encore été dans d'autres lieux, a insisté mon *é.h.* (éventuelle héroïne).

Un jour, elle a téléphoné pour me raconter qu'au cours d'une réception, quelqu'un lui avait demandé si on leur changeait souvent les draps à Auschwitz. « C'était une toute jeune personne, a ajouté mon *é.h.* mais, tout de même... » (J'ai eu l'impression qu'elle était au bord des larmes.)

– Ne vous en faites pas, ai-je essayé de la consoler. Hier, une journaliste de Tel-Aviv a voulu qu'on lui épelle le nom de Mordechaï Anielewicz. Une toute jeune journaliste, mais tout de même...

– Vous voyez bien, a soupiré mon *é.h.*, et nous nous sommes tues.

La conférence étant terminée, je me suis rendue dans un kibboutz. Toute la journée, j'ai regardé des gens, des établissements industriels, des vergers, des étables, des habitations et des pièces de musée. Le soir, on m'a conduite, épuisée, dans la ville où habitait l'éventuelle héroïne de mon vrai faux roman.

Nous avancions dans les ténèbres, le long de jardins et de villas. Devant la maison numéro 98, je suis descendue de la voiture et j'ai sonné à la porte. Une dame âgée m'a ouvert.

Elle se tenait en retrait, dans une lumière blanche qui, tel un *sunlight,* faisait ressortir sa silhouette sur le fond noir. Elle avait d'épais cheveux gris, relevés en chignon, de grands yeux marron, un sourire hésitant et un regard attentif.

– C'est exactement comme cela que je vous ai imaginée, me suis-je exclamée. Je suis désolée, mais je tombe de sommeil.

Elle m'a servi du thé dans le salon beige, m'a indiqué la salle de bains rose, aux dimensions de la plus grande pièce de mon appartement varsovien, et m'a conduite dans la chambre à coucher blanche. Le lendemain matin, j'ai lu son rapport déposé au Mémorial des Déportés, Yad Vashem, à Jérusalem.

– D'accord, ai-je acquiescé. Cela peut faire le sujet d'un livre. Combien me payerez-vous?

– Combien demandez-vous?

J'ai mentionné la somme qui constituait l'équivalent

de deux billets d'avion aller-retour pour le Canada, plus le prix des communications téléphoniques pour le Canada également.

– D'accord, a approuvé mon *é.h.*, et j'ai pensé tout de suite, non sans quelque regret, que j'aurais pu demander une somme un peu plus élevée. – Vous auriez payé dix fois plus à un écrivain de l'Ouest, ai-je ajouté magnanimement (et c'était vrai).

– Je le sais, a dit mon *é.h.*, mais je n'ai pas assez d'argent pour me payer les écrivains de l'Ouest. Cette maison appartient à ma fille. Je vis de ma retraite. Pour vous rémunérer, je serai obligée de m'occuper d'une vieille femme aveugle et à moitié sourde, qui n'entend que les sons graves. Je lui parle avec une voix de ventriloque...

– Alors, votre situation est bien plus difficile que la mienne, ai-je dit sans cacher mon contentement. Mais pourquoi avez-vous tellement besoin de ce livre?

Elle avait besoin du livre pour en faire un film.

Le livre devrait devenir un best-seller mondial, et le film ne pourrait être tourné qu'à Hollywood.

Sa vie, disait-elle, était hors du commun, ses préoccupations étaient hors du commun; elle aimerait tant le raconter aux autres. Et puis, elle avait besoin d'argent pour pouvoir s'offrir plusieurs choses. Pour son futur appartement dans une résidence du troisième âge, pour aider sa fille aînée qui avait du mal à joindre les deux bouts, pour une opération de chirurgie esthétique, pour soigner son mari quand il deviendrait sénile...

– Mais, Madame, aucun de mes livres n'est jamais devenu un best-seller mondial, ai-je avoué consternée. A part un seul, peut-être, mais c'était l'histoire d'un homme qui a dirigé l'insurrection du ghetto de Varsovie. Il existe tout de même une différence entre vous deux. D'ailleurs, même ce livre ne m'a pas fait gagner beaucoup d'argent... Êtes-vous vraiment sûre que je suis la personne qu'il vous faut?

Elle n'était pas sûre du tout, mais elle n'avait pas le choix. Elle l'avait déjà proposé à un écrivain polonais célèbre vivant en Israël, mais il avait refusé. Il lui avait expliqué qu'il n'écrivait que sa propre histoire, pas celle des autres, et il lui avait vivement conseillé d'écrire elle-même.

– C'est extrêmement simple, avait-il expliqué. Prenons par exemple la scène où vous faites passer illégalement du tabac à Vienne, dans une valise en cuir noir verni. Vous entrez dans le compartiment, vous posez votre valise dans le rayon, et vous vous asseyez. Un instant plus tard, arrive un SS, grand et beau, avec une valise en croûte jaune. Il la pose à côté de la vôtre, et s'assoit en face...

– Et puis? avait demandé mon *é.h.* à l'écrivain.

– Et puis vous devez trouver la suite par vous-même, avait répondu l'écrivain. Vous avez là une énigme qu'il va falloir déchiffrer. C'est ça, la littérature!

– Mais dites-moi au moins ce qu'il y avait dans sa valise jaune! insistait mon *é.h.*

– Et comment puis-je le savoir? s'était fâché l'écrivain. C'est vous qui devriez le savoir, pas moi.

– Mais je ne suis même pas capable d'écrire à propos de ma propre valise noire; comment pourrais-je alors décrire la jaune, inventée?

– C'est ça, la littérature! avait répété l'écrivain en décroisant les bras. Et je vous en ai déjà assez dit comme cela.

C'est ainsi que s'était terminée la tentative de recruter pour Hollywood un écrivain célèbre. Il ne restait plus que moi. J'avais déjà écrit *Prendre le Bon Dieu de vitesse,* ce qui prouvait que je connaissais bien les Juifs, et un recueil de reportages *Six nuances de blanc,* ce qui prouvait que je comprenais aussi bien l'amour. Et il me fallait absolument comprendre ces deux choses-là pour pouvoir écrire un livre sur elle. Le livre qui lui permettrait d'acheter un appartement dans une résidence du troisième âge, de se payer une opération de chirurgie esthétique, et ainsi de suite...

A vrai dire, je me sentais un peu déçue de ne pas avoir été la première personne contactée par mon *é.h.*, mais j'ai vite fait le calcul consistant à multiplier mes honoraires par le cours du dollar au marché noir, de les diviser ensuite par le prix du billet au Canada et, selon le résultat obtenu, de réaliser qu'à condition de téléphoner moins souvent, et de vivre de manière plus économe, nous pourrions mon mari et moi aller deux fois chez nos enfants.

– D'accord, ai-je repété, je vous écrirai votre livre. Mais vous savez quoi? Nos points de vue sur la littérature divergent totalement. Celui de l'écrivain et le mien. Moi, je pense que la littérature, c'est tout à fait autre chose... Cela ne vous dérange pas?

– Non, a répondu mon *é.h.* A condition que cela donne un film pour Hollywood.

Je lui demande donc du papier et du café au lait, je me vautre dans le fauteuil beige et je lui pose la question suivante : Qui étaient vos parents?

2.

Le livre sur Isabelle R., c'est le vrai prénom d'avant-guerre de mon héroïne; actuellement, elle porte un autre nom et, en tant qu'auteur du livre, souhaite se cacher sous le pseudonyme « Maria Pawlicka », qui fut d'ailleurs l'une de ses nombreuses identités sous l'occupation nazie – donc, le livre sur Isabelle R., écrit pour moi, et non pour Hollywood, devrait commencer ainsi :

« Isabelle R., une petite brune aux jambes plutôt longues et aux cuisses qu'elle aimait bien définir comme " robustes et bien galbées " (trouvant sans doute que la longueur et la robustesse de ses jambes la rendaient plus grande), fit connaissance de son futur mari au cours de la première année de la deuxième guerre mondiale. Peu après leur mariage, on commença à élever le mur autour du quartier juif. Avant leur premier anniversaire de mariage, le mur fut fermé. Isabelle R., fille d'un chimiste propriétaire d'un grand immeuble au croisement de la rue Ogrodowa et de la rue Zelazna, dut apprendre à soigner les malades du typhus. Elle s'en sortait très bien. Dans la journée, elle travaillait à l'hôpital, la nuit chez les patients à domicile. Les patients à domicile mouraient aussi souvent que ceux de l'Assistance, mais dans des draps propres, entourés de leurs familles, avec le médecin à leur chevet; et elle préférait la mort luxueuse des riches à celle des pauvres à l'hôpital. Elle rentrait à la maison au petit matin. Elle voyait alors ceux qui n'avaient pas les moyens de s'offrir, non seulement les services d'une infirmière, mais même un enterrement. La famille les sortait de la maison, les posait sur le trottoir, et les couvrait avec des journaux dont on fixait les bouts à l'aide de cailloux, contre le vent. Plus tard, les charrettes des pompes funèbres effectuaient leurs rondes dans la ville en ramassant les corps, mais Isabelle R. rentrait à l'heure où les pompes funèbres ne travaillaient pas encore. »

C'est ainsi qu'aurait dû commencer mon livre, mais j'ai tout de suite compris qu'un tel début n'était pas possible, et ceci pour deux raisons : Premièrement, aucun lecteur américain n'aurait compris de quoi il s'agissait : quel typhus? quel mur? quels cadavres? Il aurait peut-être même fallu accompagner les mots « deuxième guerre mondiale » d'une parenthèse contenant les dates (1939-1945). Deuxièmement, avec ma façon d'exploiter les faits, j'aurais réussi à faire un reportage, sans doute pas trop mal, mais sur quatre-vingts pages seulement, alors que je devais écrire un gros roman.

– Un gros pavé, madame Krall, m'expliquait mon héroïne. Dans le genre *Ingeborga* de Kellerman. Vous ne l'avez pas lu? C'est le plus beau texte sur l'amour. Tout y est si sensible, son désespoir à lui, l'amour, la douleur... Vous saisissez?

Je saisissais.

Mais je savais également que je n'avais pas l'inspiration pour faire un gros pavé exaltant le désespoir et l'amour.

A mon retour en Pologne, j'ai téléphoné à Krzysztof Kieślowski. Il est devenu un metteur en scène de renommée mondiale et devait donc savoir comment écrire pour Hollywood.

Je lui ai raconté l'histoire d'Isabelle R.

– Pas mal, a-t-il dit. Les Juifs américains en ont plus qu'assez des Juifs-victimes, des Juifs-humiliés, allant gentiment à la mort. Ton héroïne lutte et gagne; c'est un sujet *en vogue* [1], tout ce qu'il faut pour un producteur américain.

– Dans ce cas, Krzysztof, sois gentil et écris-moi un début. Rien de bien long, juste quelques lignes, un scénario typiquement hollywoodien, pour que je puisse voir comment le faire.

Krzysztof Kieślowski est non seulement un homme du monde, mais aussi quelqu'un de très serviable. Il est donc rentré chez lui, a sorti de sa machine à écrire son scénario, puis a enroulé une feuille blanche et a écrit :

« Il avait des mains comme tirées de l'album italien dessiné par Léonard de Vinci. Comment Léonard a-t-il pu savoir que ce serait justement lui qui aurait de telles mains? Et comment savait-il qu'elle qui, depuis l'enfance, grimpait régulièrement sur la chaise – en l'absence du père – pour prendre l'album de la plus haute étagère et pour y admirer ces mains, elle allait les rencontrer et les toucher? Des mains fluettes, merveilleusement bien dessinées, aux longs doigts graciles qui iraient si bien avec le fin anneau doré, le plus fin de tous ceux qu'elle avait jamais vus, sur

1. En français dans le texte. *(N. d. T.)*

le doigt d'une tante décédée, vêtue pour le cercueil – rien qu'un tel anneau. Il lui irait tellement bien, car il serait à peine visible, sur sa peau couleur d'or. Elle n'était ni brune ni hâlée, mais tout simplement couleur d'or durant toute l'année, même en hiver... Ces mains étaient telle une décoration quand il les posait sur l'appui du fauteuil et, en ce moment même – sans qu'il s'en rende compte – ses mains sublimaient son bras à elle, sa main...»

Oui, c'était exactement ce qu'il me fallait. Avec sagacité, j'ai complété le texte par le décor du premier chapitre : le bois de bouleaux, la mousse brûlée de soleil et la lumière chaude, vibrant à travers les feuillages. « Il passa sa main sur son cou.. », ai-je ajouté; venait ensuite la description de la peau couleur d'or. Je me suis juste révoltée contre la tante décédée, vêtue pour le cercueil, et je l'ai biffée.

La description s'avéra prophétique, tout comme le croquis de Léonard de Vinci. Le mari d'Isabelle R., dont je fis la connaissance bien plus tard, à Vienne, avait des mains qui correspondaient parfaitement à la description faite par Krzysztof Kieślowski.

3.

Dès que je suis arrivée à la fermeture du mur dans le rapport d'Isabelle R., et que les rues commençaient à s'encombrer de cadavres couverts de journaux, victimes de la faim ou du typhus, qu'elle croisait à l'aube, j'ai pensé laisser tomber Hollywood pour la première fois. Il est fort possible que les Américains aient été capables de tourner un tel film – construire une maquette du ghetto, la peupler de gens amaigris, disposer des mannequins couverts de journaux le long des rues –, les Américains savent tout faire, mais moi, j'ai perdu l'inspiration indispensable pour un gros pavé. En revanche, je me suis mise à penser sérieusement à une tout autre chose. A savoir : quels journaux ont bien pu couvrir les cadavres du ghetto? Il en est question dans tous les livres de souvenirs; tout le monde mentionne ces journaux lestés par des cailloux, mais personne n'a encore jamais précisé de quels journaux il s'agissait. C'est sans importance, je le sais, mais tout de même, quels journaux? D'avant la guerre? Dans le ghetto, les gens changeaient plusieurs fois de domicile; il est peu probable qu'ils se soient encombrés de vieux papiers dans leurs déménagements. Édités sous l'occupation? Le journal polonais *Nowy Kurier Warszawski* se vendait dans le quartier juif seulement au début; très vite, son colportage fut défendu et on le passait en fraude du côté aryen pour un prix bien plus élevé. Est-ce que quelqu'un qui n'a pas les moyens pour un enterrement achète le journal au marché noir? Les bulletins parus sous l'occupation ne rentrent pas en ligne de compte : leur format était trop petit. Que pouvait-on couvrir avec un *Biuletyn Informacyjny* ou bien un *Ojf der Wach* de format A4, c'est-à-dire aux dimensions d'une feuille de papier à lettres? En la posant dans le sens de la longueur, on couvre à peine un bras, en laissant dépasser les doigts; dans le sens de la largeur, une main tout au plus.

Qui plus est, je me suis rendu compte que malgré toutes mes lectures, malgré mon livre sur Marek Edelman, je n'arrivais pas à imaginer le quotidien du ghetto, la vie quotidienne d'Isabelle R. J'ai demandé donc à Ruta Sakowska – la meilleure spécialiste polonaise du ghetto de Varsovie – de me conseiller une lecture appropriée. Elle m'a dit : « Peut-être *La Gazette Juive?* »

La Gazette parut en polonais durant deux ans, bénéficiant de l'autorisation de l'occupant; c'était donc un journal collabo que les honnêtes gens de l'époque ne lisaient pas, mais qui constitue aujourd'hui une précieuse source d'informations.

J'ignorais totalement que quelques annales aient pu

être préservées, mais Ruta les avait vues, reliées, à l'Institut Historique Juif.

Je suis allée à l'Institut. Je n'ai trouvé aucune trace des annales ni dans les catalogues de la bibliothèque ni dans les archives. Une rareté à l'échelle mondiale, les numéros originaux du journal du ghetto, et pas la moindre trace?

« Probablement, cela ne se trouve pas chez nous », m'ont annoncé les employés des archives.

– Mais si, ai-je affirmé. Ruta Sakowska les a vus.

– Mais certainement pas chez nous, ont répété les employés perplexes.

– Si, ai-je insisté. Et vous savez quoi? J'aimerais bien que tous les numéros m'attendent demain matin dans la salle de lecture.

Je ne sais pas ce que j'aurais fait si les numéros ne m'avaient pas attendue mais le lendemain, à huit heures précises, les numéros reliés de *La Gazette Juive,* ceux-là même qui ne figuraient dans aucun catalogue, étaient posés sur ma table. Auparavant, ils avaient été enfermés dans le placard de l'un des responsables de l'Institut, sans doute dans la plus stricte clandestinité et durant de nombreuses années, car Jarosław Marek Rymkiewicz, cherchant une documentation pour son livre *Umschlagplatz,* et moi-même, travaillant sur *Prendre le Bon Dieu de vitesse,* en ignorions l'existence.

La Gazette Juive, ai-je constaté, était imprimée sur grand format et sur huit pages tous les jours. Elle coûtait trente groschens, ce qui était un prix tout à fait accessible. C'était le seul journal publiant les petites annonces du moment, et bien qu'avec un sentiment certain de culpabilité, on le lisait. Serait-ce donc le journal à qui il était donné de remplir par la suite le rôle de linceul? Huit pages – deux gros feuillets...

La Gazette Juive publiait des informations neutres. Il n'y était jamais question ni de la famine, ni des déportations, ni de Treblinka. Bien au contraire. *La Gazette* devait calmer les esprits en témoignant de la normalité du monde.

Voici quelques-unes des informations qui servaient à couvrir les cadavres dans les rues du ghetto de Varsovie...

Sur le rationnement de la nourriture :

Au mois de mars, l'Office de l'Approvisionnement procédera à la distribution de 500 g de choux mariné et de 10 g de betteraves en conserve, en échange de talons de 51 cartes de ravitaillement de couleur jaune...

Attribution mensuelle de 4 kg de pain par personne, pour les employés des entreprises aryennes, une attribution spéciale de 2,6 kg de pain en plus – pour les personnes effectuant des travaux d'utilité publique...

Comme nous le savons tous, il n'y aura durant le mois d'avril de distribution de pain qu'en échange de bons comportant les numéros 3 à 8, les deux numéros du mois d'avril ayant été déjà utilisés durant la période précédant les fêtes.

Sur la définition de la notion d'« être Juif » selon le Journal Officiel du Zentral Government, numéro 48, première partie :

Est Juif toute personne dont au moins trois grands-parents ont des origines raciales purement juives.

Est considéré comme Juif toute personne dont deux grands-parents ont des origines raciales purement juives :

a) si le 1er septembre 1939, elle faisait partie de la communauté religieuse juive ;

b) si au moment de l'application du décret, elle était mariée à un Juif ;

c) si elle est le fruit de relations extra-conjugales avec un Juif, et si elle est née après le 31 mai 1941.

La notion de « métis juif » signifie...

Sur la saccharine kasher :

D'après l'ordonnance du rabbinat, il est permis d'utiliser de la saccharine durant la fête de Pâques, à condition que ses cristaux soient dilués dans de l'eau et filtrés à la passoire avant les fêtes.

Sur l'anniversaire de la destruction du Temple de Jérusalem :

Il y a 1870 ans que nous avons perdu notre pays. Nous avons perdu notre terre... Les tourments de l'Histoire poussent la barque de notre destin... Qui sait, est-ce peut-être vers un havre solide, durable,...? « Il reste seul, en silence », dit le prophète Jérémie à propos de l'attitude d'un peuple frappé par le malheur, « car il supporte dignement son sort... »

Sur les faits divers :

Une jeune fille de 17 ans, non identifiée, a trouvé la mort en sautant du troisième étage d'un immeuble situé au 13, rue Zamenhof.

David Feldmacher – domicilié 105, rue Gęsia – en sautant sur l'asphalte depuis le quatrième étage...

Sur le secourisme :

La pendaison. Couper immédiatement la corde du pendu et effectuer la respiration artificielle...

Sur les pompes funèbres :

Connu depuis de longues années pour ses activités, Nathan Wittenberg, secrétaire avant la guerre de la société « Le dernier service », vient d'ouvrir ses nouveaux bureaux de pompes funèbres, « Le dernier chemin », dont il assure énergiquement la direction au 23, rue Grzybowska.

L'entreprise juive de pompes funèbres « L'Éternité » a le plaisir de vous annoncer la mise en service des premiers corbillards à vélo de Varsovie, réalisés d'après l'idée originale du propriétaire de l'entreprise. Les corbillards à vélo, conduits par deux cyclistes membres du cortège funèbre, sont esthétiques et fort pratiques. Ils peuvent contenir quatre cercueils à la fois. De ce fait, les cortèges funèbres ne bloquent plus la circulation, et l'entrepreneur gagne du temps.

Dans la rubrique « Objets trouvés » :

Un enfant de sexe masculin, âgé de 4 ans, a été trouvé rue Zamenhof. L'enfant portait une feuille : « Mère malheureuse implore la miséricorde des gens, à laquelle elle croit encore. » L'enfant fut immédiatement conduit à l'orphelinat.

Sur le rabbin de Sasów :

Il dit un jour : « Si quelqu'un vient te demander de l'aide, fais comme si Dieu n'existait pas et comme si dans le monde entier, il n'existait qu'une seule personne pouvant l'aider, c'est-à-dire toi. »

Sur les cadeaux :

Le meilleur cadeau pour des employés du Service d'Ordre est sans aucun doute une chevalière joliment ciselée, avec la désignation du grade. Monsieur Jakubowicz, graveur, 65, rue Leszno.

Sur la mode :

Selon les dernières nouvelles qui nous parviennent de Londres, le haut-de-forme sera de retour pour les grandes fêtes. Vous qui êtes en possession de hauts-de-forme non utilisés, amenez-les vite chez Keller. A part la rénovation des hauts-de-forme, on y reprise les trous dans les pulls, les nappes et dans toute votre garde-robe.

Ni Aristote ni Socrate n'auraient pu imaginer que le plus sale des chapeaux peut devenir comme neuf; or c'est possible! Pour toute information, Keller...

Sur les brassards avec l'étoile jaune :

Afin d'éviter de payer une amende pour le port d'un brassard non réglementaire, munis-toi d'un brassard conforme aux normes en vigueur, un brassard en caoutchouc avec une étoile imprimée et indélébile, doté d'un système de fermeture très pratique.

Sur les voyants :

Voyant-psycho-graphologue éclaircit toute affaire, retrouve toute personne disparue. Prédictions stupéfiantes sur l'avenir.

Sur l'Alaska :

Des richesses naturelles non exploitées, et seulement 500 Juifs! Nous publions une étude sur la géo-structure de ce pays qui deviendra peut-être une nouvelle patrie pour beaucoup de nos lecteurs. Les rivières et les lacs de la toundra y sont riches en saumon...

Informations diverses :

Pour se débarrasser définitivement des punaises, utilisez des gaz sous garantie.

Vaccins contre la typhoïde, tarif réduit pour les réfugiés et les sans-abri.

Médecin israélite célibataire cherche une femme possédant l'autorisation d'émigrer aux États-Unis ou dans un autre pays d'outre-mer.

« Le Nouveau Azazel », théâtre : 72, rue Nowolipie – « Dieu de la vengeance », représentations quotidiennes.

Le vendredi 17 juillet 1942, nous allumerons les bougies à Varsovie, à 20 h 36...

4.

Quand Umschlagplatz et les transports commencèrent, Isabelle R. comprit pourquoi elle existait. Elle existait pour sauver son mari. Se sauver elle-même avec les autres membres de sa famille allait de soi, mais semblait moins important. La seule personne qui DEVAIT vivre, c'était lui. Difficile d'expliquer pourquoi. A cause de ses mains fluettes? A cause de ses cheveux raides et si épais qui lui collaient à la tête comme un casque d'or? (Il avait non seulement la peau couleur d'or, mais les cheveux également.) Ou bien sans aucune raison valable? Il devait vivre, c'était tout.

Isabelle R. quitta le ghetto la première, afin de préparer des cachettes. (C'est à Umschlagplatz qu'elle passa le dernier jour avant sa fuite; sa dernière nuit, du côté aryen déjà, elle la passa sur la cuvette des toilettes publiques, en frissonnant de peur à l'idée que quelqu'un puisse entrer et la découvrir.) Elle se rendit chez Zofia Romerowa, une amie de villégiature d'avant la guerre.

Zofia Romerowa ne fut ni surprise, ni effrayée en la voyant. Elle passa la main sur ses cheveux sales et ébouriffés et dit : « Ne pleure pas. Nous n'avons pas le droit de pleurer. » Elle dit NOUS. A Isabelle. Comme si quelqu'un qui essaye de se cacher dans un tonneau à Umschlagplatz, puis frissonne de peur sur la cuvette de toilettes publiques, valait la même chose que l'épouse d'un commandant polonais en captivité, l'épouse qui gardait une arme et des tracts dans le tiroir de sa table. Pour Isabelle R., une chose était claire : du côté aryen vivait une espèce de gens différents, des gens mieux, car leur vie était tellement meilleure, car on ne les conduisait pas sur la place, on ne les entassait pas dans des wagons et, grâce à ce petit mot NOUS, Zofia Romerowa l'associait à ce monde meilleur.

Le jour même, Isabelle R. rendit visite à son coiffeur d'avant-guerre, un homme de confiance, et devint blonde. Car malgré ses yeux noirs, elle espérait que la longueur de ses cheveux blond cendré et de ses jambes robustes allait détourner l'attention du plus rusé des mouchards. Elle revint de chez le coiffeur contente d'elle-même, entra dans la cuisine de Mme Romerowa – où le gardien de l'immeuble était assis – et, d'un geste désinvolte de blonde plantureuse, posa son sac sur la table.

– Mais voyons, Marie, la réprimanda Mme Romerowa, enlève-moi vite ce sac, tu le poses comme une Juive. Mme Romerowa lui expliqua plus tard que ces paroles avaient été destinées à déjouer les suspicions du gardien, si jamais il en avait eu, et que c'était donc pour son bien. Mais, depuis ce moment-là, chaque fois qu'Isabelle R. allait poser son sac, elle ne pouvait s'empêcher de penser – Est-ce que je le pose comme une Juive?

Après le départ du gardien, elle s'entraîna à poser son sac à la manière aryenne : par terre, sur le canapé, sur le tabouret, sur la chaise... A chaque fois, elle jetait un regard inquiet sur elle-même et sur le sac : l'a-t-elle posé comme une Juive? Plus tard, elle allait devoir s'exercer à apprendre d'autres comportements aryens : la marche aryenne, le timbre de voix aryen, et même la manière aryenne d'approcher le tableau noir (ceci déjà après la guerre, à l'école d'infirmières, quand l'une des camarades lança d'un ton badin : « Tu approches le tableau comme une Juive »), mais la toute première leçon eut lieu là-bas, dans la cuisine de Mme Romerowa. La visite chez Mme Romerowa influença incontestablement toute la vie d'Isabelle R. Car depuis cette visite, Isabelle R. décida d'appartenir au monde meilleur, le monde polonais. Et c'est au cours de cette même visite que ce monde-là la rejeta d'emblée par une remarque banale sur sa façon de poser son sac. Désormais, les choses devaient rester ainsi. Le désir de la polonité, et le rejet.

Après s'être métamorphosée en blonde plantureuse, Isabelle R. fit sortir son mari du ghetto; ils sortirent par les égouts, conduits par les ouvriers polonais qui travaillaient légalement dans le ghetto en démolissant les maisons. Elle fit aussi sortir sa mère, puis – toujours par les égouts – ses beaux-parents et sa belle-sœur. Pour ses beaux-parents, qui ressemblaient trop aux Juifs et parlaient mal le polonais, elle trouva un logement rue Nowy Świat, où il leur était interdit de se lever du plancher, de peur que quelqu'un pût les voir par la fenêtre, alors qu'elle-même habitait avec son mari et sa mère à Wesoła, dans une petite maison de campagne. La chambre voisine était occupée par une femme et sa fille; la fille était handicapée mentale, mais elle avait une très belle voix et chantait des chansons (le plus souvent, la berceuse de Brahms : « Demain encooore, si Dieu le veut, tu te réveilleras gai et en pleine santééé... ») dans le train Varsovie-Mińsk Mazowiecki, tandis que la mère faisait la quête avec une petite bourse de lin.

Un jour, Isabelle R. se rendait à la gare en vélo-taxi avec un gros baluchon rempli de draps. Dans la rue Aleje Jerozolimskie, ils furent arrêtés par un agent de police. Il dévisagea Isabelle R. d'un rapide regard de spécialiste et ordonna au chauffeur d'aller rue Chmielna. Il y avait un hôtel. Dans la chambre d'hôtel, le policier dit : « Tu es Juive, mais je ne veux pas te faire de mal. Déshabille-toi. » Ce ne fut pas un viol. Isabelle R. se déshabilla toute seule et rangea soigneusement ses affaires sur la chaise. Une fois dans le lit, elle regarda le policier enlever son uniforme et déposer le ceinturon muni d'un revolver. Alors qu'il était déjà couché sur elle, elle pensa qu'elle aurait pu déplacer son bras et saisir le revolver. Elle pensa que toute femme honnête, par exemple Mme Romerowa, l'aurait fait, mais elle ne bougea pas. Le policier termina, se rhabilla et dit : « T'as vraiment de la chance d'être tombée sur un brave type comme moi. » Il la salua militairement et partit. Elle se rendit à la gare avec son baluchon et prit le train. A mi-chemin, elle entendit s'approcher le chant de sa voisine : « Demain encooore, si Dieu le veut... ». Elle jeta dans la petite bourse de lin la grosse somme de cinq zlotys. Avec joie, car tout s'était passé si vite et qu'elle était tombée sur un brave type qui n'avait pas voulu lui faire du mal. Elle arriva à la maison, embrassa son mari, lui prépara le dîner, et c'est seulement quand il fut sorti qu'elle se lava et qu'elle changea de linge.

Mon héroïne m'a raconté l'épisode avec le policier sans gêne ni exaltation. Elle parlait ainsi de tout avec précision et simplicité, comme si elle avait elle-même oublié que je devais écrire un gros pavé. Parfois, elle me faisait penser à Marek Edelman – surtout quand elle essayait de comprendre son comportement à l'époque. Ou plutôt quand elle renonçait à comprendre, partant du principe, tout à fait juste d'ailleurs, qu'aujourd'hui on ne pouvait plus comprendre et qu'il fallait donc rester le plus précis possible. Cette retenue imperturbable face à TOUT CELA faisait qu'on avait l'impression d'être en présence d'un rideau transparent, invisible, existant pourtant entre elle et son passé – comme celui que Krystyna Zachwatowicz avait accroché au théâtre Stary pour les représentations de *Dibbouk*.

Nous étions donc assises dans le salon beige en buvant du thé et en grignotant des noix enrobées de chocolat, alors que derrière le rideau transparent Isabelle R. disait au revoir à sa meilleure amie, Basia Gajer, qui faisait confiance aux Allemands, affirmant que les Juifs détenteurs de passeports étrangers pourraient quitter la Pologne. Cela se passait à l'hôtel Polski, rue Długa. Basia portait un chandail multicolore, tricoté pour le voyage avec des restes de laine, et elle montra à Isabelle la nature du point et la doublure rose avec laquelle elle avait caché l'envers plein de nœuds. Quand, bien plus tard, Isabelle R. se retrouva à Auschwitz, elle reconnut tout de suite le chandail de Basia Gajer sur le dos d'une prisonnière, gardienne du pavillon de la quarantaine. Cela ne faisait pas l'ombre d'un doute, c'était bien le chandail de Basia, en bouts de laine multicolores, soigneusement doublé de rose.

Le matin, les Allemands encerclèrent l'hôtel. Ils divisèrent tout le monde en deux groupes : polonais et juif. Isabelle R. montra ses papiers aryens au nom de Maria Pawlicka et se mit avec d'autres Polonais qui étaient venus pour faire leurs adieux. Les Juifs furent transportés à Bergen-Belsen, les Polonais à la prison de Pawiak. Derrière le rideau transparent du cossu salon beige, plein de tableaux, de livres et de disques, apparut soudain la cellule de Pawiak avec ses vingt-quatre prisonnières. Tous les matins, après le petit déjeuner, elles lavaient le plancher à tour de rôle et, quand vint le tour d'Isabelle R., il s'avéra qu'elle ne savait pas laver. Vingt-trois femmes observaient avec le plus grand étonnement sa manière maladroite de plonger la serpillière dans le seau, de l'essorer, et elles demandaient : « Est-ce que tu n'as encore jamais lavé de plancher? » Conformément à la vérité, elle répondit que non, que c'était la tâche de la femme de ménage. Parmi les prisonnières, il y avait d'autres femmes fortunées, mais elles savaient pourtant bien laver les planchers et personne ne les regardait. Ce fait la remplit de frayeur, car elle était à nouveau différente des autres. Certes, elle n'avait pas de sac et ne risquait donc pas de le poser comme une Juive, mais elle avait constaté qu'une serpillière aussi pouvait être plongée différemment, et que sa façon de la plonger n'était certainement pas polonaise.

Le couloir de Pawiak était long, avec de nombreuses portes de cellules de chaque côté. Quand on les conduisait aux toilettes, elles pouvaient jeter un coup d'œil par le judas d'une cellule appelée juive. Isabelle R. y regardait à chaque fois. Un jour, elle y vit sa belle-mère qu'elle avait elle-même placée récemment dans l'appartement de la rue Nowy Świat. La belle-mère était assise le visage tourné vers la porte, comme si elle regardait sa belle-fille par le judas, et elle faisait « non » de la tête. Ce tic lui était resté à la suite d'une petite hémorragie cérébrale, il y a bien des années, et conférait à son visage un air de paisible stupéfaction. Le visage vu par le judas disait : « Je me trouve dans la prison de Pawiak, est-ce possible? »

Isabelle R. revint dans sa cellule. Il y avait deux nouvelles, deux jeunes prisonnières arrivées à Pawiak la veille.

– Qui était dans le transport avec vous? demanda-t-elle. Y avait-il un homme blond, grand et beau?

– Oui, répondirent les filles.

– Et comment était-il assis? demanda Isabelle R. Est-ce qu'il était assis avec les jambes écartées, les bras pendant tristement le long du corps?

C'est justement de cette façon qu'était assis le beau

blond, à côté d'un homme âgé aux cheveux gris. Mais il n'y avait pas avec eux de jeune blonde oxygénée.

Tout devint clair : on avait capturé son mari et ses beaux-parents; seule la belle-sœur avait réussi à s'échapper.

Isabelle R. pensa vouloir mourir, immédiatement, dans la cellule. Elle regarda autour d'elle. Est-ce qu'à ma place, se demandait-elle à propos de ses voisines, ces femmes auraient aussi souhaité mourir? Est-ce que les femmes qui savent essorer une serpillière peuvent mourir d'amour?

Elle ne savait pas quel rapport pouvait bien exister entre la serpillière et le fait de mourir d'amour, mais elle était persuadée qu'il en existait un. Les femmes de la cellule venaient d'un monde meilleur. Dans ce monde meilleur, on posait correctement son sac, on savait laver le plancher... Dans ce monde meilleur, on osait se saisir du revolver laissé par un agent de police... Dans ce monde meilleur, enfin, on survivait à la mort de son mari, car on vivait pour une cause. Était-ce donc de sa faute si sa seule raison d'être était de sauver la vie à son mari?

Le lendemain, on les emmena en promenade.

Au beau milieu du parcours, cinq femmes sortirent sur la galerie du bâtiment de la prison. C'étaient des femmes de la cellule juive. On les emmenait pour les fusiller. Parmi les femmes se trouvait sa belle-mère. Les Juives traversèrent la galerie, descendirent l'escalier et se dirigèrent vers la cour.

Isabelle R. fut saisie de peur. Si elles tournaient à gauche, sa belle-mère pourrait l'apercevoir. La reconnaître. Faire un geste. Sa belle-mère pouvait la trahir... Isabelle R. portait à son cou une petite médaille à l'effigie de la Sainte Vierge, que Mme Romerowa lui avait donnée le premier jour en lui disant : « Maintenant, tu es sous sa protection et rien de mal ne pourra t'arriver. » Isabelle R. serra la médaille dans sa main et se mit à prier. « Sainte

Vierge, priait-elle, fais qu'elle ne regarde pas par ici. Sainte Vierge, fais qu'elle ne m'aperçoive pas... »

Les prisonnières juives traversaient la cour; sa belle-mère allait à la mort, tandis qu'elle priait la Sainte Vierge pour qu'elles marchent vers cette mort un peu plus vite. Elle vit enfin le dos de sa belle-mère; les prisonnières disparurent derrière le bâtiment de la prison. Elle éprouva du soulagement. Un instant plus tard, elle entendit cinq coups de feu. Elle pensa : ils vont maintenant sortir mon mari pour le fusiller.

Deux jours plus tard, elle reçut un message codé de la part de son mari. Il s'avéra que la voiture avait transporté à Pawiak un autre beau blond, aux bras pendant tristement le long du corps.

De notre côté du rideau transparent, mon héroïne s'est levée du fauteuil pour allumer la lampe.

– Le matin, je ne voulais plus vivre, et quand ma belle-mère est passée, j'ai éprouvé du soulagement... Est-ce que vous y comprenez quelque chose, madame Krall?

Je n'essayais pas de comprendre, car une autre pensée occupait mon esprit. Je sentais monter en moi une émotion que je connaissais depuis bien longtemps, depuis le jour où j'ai commencé à écrire des reportages. Cette émotion se manifestait chaque fois que je me trouvais en présence d'un héros hors du commun. Quand je sentais le SUJET. Pendant qu'Isabelle R. me racontait comment, dans la cour de Pawiak, elle avait prié pour une mort plus rapide de sa belle-mère, moi je ne pouvais m'empêcher de penser que c'était une scène formidable. « Vous y comprenez quelque chose? » aurais-je pu demander à mon tour, mais je n'ai pas osé le faire; j'ai seulement demandé à Isabelle R. de me dessiner la cour de Pawiak. « C'est comme si ma description était plus importante que la mort », pensais-je confuse, tandis qu'Isabelle R. m'expliquait la topographie des lieux. C'est comme si elles allaient à la mort pour que je puisse le raconter...

De toute façon, essayais-je de me justifier, il faut absolument décrire tout cela. La belle-mère allant à la mort, la prière d'Isabelle... Et, puisqu'il fallait le décrire, autant le faire le mieux possible, pour que... si jamais quelqu'un le lisait... Hannah Arendt a lu tous les livres du monde; or elle n'a pas compris pourquoi les Juifs allaient résignés à la mort. Mais est-il possible de le décrire de façon que les gens comprennent?

Je me suis alors souvenue d'une anecdote que m'avait récemment racontée un compositeur ami, ancien prisonnier d'Auschwitz. Quand l'évacuation du camp commença, on disposa quelques centaines d'hommes par groupes de quatre, pour les conduire vers les wagons. Le premier groupe entonna *La Varsovienne,* que toute la colonne reprit aussitôt. C'est alors que les Allemands décidèrent de faire une blague et, à l'endroit où les chemins bifurquaient, ils dirigèrent les prisonniers non pas vers les wagons, mais vers la chambre à gaz. Les Polonais étaient en train de chanter : « Polonais, baïonnette au fusil! »; or, le premier groupe ne chanta plus les paroles suivantes : « Que vive la liberté, que vive la Pologne! » Le premier groupe se tut et se dirigea vers la chambre à gaz. Puis le deuxième groupe s'arrêta de chanter. Puis le troisième. A la fin, toute la colonne marchait – ne défilait plus mais marchait tout simplement, ou plutôt avançait en traînant péniblement les jambes – en silence, dans la plus grande torpeur. « Je ne pensais à rien, racontait le compositeur. Maintes fois, j'ai essayé de me rappeler à quoi j'avais pensé à ce moment-là, et je suis arrivé à la conclusion que je n'avais pensé à rien. Ni à ma femme, ni à mes parents. Mes jambes avançaient machinalement, mon corps se mouvait dépourvu de toute volonté. Quelques mètres avant la chambre à gaz, les Allemands ordonnèrent dans un éclat de rire de faire demi-tour. Les prisonniers gardaient toujours le silence. On les conduisit dans une baraque où ils devaient attendre le train. Dans la baraque, ils se jetèrent sur les paillasses, se couvrirent le visage avec les mains, et se mirent à pleurer. La baraque fut remplie des pleurs étouffés de quelques centaines d'hommes sauvés de la chambre à gaz. Depuis ce moment, dit le compositeur en achevant son histoire, j'ai compris pourquoi les Juifs se laissaient conduire à la mort. »

Peut-on en vouloir à Hannah Arendt de n'avoir jamais pleuré le visage caché dans la paillasse d'un lit de camp?

Peut-on comprendre la prière d'Isabelle R. sans avoir jamais traversé la cour de la prison de Pawiak?

Est-ce que le fait d'avoir décrit cette prière peut aider quelqu'un à comprendre?

C'est à tout cela que je pensais, pendant qu'Isabelle R., ayant fini de dessiner la cour, se levait de son fauteuil et me posait la sempiternelle question :

– Qu'allons-nous préparer pour le dîner, madame Krall?

5.

La vraie histoire d'Isabelle R. – celle qui aurait dû être le sujet de mon gros pavé – commence avec l'arrestation de son mari. Il fut pris en travaillant pour un certain Guépard qui faisait passer des gens en Hongrie. Le mari d'Isabelle R. conduisait les fuyards jusqu'à Cracovie, où d'autres passeurs les emmenaient vers la montagne; un jour, quelqu'un les dénonça à Cracovie, et le mari d'Isabelle R. se retrouva à la prison de la rue Montelupich. Avertie de ce qui venait d'arriver, Isabelle R. se rendit immédiatement chez Terenia, sœur de Mme Romerowa. Terenia tirait les cartes. Apprenant la nouvelle, elle sortit son jeu, l'étala sur la table et s'écria :

– Et voilà que le roi de cœur est sur le départ! (Elle estimait que le mari d'Isabelle ne pouvait être qu'un roi de cœur, car il était amoureux, marié et blond.)

Cette situation de départ précipité sortit souvent d'ailleurs dans le jeu par la suite. Il fut d'abord transféré de la rue Montelupich à Auschwitz, puis d'Auschwitz à Mauthausen, et enfin de Mauthausen à Ebensee. Les neuf de pique ou de trèfle sortaient souvent également et, bien que ce ne fussent pas de bonnes cartes, comme le disait Terenia, il n'y avait pas de quoi en faire un drame. Le pire était une suite de pique : roi, valet et neuf. – Oh là là, c'est un personnage dangereux, soupirait alors Terenia, tu devrais essayer de l'avertir... (« Le Gitan, trouva tout de suite le mari d'Isabelle, quand six semaines après la guerre, elle lui raconta ses présages dans la forêt d'Ebensee. Cela ne pouvait être que lui. Le capo le plus monstrueux de tout le camp. »)

Terenia lui tirait les cartes tous les jours.

– Eh bien, il y a quelques petits problèmes, mais il faut s'attendre aussi à une bonne nouvelle du voyage... Et, en effet, la bonne nouvelle arrivait sous la forme d'une lettre. D'Auschwitz, il est vrai, mais comportant tout de même un numéro où, en tant que Polonais, il pouvait recevoir des colis.

Elle lui envoya un kilo de sucre, un kilo de saindoux, une miche de pain, du lard, des oignons et du sel. Cela lui avait coûté cent vingt zlotys. Les colis étaient autorisés une fois par mois et, quitte à mourir, quitte à se vendre, elle devait se débrouiller pour trouver cette somme chaque mois, coûte que coûte.

Son mari et elle avaient eu l'habitude de déjeuner au « Bouquet ». C'était un restaurant très chic, devenu depuis la guerre l'endroit préféré de toutes sortes de fraudeurs et de contrebandiers, et où l'on proposait deux plats au choix aux clients moins distingués : des pâtes aux choux ou à la betterave. Elle prenait toujours des choux et son mari des betteraves, et le garçon qui les aimait bien servait à son mari une double ration de pâtes pour le même prix.

Elle entra dans le restaurant à l'heure du déjeuner. Le garçon lui servit des pâtes aux choux et demanda :

– Je sers tout de suite votre mari, ou vaut-il mieux attendre?

– Mon mari est à Auschwitz, dit Isabelle R. Et vous savez quoi? ajouta-t-elle. Je dois absolument le faire sortir de là. Et il me faut maintenant beaucoup d'argent. Vous me suivez?

Le garçon approuva de la tête.

C'était un vieux garçon de café, devenu un peu lent et qui souffrait visiblement de pieds plats, car il les posait en dedans comme tous les garçons de café du monde après de longues années de service. Il les aimait beaucoup tous les deux et couvrait parfois la double ration de pâtes d'une sauce à la viande bien épaisse.

– Est-ce que vous m'aiderez? demanda-t-elle.

Quelques jours plus tard, en lui servant ses pâtes, le garçon chuchota :

– Il vous attend là-bas.

Elle finit de manger, se leva et s'approcha de la porte qui abritait la chambre particulière de l'établissement *Le Bouquet*. Derrière la porte, un homme était assis sur un canapé élimé. Il était chauve, gras; ses jambes écartées soutenaient un ventre débordant que le gilet entrouvert ne parvenait pas à cacher. A part cela, il souriait gentiment car c'était un sympathique vieux monsieur, quoique un peu jovial, attendant une femme. Elle s'assit près de lui. L'homme promena la main sur sa jambe et lui releva la jupe. L'un de ses bas était filé sur la cuisse. Elle fit semblant d'être surprise, bien qu'elle le sût depuis une semaine déjà; l'homme lui caressa alors la cuisse et dit :

– Ça ne fait rien. On t'achètera de nouveaux petits bas.

Isabelle R. mit sa main sur la main du vieux monsieur et demanda :

– Est-ce que je vous plais?

Il s'attendrit : – Oh oui, énormément.

– Alors, ne m'achetez rien... Je ferai tout ce que vous

désirerez. De la manière qui vous plaira. Le nombre de fois que vous le voudrez. Et aussi longtemps que vous le désirerez. Mais j'ai besoin de beaucoup d'argent car mon mari est à Auschwitz et je dois le sortir de là. Êtes-vous d'accord pour un tel arrangement?

Ils se dévisagèrent, elle avec sa cuisse découverte, et le vieux monsieur sympathique à la calvitie rose, vêtu d'un veston gris en fil-à-fil. Le vieux monsieur n'avait sans doute plus la tête ni à ses bas ni à ses cuisses. Il répéta avec tristesse :

– A Auschwitz... dites-vous...

Alors, elle lui rendit son sourire, se leva, partit, puis croisant le garçon murmura :

– Hélas, monsieur Roman, ce n'est pas ce que je cherchais...

Elle passait tout son temps à chercher argent et protection. Elle croyait des gens qui la volaient ensuite, s'accrochait désespérément à toute personne lui inspirant confiance. Elle voyagea, fit de la contrebande, fut prise; on l'envoya en Allemagne aux travaux forcés, elle s'évada et entreprit ses recherches – envers et contre tout, en marge du monde qui n'était pas le sien, car c'était un monde meilleur. Elle savait que les Polonais souffraient aussi, mais leur souffrance lui semblait meilleure, au point d'être enviable. Sa souffrance à elle était pire, car elle-même était pire que les autres. Le monde entier la considérait comme pire, et il était peu probable que le monde entier se fût trompé dans son appréciation du bien et du mal, ou plutôt du meilleur et du pire. Le monde devait avoir raison. Elle était pire que les autres, donc déguisée. Elle avait changé de nom, de couleur de cheveux, de manière de poser son sac, et ce n'est que dans ce déguisement que le monde l'acceptait. Et, puisqu'il la préférait déguisée, cela voulait dire que la personne qu'elle incarnait était sans aucun doute meilleure qu'elle-même.

D'Auschwitz, le mari d'Isabelle R. fut transféré à Mauthausen. Mauthausen se trouve en Autriche. Isabelle R. décida donc de se rendre à Vienne. Elle commença à prendre des renseignements auprès de ses amis. Quelqu'un connaissait une adresse, quelqu'un d'autre lui dit : « Je connais une personne travaillant pour l'Organisation Todt. » Ce fut un très bon tuyau, car l'organisation effectuait des travaux de construction pour l'armée allemande et de ce fait délivrait des titres de mission sûrs et très appréciés.

Isabelle R. retira son titre de mission pour la Dalmatie, promettant en échange de transmettre à Vienne juste un petit colis de tabac. Elle transmit le tabac et comprit aussitôt que cela ne valait pas la peine d'aller en Dalmatie. Il fallait plutôt rentrer à Varsovie et ramener à Vienne beaucoup plus de tabac. Avec l'argent du tabac, il fallait ensuite acheter de la soie italienne. Avec l'argent de la soie vendue à Varsovie, elle aurait assez d'argent pour faire sortir son mari de Mauthausen, et peut-être même pour payer un logement à sa mère, à son beau-père et à ses belles-sœurs et satisfaire à ses propres besoins... Elle fit la navette plusieurs fois – quatre ou cinq. A chaque fois, elle transportait vingt-cinq kilos de tabac en feuilles rangées dans sa valise; elle revenait avec de la soie, cachée dans une chemise de nuit, toujours dans la même valise en cuir noir verni. (C'était la valise dont elle avait parlé à l'écrivain, et près de laquelle un beau soldat SS aurait dû poser la sienne, en croûte jaune.) Un jour, elle avait rendez-vous avec un membre de l'Organisation Todt, à Vienne, au *Prückel-Café,* mais, au lieu de la personne attendue, elle vit arriver deux hommes qui la prirent par les bras et la conduisirent à la Gestapo.

Isabelle R. fut accusée de collaboration avec l'Armée de l'Intérieur, ses voyages à Vienne étant soi-disant en rapport avec le séjour du général Anders en Italie.

C'était une accusation on ne peut plus absurde, car

travailler pour l'armée polonaise dans la clandestinité était la dernière chose qu'Isabelle R. pût imaginer. La résistance polonaise n'était pas son affaire. Son seul but était de sauver la vie de son mari; or, militer dans la résistance ne pouvait que lui nuire. Si l'Armée de l'Intérieur avait voulu aider son mari, elle aurait volontiers fait quelque chose pour eux mais, puisqu'il ne les intéressait pas, elle non plus ne se préoccupait ni des agents de liaison, ni du général Anders, ni de leur armée...

Ils commencèrent à la frapper normalement, sur le visage, tout en la questionnant sur le général Anders et l'Armée de l'Intérieur. Ensuite, ils la frappèrent de façon que sa tête cognât le mur après chaque coup. Puis ils la pendirent au crochet, suspendue par les bras tendus en arrière et enchaînés...

Des locaux de la Gestapo viennoise, elle fut envoyée à Auschwitz. Elle se retrouva à la Quarantaine; au bout de trois mois – il n'était pas question d'y rester plus longtemps, car son mari l'attendait à Mauthausen –, elle aborda le docteur Mengele sur la rampe, lui expliqua qu'elle était infirmière et demanda à être incorporée au prochain transport. (C'était la période de la liquidation du camp dont parlait le compositeur entonnant *La Varsovienne*; les prisonniers partaient dans des wagons surchargés, mais chaque train avait son infirmière, tels étaient les ordres!) Le docteur Mengele, un homme beau et courtois, lui fit passer un bref examen sur la rampe.

– Quelle différence y a-t-il entre une hémorragie artérielle et une hémorragie veineuse? demanda-t-il. Elle le savait, car elle avait suivi des cours d'infirmière en soignant les malades du typhus dans le ghetto.

– Combien de fois respirons-nous par minute? Le docteur Mengele continuait à poser ses questions. Elle ne le savait pas et prit peur.

– Quel est le nombre de battements de cœur par

minute? poursuivit-il, tel un professeur indulgent qui n'aime pas sacquer un candidat à l'examen.

– Cela dépend, répondit-elle, si l'on a très peur ou pas.

Le docteur Mengele éclata de rire. Elle vit alors que ses dents de devant étaient légèrement écartées. *Diastème,* se souvint-elle de ses cours à l'école d'infirmières. Ce petit interstice s'appelle *diastème...*

Elle partit avec le transport, quittant ainsi Auschwitz pour Guben. A Guben, elle vola le manteau d'une ouvrière allemande et prit la fuite (son mari l'attendait à Mauthausen). Elle se retrouva dans un autre camp, Schwetig am Oder. A Schwetig, on la désigna pour le départ à Auschwitz, mais elle n'y parvint pas, Auschwitz ayant été libéré le jour même. On les conduisit vers l'Ouest. Elle s'échappa en route (son mari l'attendait... et ainsi de suite). Par Berlin, elle réussit à atteindre Vienne où elle travailla comme infirmière dans un hôpital militaire allemand. Au mois d'avril, les Russes entrèrent à l'hôpital.

– No, siestra, katoreï SS? lui demanda l'officier.

Elle savait bien qui étaient les SS, car elle leur changeait les pansements tous les jours, mais elle répondit : – Je n'en sais rien.

– Tu peux te venger, maintenant, lui expliqua l'officier quand elle lui dit qu'elle était polonaise et lui montra son bras avec le numéro d'Auschwitz. Alors, qui sont les SS?

– Je ne sais pas, répéta-t-elle avec une obstination qui l'étonna. Je peux te dire qui n'a pas d'yeux ni de bras, mais j'ignore complètement qui est SS.

Les soldats partis, elle enleva sa coiffe d'infirmière, rabaissa ses manches, et quitta l'hôpital en courant. La deuxième guerre mondiale était terminée.

Elle retrouva son mari dans les baraquements d'Ebensee, à la montagne, au-dessus de Mauthausen.

– Cela fait six semaines que la guerre est terminée, mais où étais-tu enfin...? l'accueilla-t-il avec un ton plein de reproches, bien qu'elle fût la première épouse arrivée dans le camp. Puis il lui chuchota à l'oreille :

– Personne ici ne soupçonne que je suis... que nous sommes...

Elle approuva de la tête : – Pour moi, c'est pareil. Et tout restera ainsi. Désormais, nous serons toujours polonais...

Ils sortirent de la baraque.

Elle lui raconta toutes les disparitions. – Il n'y a plus personne, dit-elle, et elle se mit à énumérer : ses parents, ses beaux-parents, ses quatre sœurs, son neveu, son beau-frère... En le disant, elle pliait les doigts d'une main d'abord, puis de l'autre et quand il ne resta plus aucun doigt, elle en redressa deux, l'index et le majeur : Mais nous vivons, toi et moi. Je savais que tu allais survivre. J'ai tout fait pour te sauver... (Ce fut la première fois qu'elle prononça les mots « pour te sauver ». Plus tard, elle le disait bien plus souvent : que s'il avait pu survivre aux vingt-deux mois d'un camp aussi dur que Mauthausen, si des cinq cents hommes travaillant à la construction du camp d'Ebensee, seuls seize avaient survécu, et que si lui s'était trouvé parmi les seize, c'était bien grâce à elle; c'est la force de son amour pour lui qui l'avait fait vivre. – Je l'ai porté en moi comme une femme enceinte porte en elle son bébé, se confia-t-elle un jour à Mme Romerowa, mais Mme Romerowa lui dit : – Ne le lui dis pas. Ne lui répète plus jamais qu'il a survécu grâce à toi...)

Ils retournèrent en Pologne. Ils gardèrent naturellement leur identité aryenne. Son mari créa une entreprise de tissage, elle s'inscrivit à une école d'infirmières. Ils baptisèrent leurs deux filles et allèrent, comme il se doit, tous ensemble à l'église. Un jour, son mari reçut une convocation à la police. Sur le bureau de l'officier, il vit quelques feuilles jaunies. Ce n'était pas des documents concernant le tissage. L'une des feuilles s'avéra même être l'original du certificat de mariage de ses parents à lui; une autre, la déclaration d'impôts de son père à elle. Son mari toucha les feuilles avec précaution, comme s'il avait peur qu'elles puissent se désagréger entre ses doigts, mais l'officier le rassura :

– C'est du bon vieux papier, capable de supporter un tas de choses... Alors, ajouta-t-il en poussant un soupir, quand allons-nous enfin reprendre nos véritables identités? Il est plus que temps, monsieur Pawlicki...

Peu après cette conversation, ils remplirent les formulaires exigés et les déposèrent au bureau des passeports. L'employé leur demanda leur nationalité.

– Polonaise, répondit-elle.

– Et vos parents?

– Polonais.

– J'ignorais qu'un couple de corneilles puissent donner naissance à un aigle, ricana l'employé.

Au Ministère, on les informa que, pour obtenir leurs papiers dans les plus brefs délais, il fallait marquer « nationalité juive ». Ils marquèrent « nationalité juive » et, une semaine plus tard, reçurent des feuilles aux dimensions d'un bulletin scolaire ornées de l'inscription « Titre de voyage ». Sous l'inscription, on pouvait lire l'explication suivante : « Le titulaire de ce document n'est pas citoyen polonais. »

Ils s'établirent à Vienne. Leur fille cadette, celle qui en Pologne ne manquait jamais la messe du dimanche et ne buvait même pas d'eau les jours de jeûne, partit passer ses vacances dans un kibboutz. Au retour, elle annonça qu'elle allait s'installer en Israël avec son fiancé. L'aînée partit passer des vacances chez la cadette et ne revint plus. Ils habitèrent donc à Vienne, sans leurs filles, loin de la Pologne et du monde qui avait été le leur; une seule chose n'avait pas changé, son amour pour lui.

Elle était toujours aussi prévenante, aussi tendre et soumise, toujours prête à se sacrifier. Elle était peut-être même encore plus prévenante, acceptant encore plus de sacrifices, car il ne lui restait qu'un seul objet d'amour, son mari.

Un matin, Isabelle R. entra dans la cuisine. Elle prit une boîte de café et aperçut une feuille pliée en quatre, posée sur la machine à coudre, à côté de la marque « Singer ». Elle mit la cafetière en route, chaussa ses lunettes et commença à lire. C'était une lettre de son mari. Dans la lettre, il l'informait qu'il la quittait pour toujours.

« Je pars et je ne reviendrai plus jamais, écrivait son mari. Je te paierai la somme de cinquante dollars par semaine. Je paierai aussi l'appartement et les notes de téléphone, à condition qu'elles ne soient pas exagérées. Jean. »

Elle partit pour Israël. Elle s'installa dans la maison que sa fille aînée et son gendre avaient achetée et aménagée pour elle. Elle vit seule. Son mari lui téléphone rarement. Elle ne fait plus semblant d'être polonaise. Savoir si les autres la prennent pour une Polonaise ne fait plus partie de ses préoccupations. Elle a pu constater quel soulagement c'était de ne plus se demander si les autres... Elle se dit qu'elle devrait être très heureuse sans faire semblant, sans se poser de questions... Et elle est heureuse; dommage seulement que son mari téléphone de plus en plus rarement, et toujours à propos de leurs filles.

Son mari souffre d'une insuffisance rénale, il est sujet à la dépression, il a déjà eu un infarctus et doit se faire opérer de la prostate. Tôt ou tard, il devra être dialysé, ses problèmes coronaires s'aggraveront, les dépressions deviendront de plus en plus fréquentes... Alors, il lui reviendra; quelle chance qu'elle soit infirmière! Les reins, le cœur, elle s'y connaît, elle vient même de commencer à apprendre la dialyse... Son mari pourra bénéficier des soins de la plus grande qualité.

6.

J'ai écrit mon livre. Exactement comme il aurait dû l'être. J'ai envoyé le manuscrit. Pas de réponse. Quand enfin, le téléphone a sonné, j'ai entendu une voix hésitante :

– C'est curieux, madame Krall. Je n'arrête pas de lire et de relire votre manuscrit. Je l'ai déjà lu quatre fois... Je ne suis pas convaincue, madame Krall. Il faudrait que nous en discutions.

Nous en avons discuté à Vienne. Tout d'abord, au *Prückel-Café,* puis dans l'appartement de son mari.

Le *Prückel-Café* était l'endroit où elle avait été arrêtée par la Gestapo. Elle me montra la table à laquelle elle avait été assise en attendant l'homme de l'Organisation Todt : au-dessous d'un miroir, face à la porte, près du palmier. Le miroir était toujours là, la table et le palmier également... Elle dit :

– J'étais assise face à la porte, et c'était là mon erreur. Il aurait fallu avoir le dos tourné.

– Ils vous auraient vue dans le miroir. Vous n'auriez gagné que quelques secondes.

– C'est juste.

Nous étions assises à proximité de ladite table, à côté de la fenêtre, et nous mangions un strudel aux pommes avec de la crème Chantilly. Le strudel était chaud, la Chantilly froide – c'était le meilleur gâteau que j'aie jamais mangé de ma vie. Nous dégustions donc le délicieux strudel, tandis que mon héroïne m'expliquait par où la Gestapo l'avait emmenée.

– Nous avons tourné à gauche, là-bas, me montra-t-elle à travers la fenêtre, nous avons marché en direction du canal, puis nous avons tourné à gauche une deuxième fois, je vous le montrerai plus tard. (Plus tard, elle m'a montré un monument et une plaque commémorative informant que c'était ici qu'avait siégé la Gestapo, et que de nombreuses personnes y avaient été torturées et assassinées...)

– C'est un tout petit roman, madame Krall, déclara-t-elle subitement. – Au lieu d'un gros pavé, un tout petit livre.

– C'est comme ça qu'il doit être, expliquai-je. Le livre sur Marek Edelman était encore plus court. Soixante pages en moins, un tiers. Et c'était tout de même un livre sur les insurgés du ghetto...

– Tout cela a été si horrible, continua-t-elle, comme si elle n'entendait pas mes paroles, mon désespoir, mon amour, mes larmes,... alors que dans votre livre... A peine quelques phrases, est-ce tout?

– Plus le désespoir est grand, moins il faut de pages, ma chère Isabelle.

– Je vous ai raconté tant de choses... Je pensais que vous alliez en faire un bon usage. Elle parlait avec de plus en plus d'assurance et le ton de sa voix devenait de plus en plus revendicatif.

Je sentais la colère monter en moi. Mon héroïne se comportait comme une cliente qui aurait confié un tissu à sa couturière en espérant une toilette sophistiquée avec des plissures, des fronces, des volants et des falbalas, alors qu'on lui présente une robe simple et discrète.

– Plus la matière est riche, plus la forme doit être simple, répétai-je en d'autres termes. Je vous aime beaucoup, madame Isabelle, ajoutai-je, mais vous manquez de goût. Ou plutôt..., me corrigeai-je, vos goûts sont anachroniques. Trop traditionnels...

Le lendemain, je me rendis à l'appartement de son mari, où elle s'était installée pour quelques jours, le temps de son séjour à Vienne. C'était un bel appartement ensoleillé, loin du centre-ville.

Son mari n'était pas encore rentré du travail.

Je regardai tout autour. Les murs de toutes les pièces étaient couverts de photographies. Les unes en noir et blanc, les autres en couleur, mais refaites d'après des photos en noir et blanc. Les photographies représentaient des femmes – certaines d'entre elles étaient brunes, d'autres blondes, mais toutes étaient sereines, souriantes, jeunes.

« Les sœurs de mon mari, expliqua Isabelle R. Celle-ci, c'est Tusia, celle-là Hela... A vrai dire, les sœurs s'appelaient Estera, Chaja, Nechama et Sarah, mais à la maison on leur avait donné des prénoms polonais : Tusia, Hela, Halina, Zosia... » Je les connaissais toutes à travers le récit d'Isabelle R. et son vrai-faux livre.

Zosia. La plus jeune des sœurs s'était mariée à Lvov, et elle périt la première.

Tusia et Hela. (Hela portait une robe d'été coloriée en rose et une petite toque sur les cheveux, également coloriée en rose; elle avait des cheveux dorés, des épaules bronzées et une taille fine, mais on ne le voit pas sur la photo.) Elles se suicidèrent après la mort du mari d'Hela. D'abord, elles avaient empoisonné l'enfant, puis elles avaient pris elles-mêmes du poison. Isabelle les avait vues pour la dernière fois quand elle était venue chercher sa mère à Chełmno. Hela ne cessait de lui répéter : – Sauve-les. Sauve ma mère, mon père, ma sœur... Elle ne demanda rien pour son frère, tant elle était sûre que sa belle-sœur allait le sauver de toute façon. Isabelle R. lui en voulait. Elle était si blonde, si jolie, elle ressemblait si peu à une Juive, et elle n'avait même pas essayé de s'en sortir, alors qu'Isabelle, avec ses cheveux teints, ses yeux que le policier n'avait eu aucun mal à reconnaître de loin, dans le vélo-taxi, elle, était chargée de vivre et de les sauver tous.

Simon, le fils de Tusia. Il avait tout juste six ans. Elles lui tendirent du poison. Elles lui dirent... Que dit-on dans de telles circonstances? « Sois sage, avale ça » ? Les propriétaires de la cachette trouvèrent les trois corps quelques jours plus tard. Ils eurent quelques difficultés pour les enterrer.

Halina. Elle était brune et moins jolie que ses sœurs; elle avait des jambes légèrement arquées mais, sur la photo, elle les pose avec beaucoup de grâce (je pense même qu'Isabelle R. a un peu exagéré avec ces jambes : elles n'étaient pas si arquées que cela). Elle se décolora les cheveux, ce qui leur donnait une horrible couleur jaune. Elle fit la connaissance d'un monsieur. Elle disait de lui : « Nous nous comprenons sans paroles... » Cela inquiétait beaucoup Isabelle R. Qui aurait bien pu s'intéresser à Halina? Avec ses jambes arquées? Avec ses cheveux jaunes? « Fais bien attention à toi », disait-elle. Quand elle revint de son deuxième voyage à Vienne, on lui annonça qu'un monsieur était venu chercher Halina et son père; il les emmena et ils disparurent sans laisser de traces.

Le père. La première fois, il réussit à s'échapper : quand la propriétaire de l'appartement rue Nowy Świat les avait jetés dehors. Elle les jeta dehors en plein jour, deux personnes âgées qui, durant la dernière année, ne s'étaient pas levées du plancher et qui allaient aux toilettes à quatre pattes, sous la fenêtre, et Halina, avec ses tristes yeux noirs et ses cheveux jaunes. La mère fut prise immédiatement et conduite à la prison de Pawiak. Le père et Halina s'échappèrent. La deuxième fois, ils ne réussirent pas à s'échapper : quand le monsieur qu'ils connaissaient si bien était venu, celui qui comprenait Halina sans paroles.

Sur le portrait, le père montre un visage lisse, bien rasé. En réalité, il portait la barbe, mais après la guerre, quand ils essayaient de tout rendre polonais – y compris les noms des parents et les vieilles photographies –, ils confièrent la photo du père à une photographe amie. Elle refit un négatif, ôta la barbe, et le père apparut avec un visage inattendu, étranger, qu'ils ne lui connaissaient point. Le visage imberbe – et il devait rester ainsi pour toujours.

Nous restions assises avec Isabelle R., comme quelque temps auparavant, dans son salon en Israël, mais cette fois-ci sans le rideau transparent. Peut-être était-ce dû à tous ces visages qui nous regardaient des murs, et qui nous semblaient si proches.

Nous restions donc assises, et Isabelle R. me lisait ses remarques annotées.

Ajouter la scène avec les pâtes. Il s'agissait là des pâtes qu'une paysanne de la région de Łódź lui avait servies au cours de sa fuite de la déportation en Allemagne. La paysanne l'avait accueillie très gentiment et, en lui servant des pâtes, elle expliquait d'où venait tout le mal : Des Juifs.

Ajouter la scène du restaurant (j'en passe les détails).

Et de manière générale : ajouter, ajouter, ajouter.

– Ça y était déjà, Isabelle, disais-je. Je l'ai déjà décrit dans la première version, mais j'ai été obligée de le supprimer à cause des longueurs.

– Des longueurs? s'exclamait Isabelle R. Mais madame Krall! Quelles longueurs? La scène avec les pâtes illustre parfaitement l'ensemble du problème!

Puis : enlever certains mots, tels que « humble », « docile », « douce », « soumise »...

Il s'agissait d'elle, bien entendu. C'est avec ces mots-là que je décrivais mon héroïne qui était courageuse et indomptable face au monde entier, mais devenait effacée et soumise en présence de son mari.

– Pas question, madame Krall! Soumise? Moi?

« C'est tout à fait ça, me raconta plus tard une amie d'Isabelle. Elle était extrêmement courageuse, plus audacieuse que toutes nos filles de l'Armée de l'Intérieur. Nous étions épaulées par l'organisation, nos contacts, nos collègues, alors qu'elle agissait complètement seule; son héroïsme était incontestablement bien plus grand. Mais, dès qu'elle entendait la clef dans la serrure, sa clef à LUI, elle se taisait, rapetissait, s'effaçait; elle devenait timide et apeurée. »

J'étais très fière d'avoir dévoilé le secret d'Isabelle R. Elle ne me parlait jamais de cette soumission, mais je la devinais en écrivant. L'écriture est de toute évidence une démarche cognitive...

Nous entendîmes la clef dans la serrure.

Son mari entra. Il était grand et très beau. Il me salua gentiment. Il avait de très belles mains fluettes.

– As-tu faim? demanda Isabelle R. en se levant précipitamment de son fauteuil.

Après mon retour à Varsovie, j'ai donné le manuscrit à Wiesia Weissowa, une rédactrice très réputée de la maison d'édition Wydawnictwo Literackie. Pas pour l'éditer, bien sûr, je n'ai aucun droit sur ce livre; par curiosité; j'ai voulu entendre un avis compétent. J'ai également apporté les modifications souhaitées par Isabelle R.

– Vous écrivez? m'a-t-elle demandé, d'Israël cette fois.

– J'écris.

– Vous rajoutez?

– Je rajoute. Mais je raccourcis tout de suite après, car tout ce que j'ajoute s'avère de trop.

Un long silence s'en est suivi au téléphone. Un tel silence est très coûteux car, pour pouvoir le payer, Isabelle R. doit travailler dur en divertissant de sa voix de ventriloque la vieille dame qui n'entend pas les sons aigus.

Le silence se prolongeait.

– Et votre mari? demandai-je.

– Rien.

– Il téléphone?

– Non.

– Et votre fille? (Sa fille séjournait à l'étranger depuis un certain temps déjà.)

– Rien.
– Elle téléphone?
– Non.
Puis le silence.
– Alors, quoi de neuf?
– Rien de neuf, madame Krall.
J'ai eu de nouveau pitié d'elle.
– J'essayerai encore d'ajouter quelque chose.
– Vous allez essayer? Dans la voix d'Isabelle R., j'ai reconnu le ton avec lequel elle s'adressait à son mari dans mon livre. Je vous en prie, essayez encore.

Le coup de téléphone de Wiesia Weissowa. Elle me dit qu'ils aimeraient éditer « La Guerre victorieuse d'Isabelle R. », que c'est un des livres les plus intéressants sur les Juifs.

– J'ai juste une petite remarque, ajoute-t-elle, concernant la composition : son mari ne devrait-il pas la quitter bien plus tôt? Pour le roman, cela aurait été beaucoup mieux.

Le syndrome des survivants

Arnold Friedman : entrepreneur en industrie du bois et en électronique; *Yossef Yarmush* : hassid; *Henry Fenigstein* : docteur en médecine; *Dubi Arie* : artiste peintre; *Baruch Goldstein* : théologien; *Dov Marmur* : grand rabbin de la synagogue réformée.

ARNOLD :

– Mon père était pauvre. Il avait une vache, une chambre, une femme et cinq enfants.

Il était une fois un pauvre qui ne possédait rien.

Il était une fois un Juif qui empruntait au pauvre qui ne possédait rien.

Et il était une fois celui qui logeait chez le Juif qui empruntait au pauvre qui ne possédait rien.

Mon père se situait au sommet de cette échelle; aussi, à côté de la pièce où nous habitions tous, se trouvait une autre pièce servant de magasin, car tout Juif de Rakoszyn avait quelque chose à vendre.

La ville de Rakoszyn comptait mille maisons et possédait une église catholique pour les Hongrois et les Polonais, une église orthodoxe uniate pour les Ukrainiens, une synagogue pour les Juifs et même un calendrier local à l'usage exclusif de ses habitants. Au printemps, on engraissait des oies pour Pessah, en automne des poules pour Yom Kippour; après Rosh Hashanah, quand les après-midi raccourcissaient et les ombres s'allongeaient de plus en plus, on préparait du moût pour le vin nouveau; après le vin, on plumait la volaille; après la volaille, venait le temps de la récolte des pommes de terre pour la fête de Hannukah, pour les *latkes*.

Ceux qui habitaient du côté de l'église catholique parlaient le yiddish avec l'accent hongrois, ceux qui habitaient du côté de l'église orthodoxe parlaient le yiddish avec l'accent ukrainien.

Quand on installa le ghetto à Rakoszyn, nos voisins ukrainiens voulurent cacher chez eux l'une de mes sœurs, et les voisins hongrois une autre, mais mon père les remercia gentiment et dit qu'il préférait que toute la famille périsse ensemble, il saurait au moins quelle mort on réservait à ses enfants.

Peu avant Pessah, notre voisin ukrainien, devenu policier, annonça à mon père : – Il vous reste encore deux nuits. Aujourd'hui dormez tranquillement, demain préparez-vous, et après-demain je viendrai vous chercher. Papa remercia le voisin de son amabilité, maman lui offrit du vin de l'année dernière et nous allâmes dormir.

Le lendemain, après avoir fait nos bagages, nous nous assîmes devant la maison et écoutâmes ce bruit bizarre qui nous parvenait de la ville. C'était comme un gémissement, comme un chant... Quand le bruit devint de plus en plus proche, je dis à mon père que je préférais tout de même vivre plutôt que mourir entouré de ma famille, et je partis en direction de Mukaczew. Juste avant Mukaczew, mon frère cadet me rattrapa. Il portait un baluchon sous le bras. Il dit que le père m'ordonnait de revenir, mais j'avais déjà quinze ans et je lui répondis que personne n'allait décider pour moi. Alors, mon frère sortit un costume du baluchon, celui-là même qu'on m'avait confectionné pour la cérémonie de bar-mitzvah, me pria de faire très attention à moi et repartit pour Rakoszyn.

Deux semaines plus tard, on nous entassa dans des wagons à Mukaczew et nous descendîmes sur la rampe d'Auschwitz. Le docteur Mengele dirigea personnellement la sélection, il choisissait des enfants robustes entre quatorze et dix-sept ans. Mengele était très calme et très beau. Il ne disait rien, ne faisait que de petits signes avec son doigt : à gauche, à droite, à gauche, à gauche, à gauche... et les *Waffen-SS* emmenaient les enfants. Les enfants pleuraient, ne voulant pas quitter leurs parents, les parents essayaient de les arracher, les SS criaient; dans tout ce vacarme, nous deux seuls restions calmes, Mengele et moi. Lui, car il ne faisait que bouger son petit doigt, moi car je n'avais plus personne à pleurer.

Nous étions cinq mille enfants choisis par le docteur Mengele et casés dans cinq baraques. Nous disions nos prières comme on nous l'avait appris dans nos maisons familiales : le matin nous chantions la gloire du Seigneur en le remerciant de nous avoir donné le jour, le soir nous pleurions la destruction du Temple de Jérusalem, entre les prières nous attrapions des poux, et le Kommando de la baraque appelée « le Canada » nous glissait des tablettes de chocolat ayant appartenu aux Juifs hollandais gazés.

Pour Rosh Hashanah, on nous aligna devant les baraquements. Nous enlevâmes nos vêtements et le docteur Mengele montra qui devait sortir du rang – pas avec son doigt cette fois-ci, avec la main dans laquelle il tenait une cigarette. Quand la cigarette s'éteignait, il la rallumait et nous montrait de nouveau. Le lendemain, l'un des prisonniers adultes nous dit : – Vous voyez la fumée? Ce sont vos camarades sortis du rang.

Pour Yom Kippour, on nous aligna de nouveau devant les baraquements.

Pour la fête de Soukkoth, on plaça une planche sur

deux piquets et tous ceux qui pouvaient passer en dessous sans se baisser furent écartés.

Après les fêtes d'automne du mois de Tishri dont on dit qu'il contient tout le mystère des Juifs, les enfants juifs survivants n'occupaient plus qu'une seule baraque.

Nous avons été délivrés par les Américains. Cela se passa dans les montagnes, sur la route de Dachau. Je me rendis immédiatement à Rakoszyn où je commençai à attendre... J'attendis six mois, mais personne ne vint. Quand je compris que je n'avais plus rien à attendre, je rejoignis mes camarades de camp. Nous prîmes l'avion pour Londres, le bateau pour Halifax, et d'Halifax nous voyageâmes en chemin de fer. Quelques-uns d'entre nous descendirent à Montréal, quelques autres à Toronto, le reste à Vancouver, car le train ne voulait plus avancer.

YOSSEF :

– Notre mouvement, appelé Habad dans le courant hassidique, d'après les initiales de trois des attributs divins : Hokma, la sagesse, Bina, le discernement, et Deah, la connaissance, avait été créé, deux cents ans auparavant, par le *rav* de Russie, Chnéour Zalman de Ladi, élève du grand Maguid de Międzyrzec. Le fils de Zalman s'établit dans la petite ville de Loubavitch, où les générations successives de ses petits-enfants enseignaient que le chemin menant à Dieu passait par l'esprit. Puis vint la révolution bolchevique. Notre rabbi séjournait alors à Rostov-sur-le-Don. A Pourim de 1920, quand les bolcheviks occupèrent la ville, le rabbi déclara : « Je ne les aime pas. Ils sont trop près pour que je reste ici. » Et il mourut. C'est Jossef Itshak, arrière-petit-fils de Zalman de Ladi dans la sixième génération, qui devint chef spirituel des hassidim de Loubavitch.

Beaucoup de Juifs quittèrent la Russie, mais Jossef Itshak resta. Il ne pouvait pas abandonner les gens que la *Jewsekcja* – section juive du parti bolchevique – essayait de convaincre que la prière n'était qu'une superstition, la tradition de *mikve* contraire à l'hygiène, et que les lieux de culte devraient être transformés en clubs de jeunesse communiste.

Un jour, alors que Jossef Itshak entouré de ses hassidim était plongé dans la prière, un groupe de *tchékistes* armés fit irruption dans la synagogue. Le plus âgé d'entre eux sortit un pistolet et visa le rabbi.

– Ce joujou, s'esclaffa-t-il, a déjà changé la perception du monde de plus téméraires que vous.

– Ce joujou, répondit rabbi Jossef, peut effrayer un homme qui possède plusieurs dieux et un seul monde. Quant à moi, j'ai un seul Dieu et deux mondes, temporel et éternel, je n'ai donc pas peur de tels joujoux.

Jossef Itshak fut le seul dirigeant hassidique à rester en Russie soviétique où il essaya d'organiser une vie spirituelle juive. Il fut arrêté le 15 juin 1927. Il subit des interrogatoires nocturnes, de mauvais traitements, fut enfermé dans un cachot grouillant de rats, mais n'entreprit une grève de la faim que lorsqu'on lui enleva les phylactères que tout Juif doit porter pour la prière. Après trois jours de grève de la faim, on lui rendit les phylactères, et les chants inspirés du rabbin retentirent de nouveau dans les couloirs de la prison. Il ne renonça pas plus à ses travaux théologiques et nota scrupuleusement ses réflexions sur le Talmud, ainsi que les commentaires de la Torah, sur du papier à cigarettes.

Un jour, on le conduisit de son cachot devant le responsable de la prison. Le responsable lui annonça l'atténuation de sa peine et lui montra un document. En haut de la feuille le rabbi put lire : PEINE DE MORT, mais les mots étaient barrés. Au-dessous on avait ajouté : DIX ANS DANS LE CAMP DE SOLOVKI, mais l'inscription était accompagnée du mot *niet*. Encore plus bas, il lut : KOSTROMA, TROIS ANS.

– Vous disposez, camarade rabbi, de six heures, lui annonça le responsable. Vous irez chez vous pour vous préparer au voyage.

Cela se passait un jeudi.

– Quand est-ce que le train arrivera à Kostroma? demanda le rabbi.

– Vendredi soir.

– Je suis désolé, dit le rabbi. Je n'ai pas l'habitude de voyager durant le shabbat. On le laissa donc dans le cachot jusqu'au dimanche.

Jossef Itshak quitta la Russie, cédant ainsi aux demandes des hassidim préoccupés par l'état de sa santé. Il se rendit tout d'abord en Terre Sainte où il pria longuement devant le Mur des Lamentations. Puis, il partit aux USA où il rendit visite au président Hoover. En 1933, il s'établit à Varsovie.

Quand on instaura le ghetto, les hassidim décidèrent le rabbi à partir une fois encore. « Quelqu'un doit vivre, disaient-ils. Quelqu'un doit transmettre la sagesse de la nation. » Et Jossef Itshak dont je porte le nom, sixième *tsadik* de Loubavitch, quitta Varsovie et, par Vilnius et Shanghai, arriva en Amérique.

HENRY :

Je suis philatéliste. Je collectionne les timbres-poste depuis soixante-cinq ans; je les collectionnais au Lycée Kreczmar de la rue Wilcza, à la faculté de médecine, dans le ghetto de Varsovie et, à présent, je les collectionne au Canada.

Dans le ghetto, je travaillais à l'hôpital de la rue Gęsia. Un jour, un philatéliste ami me demanda si je voulais rencontrer un philatéliste allemand.

Je le voulais.

Le philatéliste allemand arriva à l'hôpital dans son habit de service : l'uniforme de *Hauptsturmführer SS.*

Paniqués, mes collègues vinrent me voir en disant qu'il me cherchait, mais l'officier SS me salua gentiment, s'assit dans un fauteuil et dit s'intéresser tout particulièrement à l'ancien Dantzig, l'ancienne Allemagne et aux bonnes vieilles colonies anglaises.

Il me demanda ce qui m'intéressait, moi. Je répondis que je collectionnais tous les ghettos : timbres-poste, cartes postales et surtout les enveloppes avec le tampon des postes de différents ghettos. Malheureusement, il n'avait rien pour moi, mais moi, j'avais beaucoup de choses pour lui; aussi, il venait souvent et nous passâmes des heures entières penchés au-dessus des catalogues de « Michl ».

J'étais débordé de travail car, à part mes consultations à l'hôpital et la recherche de bons vieux timbres pour Konrad (ainsi se prénommait mon *Hauptsturmführer*), je participais à une étude sur la faim. L'étude fut menée dans le ghetto par une équipe médicale qui exploitait l'abondance des cadavres, ce qui constitue une chance inouïe pour la médecine. Les recherches scientifiques nécessitaient des autopsies. Ayant été spécialisé en pathologie et assistant de Joseph Stein, docteur en médecine et philosophe, cette tâche m'incombait tout naturellement.

Je pratiquais des autopsies à l'hôpital de Stawki – l'ancien bâtiment d'école, au rez-de-chaussée, dans la salle de dissection. Je posais des organes sortis des cadavres sur une balance, les étudiants notaient les poids, puis je comparais les tableaux de données : la couleur de la peau, les tuméfactions existantes par rapport à la couleur de la peau, la fréquence d'atrophie des organes dans la dénutrition, etc.

J'en étais arrivé à la conclusion suivante : chez les gens souffrant de la famine, tous les organes rétrécissaient, puis disparaissaient – cœur, poumons, foie, reins... Un seul ne s'atrophiait jamais, le cerveau.

Ainsi donc Konrad venait me voir souvent; il s'asseyait dans le fauteuil, feuilletait des catalogues et exprimait ses désirs. – Sais-tu ce que j'aimerais avoir? disait-il. Une vieille colonie du XIXe siècle, un Mauritius par exemple. Ou bien : – Tu n'as rien de l'ancienne Autriche? Je lui procurais des timbres grâce à d'autres philatélistes juifs. Konrad payait en bons d'achat pour du charbon; quant à moi, je retournais dans ma salle de dissection.

Je faisais toutes les autopsies moi-même, avec adresse et sans états d'âme. Aujourd'hui encore, réveillé au milieu de la nuit, je pourrais le faire les yeux bandés. Premier mouvement, une coupe horizontale, de l'épaule vers la clavicule, de gauche à droite; deuxième mouvement, du haut, à travers le sternum, vers le pubis; le troisième, l'ouverture de la cage thoracique et du ventre; et le quatrième, à l'aide des ciseaux... J'ai mis sur la balance trois mille six cent quarante-huit cœurs, reins et cerveaux.

Le 20 avril 1943, je reçus un appel téléphonique de Konrad :

– Il ne faut pas que tu restes à l'hôpital, dit-il. Je t'envoie mon adjudant.

J'avais deux possibilités : croire ou ne pas croire.

Je l'ai cru.

L'adjudant de Konrad me conduisit avec quelques collègues à Umschlagplatz. Nous attendîmes deux jours; le troisième jour, un policier ukrainien vint et lut nos noms de famille. Nous embarquâmes dans des wagons. Le soir, notre train arrivait à Lublin. Aujourd'hui encore, j'ignore si Konrad savait que le train n'allait pas à Treblinka, ou bien s'il avait tout arrangé exprès pour moi. Quoi qu'il en soit, Lublin était un très beau geste de la part d'un ami philatéliste en échange du timbre-poste de l'île Maurice.

Par la suite, j'ai séjourné dans six camps : Budzyń, Radom, Auschwitz, Vaihingen, Hessental et Allach, et c'est en route vers le septième que le train s'arrêta soudain dans un champ, au sud de l'Allemagne. C'est ainsi que mon chemin de guerre se croisa avec la route de l'armée américaine du général Patton. Peu après, je suis arrivé au Canada.

DUBI :

– Ma mère avait sept sœurs, ses sœurs étaient mariées et avaient des enfants, nous habitions tous le quartier de Nowolipki. Ma mère et moi étions les seuls à avoir survécu. Nous partîmes pour la Palestine où ma mère mourut dès son arrivée. Elle avait trente-six ans. Elle n'avait pas été malade et ne s'était jamais plainte; elle estima sans doute que sa mission était finie. Elle avait survécu à la guerre, elle m'avait sauvé et emmené en Palestine... elle avait désormais le droit de rejoindre ses sœurs.

Suivant la tradition, durant un an, jour après jour, je récitai le kaddish pour ma mère trois fois dans la journée. Quand l'année fut écoulée, je me rendis dans un kibboutz où je demandai trois choses : beaucoup de nourriture, du papier non quadrillé et quelques crayons de couleurs.

A l'âge de dix-sept ans, je rejoignis l'armée. Je devins parachutiste et je participai à la guerre des Six-Jours. Je combattis à Jérusalem. Nous avions sur nous de petits transistors qui nous donnaient des nouvelles du front. Nous entendîmes une voix : « Notre armée a pris d'assaut Jérusalem Est, elle approche du Mur des Lamentations, les combats se poursuivent... » C'était de nous qu'on parlait, c'était nous qui avions pris d'assaut Jérusalem Est, mais c'est seulement après avoir entendu le communiqué que nous réalisâmes ce qui se passait : nous prenions Jérusalem, nous approchions du Mur des Lamentations. Nous le comprîmes tous en même temps et nous nous arrêtâmes. Nous enlevâmes nos sacs à dos, sortîmes les taleths, les plaçâmes sur nos uniformes et récitâmes à voix haute : « Shema Israel adonaj elohejnu adonaj ehad... ». (Écoute Israël, le Seigneur est notre Dieu, le

Seigneur est Un...). Après quoi, nous rangeâmes les phylactères, reprîmes nos sacs à dos et nous lançâmes droit devant nous.

La guerre continuait.

Quant à moi, je n'ai ni ouvert ni fermé mon sac à dos. Je venais d'un kibboutz très progressiste qui n'équipait pas ses soldats de taleths.

Par la suite, nous occupâmes le Golan et rentrâmes chez nous. Ma maison se trouvait désormais dans le kibboutz Shaar Agolan – La Porte du Golan – situé entre la Jordanie et la Syrie, à un kilomètre de chaque frontière. Durant deux ans, tous nos enfants dormirent dans des abris et parfois même furent obligés d'y rester dans la journée; malgré cela, aucune des sept cents familles ne quitta le kibboutz.

Ce n'est qu'après la guerre de Yom Kippour, quand les enfants purent enfin sortir en plein air, que je demandai l'autorisation de faire des études. Pendant cinq ans, j'appris la peinture à l'Académie des Beaux-Arts, puis je revins travailler à la plantation d'avocats.

Tout en cultivant les avocats, je méditais sur ce que je ferais du reste de ma vie. Quand il me sembla avoir trouvé la réponse, je me rendis chez un professeur d'Académie. « Je dois peindre un tableau », lui annonçai-je.

(Peut-être le savais-je déjà avant : quand je délivrais Jérusalem et que les soldats récitaient « Shema Israel adonaj... ». Ou même bien avant : quand je disais le kaddish pour ma mère qui avait décidé de rejoindre ses sept sœurs gazées à Treblinka.)

« Je dois peindre un tableau. L'histoire de ce peuple... »

Le professeur me conseilla de peindre loin d'Israël, car l'artiste doit se débarrasser de ses émotions et prendre ses distances par rapport au sujet exprimé.

J'expliquai donc aux membres du kibboutz que l'artiste devait prendre ses distances et se débarrasser de toute émotion, et le kibboutz donna son accord pour mon départ. On m'acheta un billet et voilà comment je me suis retrouvé au Canada.

BARUCH :

– Je suis né dans le Bronx, mes parents sont nés dans le Bronx, mes grands-parents sont venus dans le Bronx de Pologne. Ils étaient tous de bons Juifs pieux. Moi aussi, j'étais destiné à être un bon Juif. Je fréquentais une école hébraïque, fêtai ma bar-mitzvah, jeûnais le Yom Kippour et pleurais la destruction du Temple.

Je me suis engagé dans l'armée et on m'a envoyé au Vietnam. J'étais courageux, jeune, et je ressemblais sans doute à tous ces garçons qu'on voyait dans les films américains sur le Vietnam. J'étais juste un peu moins cruel et cynique. Ou peut-être aussi cruel qu'eux.

Un jour, j'étais de garde.

La nuit tombait.

La nuit tombait très vite au Vietnam, comme si elle prenait le jour d'assaut. Je savais que l'air allait devenir bleuâtre, puis bleu marine, avant de virer au noir dont l'opacité chaude et sirupeuse nous collerait à la peau. Je ressentis une certaine tristesse. Sans doute, parce que la nuit tombait et que moi, j'étais si loin du Bronx...

Deux cents mètres plus loin, un copain montait la garde. Je pensais que lui aussi devait se sentir un peu triste et que je devrais aller le voir, juste le temps de fumer une cigarette ensemble.

Je partis dans sa direction.

A mi-chemin, quelque chose de bizarre se passa avec mes jambes, elles refusèrent de me porter. Je voulais continuer d'avancer, mais mes jambes devenaient de plus en plus engourdies. Je criai : « Hello, je viens vers toi! » Le copain se retourna et, à ce moment, il arriva quelque chose de plus bizarre encore. A l'endroit où il se tenait, des feuilles et des racines se soulevèrent, virevoltèrent dans l'air, puis s'éparpillèrent comme un feu d'artifice et retombèrent lentement. Cela n'avait rien d'extraordinaire, je ne me souviens même pas d'avoir entendu une détonation, n'empêche que quand les feuilles retombèrent, mon copain n'était plus là, et le sang coulait le long de ma main.

Ma blessure n'était pas grave, je pus sauver deux doigts à la main gauche.

Pendant que j'étais à l'hôpital, mes copains sont tombés dans une embuscade du Vietcong et ils sont tous morts. Tous morts : quatre-vingt-dix-neuf soldats.

Notre détachement comptait cent personnes.

J'étais le centième.

J'ai survécu, car je n'étais pas tombé dans l'embuscade.

Car ce jour-là, j'étais à l'hôpital.

Car j'avais été blessé à la main.

Car mes jambes avaient refusé de me porter quand j'allais rejoindre mon copain.

Je suis revenu aux États-Unis. La pension pour mes doigts fut tout à fait confortable pour le jeune homme que j'étais. Je me rendis en Californie où je devins hippy.

J'étais heureux. Je vivais entouré d'amis, je voulais que mes amis fussent aussi heureux que moi, je voulais que les gens fussent aussi libres que moi, je voulais partager tout ce que j'avais, et avec tout le monde.

Je suis allé dans le Bronx passer quelques jours avec mes parents et j'ai appris que mon frère cadet était devenu chrétien. Je me suis fortement emporté et j'ai commencé à crier : – Comment peux-tu les croire? Est-ce que tu ignores combien l'antisémitisme est vivace dans leur religion? Combien il y a de haine? Combien d'incohérence et d'erreurs?

– Où sont leurs erreurs et leur haine? me demanda mon frère.

J'achetai le Nouveau Testament, je m'assis et commençai à lire : pour trouver leur haine et le prouver à mon frère. Tout Juif sait que les Chrétiens sont incohérents, qu'ils nous détestent, je le savais aussi bien que les autres.

Je lus l'Évangile, mais je n'y trouvai rien. Je lus une deuxième, puis une troisième fois. Je me rendis compte que tout ce que je lisais était beau et juste. N'étais-je pas revenu du Vietnam, pensai-je, le seul de tout notre détachement, pour comprendre?

J'étudiai la théologie dans un collège chrétien et me consacrai à une seule cause : aux conversations avec les Juifs sur Jésus. A récupérer Jésus que nous nous étions laissé enlever.

Nous constituons un mouvement appelé « Jews for Jesus ». Aux États-Unis, nous sommes cent mille, mais au Canada juste une poignée, je suis donc parti au Canada en tant que missionnaire juif.

ARNOLD :

– Les Canadiens revenus de la guerre étaient tous des héros. Les cadavres ne revenaient pas, les cadavres étaient restés en Europe. Les Canadiens qui savaient ce que voulait dire la mort étaient restés en Europe; ceux qui en sont revenus racontaient comment on gagnait une guerre.

Nous autres, nous savions bien ce que voulait dire la mort, mais nous étions étrangers et nous racontions tout dans une langue bizarre. Qui s'intéresse vraiment aux drames étrangers? Sans doute – pensaient les Canadiens – il existait deux Europes, l'une où des choses étranges et abominables avaient eu lieu, et l'autre, celle d'où revenaient les héros.

Dès que nous commencions à parler d'Auschwitz, les femmes qui nous avaient ouvert leurs maisons disaient :
– Ne croyez pas que nous n'ayons pas connu l'horreur. Le sucre a été rationné, il fallait attendre deux ans pour avoir une voiture, et la quantité de tissu auquel nous

avions droit était si petite qu'on ne pouvait même pas faire des revers aux pantalons. Nos maris étaient obligés de porter des pantalons sans revers! (Ce n'est que quarante ans plus tard que le peuple canadien commença à nous poser des questions sur la guerre en Europe : « Nous avons lu que vous aviez vécu dans des conditions pas très faciles, est-ce vrai? ») Alors, nous cessâmes de les ennuyer avec nos histoires, reprîmes notre vie et nous lançâmes à la recherche du travail car, sans travail, même le fait d'avoir survécu à la guerre devenait moins réjouissant.

La ville de Toronto s'étendait alors du lac Ontario vers le Nord, jusqu'à la rue St. Clair. Au-delà de la rue St. Clair, il y avait la forêt.

Beaucoup de gens étaient venus d'Europe après la guerre et ils essayaient tous de rejoindre les leurs. Les Polonais allaient vers les Polonais, dans la région de Windsor, les Ukrainiens vers les Ukrainiens, dans le Winnipeg, seuls les Juifs partaient droit devant, vers les grands espaces, dans la forêt.

Ce n'est pas le courage qui nous donnait des ailes, mais l'effroi.

Les Juifs d'ici n'étaient pas mauvais. Certes, ils ne voulaient pas de nos histoires tristes, mais ils nous montraient volontiers comment tourner le bouton d'une prise de courant. N'étions-nous pas venus de l'Est, sortis de l'obscurantisme le plus profond, au point d'ignorer la manière d'allumer une lampe? Ils nous l'expliquaient donc avec un réel plaisir.

Ceux d'entre nous qui connaissaient l'anglais et étaient capables de rédiger *the application* – lettre de motivation – obtenaient des emplois *in the office* – dans des bureaux, à la poste, n'importe où d'ailleurs – qu'ils gardaient jusqu'à la fin de leurs jours.

Ceux qui n'étaient pas capables de présenter par écrit

une demande de travail allaient dans la forêt où ils entreprenaient le commerce du bois.

Les soldats canadiens rentraient d'Europe où ils avaient fait fortune en exploitant le marché noir d'après-guerre. Les fermiers partaient travailler dans l'industrie, dans les villes... Les uns et les autres achetaient de vieilles maisons, et les propriétaires des vieilles maisons achetaient des maisons neuves, celles que nous construisions – nous, les Juifs de l'Holocauste, trop bêtes pour écrire une demande de travail.

Nous, les Juifs d'Auschwitz et des ghettos, trop bêtes pour *the application,* nous n'avions pas d'autre choix que d'aller dans la forêt, construire des maisons et devenir millionnaires.

Presque toutes les biographies des millionnaires de Toronto commencent en Pologne – par le récit de la survie et du retour.

J'ai même écrit un poème sur mon retour à Rakoszyn à la fin de la guerre.

Welcome Moschek
you have survived...
Bienvenue Moschek,
alors, tu as survécu...
On nous a dit que vous étiez tous morts.

(Ils n'avaient rien contre nous, ils étaient tout simplement étonnés.)

Nous avons équitablement partagé tes affaires...
Qui aurait pu croire que tu allais revenir?

(Ils ne se réjouissaient pas de nous voir. Ils n'étaient pas mécontents non plus. Ils étaient tout simplement étonnés.)

Welcome Moschek,
alors, tu as survécu...

Nous étions obligés de fuir cet étonnement. Nous devions fuir les pantalons canadiens, sans revers. Fuir nos rêves où chaque nuit, inlassablement, une main nous indiquait la direction : à droite, à gauche, à gauche, à gauche...

La peur nous poussait.

Nous nous sommes enfuis dans la forêt, là où des millions nous attendaient.

YOSSEF :

– La plupart des écoles hassidiques qui avaient été créées jadis sur le territoire polonais existent encore quelque part dans le monde : l'école de Bobowa, de Przysucha, de Góra Kalwaria... Nous ne nous distinguons pas par notre approche de Dieu, nous nous adressons tous à lui avec les mêmes paroles; les jours de la semaine, nous mettons nos *tefilin* pour prier, nous allumons les bougies le jour du shabbat, et nous respectons nos parents. Nous nous différencions seulement par notre conception de Habas et de Habad – l'importance attribuée aux sentiments et à la raison. Car Dieu nous a donné la raison et les sentiments que nous utilisons pour le servir, mais nous aimerions savoir ce qui prime : la raison qui crée les émotions, ou bien la foi qui libère de la soif du savoir.

Les autres communautés hassidiques vivent dans de petits groupes fermés, à l'abri du monde. Quant à nous, nous vivons entourés de gens. Nous avons nos écoles, organisons nos colonies de vacances, donnons des conseils matrimoniaux, recevons des appels de détresse et répondons aux questions en tout genre, aussi bien au sujet du Pentateuque que de n'importe quel petit problème de la vie courante... L'appel téléphonique de tout à l'heure était au sujet des couverts en argent que quelqu'un venait d'acheter : comment faire pour les rendre kasher; la femme qui vient de sortir demandait comment faire cicatriser une blessure. Nous transmettons les questions les plus difficiles à notre *tsadik,* Menachem Mendel Schneershon, élève et gendre de Jossef Itshak, descendant de Zalman de Ladi dans la septième génération, et chef spirituel des hassidim de Loubavitch. Il réside à New York. Nous lui transmettons le *kwittel,* lettre de questions et de prières, par téléfax.

J'ai trente-sept ans, une femme et six enfants. Mes enfants fréquentent une école religieuse.

Je ne les enverrai pas à l'université, car il n'existe pas de meilleure université que la Torah.

Si mes enfants deviennent de bons Juifs, ils seront très riches.

Un homme riche est un homme heureux de ce qu'il est.

Il n'est pas difficile d'être heureux. Il suffit de faire ce que Dieu attend de nous. Il suffit de lui témoigner notre reconnaissance de nous avoir faits Juifs.

Nous ne sommes pas les meilleurs de ses enfants, mais nous sommes les plus généreusement comblés de ses grâces. C'est à nous qu'il a fait le don le plus important : les six cent treize lois contenues dans la Torah.

HENRY :

– J'abandonnai la pathologie et l'étude sur la faim, peu utiles au Canada, et je commençai à soigner les malades en tant que médecin de famille, *family doctor.* Le plus souvent, je soignais les émigrés : Juifs, Polonais, Hollandais, Japonais et Ukrainiens. Les Juifs venaient des ghettos et des camps de concentration, les Polonais et les Ukrainiens des camps et des *lagers,* une Japonaise de Hiroshima.

Il s'était avéré que tous ces gens souffraient d'un mal étrange. Étant donné qu'aucun *family doctor* n'en avait jamais entendu parler à la faculté de médecine et que moi, je n'arrivais pas non plus à les aider, je repris encore une fois des études et cinq ans plus tard, à l'âge de cinquante-quatre ans, je devins psychiatre.

Dans la plupart des cas, mes patients étaient seuls survivants de leurs familles. Je constatai que, indépendamment de leur nationalité et des épreuves subies, tous ces gens – après les *lagers,* la bombe atomique, Auschwitz – présentaient le même symptôme lorsqu'ils étaient les seuls survivants : la culpabilité. Ils se sentaient coupables par rapport à leurs parents assassinés, leurs enfants, leurs frères et sœurs, de ne pas avoir subi le même sort. Ils n'avaient pas commis d'autres délits, n'avaient volé de pain à personne ni poussé quelqu'un hors de son lit de camp... Ils étaient vivants. C'était le seul péché dont ils étaient coupables et qu'ils n'arrivaient pas à se pardonner.

Cette maladie reçut le nom de *survivor's syndrom.* Le syndrome des survivants.

Je devins spécialiste dans ce domaine. D'autres médecins commencèrent à m'envoyer des patients; des centaines de malades passèrent par mon cabinet.

Je devins spécialiste de la maladie des survivants, avec probablement la plus grande expérience professionnelle de tout le Canada.

J'ai réussi à guérir certaines personnes assez vite, d'autres au bout de longues années, d'autres encore viennent toujours me consulter. (J'ai réussi à guérir...? Plutôt à les aider à faire la paix avec leur propre passé, c'est tout.) J'ai encore une dizaine de patients, la plupart sont des femmes, des Juives ayant des biographies très semblables, toutes issues de familles nombreuses de petits villages de Pologne, toutes ayant connu des ghettos et des camps de concentration. Dans leur souvenir, il y a d'abord la guerre, puis le retour à la maison. Dans leurs récits du retour, on retrouve toujours les mêmes détails : le puits, l'édredon, la petite cuillère à thé... « Je ne voulais rien d'eux, je voulais juste toucher le puits que ma mère touchait... », « Je voulais avoir au moins une cuillère à thé ayant appartenu à ma mère, juste une cuillère, rien d'autre... ». Or, les maisons étaient déjà occupées, toutes les cuillères distribuées depuis longtemps, le puits appartenait à des inconnus qui les ont accueillies avec un étonnement malveillant. Elles ont donc quitté les petits villages polonais pour le Canada, où elles ont vécu durant quarante ans avec la maladie des survivants. Il n'y a pas longtemps, mon assistante emmena quelques-unes de mes patientes en Pologne – pour la première fois depuis la guerre. Elles visitèrent les Nowy Dwór et les Glinnik. Elles se rendirent compte qu'ils étaient encore plus petits et plus pauvres que dans leurs souvenirs. Elles échangèrent quelques propos insignifiants avec des habitants. Elles les assurèrent ne pas être revenues pour reprendre les cuillères. Elles constatèrent avec beaucoup de satisfaction que leurs vêtements canadiens étaient de bien meilleure qualité que ceux des autochtones. Elles revinrent apaisées. Tout comme ma patiente japonaise qui s'était rendue à Hiroshima pour la première fois depuis l'explosion de la bombe. Je ne sais pas pourquoi elles reviennent toutes guéries : Hideko d'Hiroshima, Lubka de Glinnik près de Kielce... Je ne comprends pas et n'essaie pas de me l'expliquer. Je suis content qu'elles soient délivrées de la maladie, c'est tout. Et quant aux vêtements, c'est très simple. Elles ont été particulièrement bien habillées durant les quarante années qui ont suivi la guerre. Elles doivent toujours être maquillées, élégantes, dynamiques et en pleine forme. Elles doivent être ravissantes, pour ne pas aller à gauche si jamais il y a une nouvelle sélection...

DUBI :

– Mon tableau fait douze mètres et demi sur deux mètres et demi.

Si mon tableau est aussi grand, c'est qu'il représente toute l'histoire des Juifs. Il commence avec Abraham, le buisson ardent et les tables du Mont Sinaï, continue à travers la crucifixion, la destruction du Temple de Jérusalem, la diaspora, les pogroms, l'Holocauste, les guerres pour l'État d'Israël, et se termine par une vision de l'avenir : le retour de Moïse au temple reconstruit. Sur mon tableau, on voit des prophètes, des rois, des juges, des rabbins, des anges, des soldats, on voit aussi des oiseaux et des animaux, les murs de Massada et six pierres tombales, pour six millions de Juifs exterminés. Pour aucun de ces personnages je ne me suis servi de modèle, et seulement deux d'entre eux possèdent les traits de personnes réellement existantes : un soldat israélien a le visage de mon fils, et Moïse le visage du *tsadik* de Loubavitch. Avant de commencer mon travail, j'ai demandé au *tsadik* une bénédiction. Je sais que le rabbi quittait sa maison une fois par semaine seulement et toujours dans le même but : il se rendait sur la tombe de son beau-père, Jossef Itshak, pour y réfléchir et lire des lettres. Il y passait de longues heures, toujours seul, à lire des milliers de lettres qui lui parvenaient du monde entier, il les lisait toutes, répondait à quelques-unes, et rentrait à la maison qu'il ne quittait qu'une semaine plus tard pour la même raison, toujours la même : aller avec les lettres sur la tombe de son maître... Moi aussi, je lui ai envoyé une lettre et le tsadik m'a répondu : il bénissait mon entreprise.

Le tableau fut évalué à plusieurs millions de dollars, deux ou quatre, je ne sais pas exactement, car je n'ai pas l'intention de le vendre. Je voudrais l'offrir à la ville de

Jérusalem. Je voudrais qu'en le regardant les gens se laissent emporter par ses couleurs, ses formes et ses symboles, et qu'ensuite, ils posent des questions. Pas à moi bien sûr, mais à eux-mêmes car je pense – tout comme les hassidim de Loubavitch – que le chemin qui mène vers les cieux passe par la raison.

RABBI DOV :

– Les survivants de l'Holocauste font partie de la synagogue conservatrice. S'ils croient encore et si après avoir vécu Auschwitz, ils n'ont pas perdu la foi. Ne nous étonnons pas d'ailleurs que beaucoup l'aient perdue. Étonnons-nous plutôt qu'un si grand nombre croient toujours, malgré Auschwitz.

Leurs enfants nés au Canada viennent chez nous, à la synagogue réformée. (Nous nous distinguons des courants traditionnels du judaïsme par notre conception de la Torah. Selon eux, la Torah est l'œuvre de Dieu qui l'a dictée à Moïse; selon nous, la Torah provient des hommes qui l'ont écrite d'après leur propre idée de Dieu, et en répondant à son appel.)

Les survivants sont restés dans la synagogue conservatrice, car ils y avaient toujours été, depuis leur enfance passée dans un village polonais, en Europe Centrale.

Les enfants des survivants ont quitté la synagogue conservatrice, car ils voulaient fuir leurs parents et leurs anciennes origines polonaises.

Les survivants avaient élevé leurs enfants dans une atmosphère de chantage émotionnel et d'aide financière. Le chantage était astreignant, les gens qui avaient connu l'Holocauste avaient droit à la déférence et à une attention toute particulière, l'aide financière était on ne peut plus généreuse – les survivants voulant assurer à leurs enfants tout ce qu'eux-mêmes n'avaient jamais eu : les études, les diplômes, une excellente situation.

Quand les jeunes gens eurent enfin acquis des diplômes et une situation, ils essayèrent avant tout de se libérer de leurs parents (moi-même, j'ai consacré beaucoup de mon temps à les aider dans cette démarche). En se libérant, ils rompirent ainsi les liens, ô combien embarrassants, qui les attachaient à leurs origines d'Europe Centrale, faites de misère et d'humiliation.

Les enfants des survivants entrent actuellement en âge de raison. C'est l'âge où les gens commencent à chercher des racines. Les enfants des survivants savent que leurs racines se trouvent en Pologne, et que rabbi Mendel de Kock leur est infiniment plus proche qu'Hannah Arendt, mais leur chemin vers Mendel de Kock ne passe pas par Kock mais par Israël... La Pologne, c'est le souvenir du rejet. Israël, c'est le fait d'être comme les autres, dans un monde contemporain normal.

Je suis né à Jasło, j'ai passé la guerre dans un goulag, dans la région d'Aldan; après la guerre, j'ai habité à Sosnowiec. Je me suis préparé moi-même pour célébrer ma bar-mitzvah, mes parents étant très à gauche, ma mère n'est pas venue à la synagogue pour la cérémonie. Peu après la cérémonie de bar-mitzvah, le pogrom de Kielce a eu lieu. J'ai passé mon baccalauréat en Suède, fait mes études en Angleterre, et actuellement je suis rabbin au Canada.

Ma mère habite Göteborg. Elle me rend visite de temps en temps; au moment de rentrer à la maison, elle se trompe et dit : « Eh bien, je retourne à Sosnowiec. »

Elle vit en Suède depuis quarante ans, elle est déjà venue une dizaine de fois chez moi, à Londres ou à Toronto, et elle ne retourne toujours pas à la maison à Göteborg. « Je retourne à Sosnowiec », dit-elle à chaque fois.

ARNOLD :

– Demain, c'est jeudi. Demain, au cours de la prière, on présentera à la synagogue le neveu de ma femme. Le rabbin l'appellera pour la lecture de la Torah et annoncera à l'assemblée son futur mariage. Puis il lui donnera quelques conseils et le bénira pour sa nouvelle vie.

Le père du garçon doit porter les *tefilin* durant la célébration, mais le frère de ma femme va rarement à la synagogue et ne se rappelle pas ce qu'on porte pour la prière, ni comment on le porte. Il est donc venu et je lui ai expliqué qu'on plaçait une lanière au front, en face du cerveau, et l'autre au bras gauche, en face du cœur, car nous offrons tout notre cerveau et tout notre cœur à Dieu. (*Tefilin :* petites boîtes de cuir renfermant le texte du *Shema,* « Écoute Israël », les premiers mots avec lesquels tout Juif se réveille, et les derniers avec lesquels il ferme les yeux, pour le sommeil ou pour l'éternité.)

Dans toutes les synagogues du monde, la lecture de la Torah a lieu trois fois par semaine : lundi, jeudi et samedi.

Il y a bien longtemps, dans la plupart des villages polonais, le lundi et le jeudi étaient jours de marché; profitant de la présence des Juifs venus des alentours, le rabbin présidait la prière ce jour-là. C'est pourquoi le frère de ma femme, l'un des plus importants hommes d'affaires de Toronto, portera demain les *tefilin.* Et son fils sera appelé à la lecture de la Torah.

Car demain, c'est jeudi.

Car il y a bien longtemps, dans de petits villages polonais, le jeudi était jour de marché.

Car il y a bien longtemps, dans de petits villages polonais, il y avait des Juifs.

Lettres au tsadik

Ils sont toujours pressés. Ils trouvent juste un peu de temps tard dans la soirée, alors que le taxi les attend déjà, promettent de donner rapidement de leurs nouvelles et demandent si quelqu'un a des contacts avec la Russie.

A vrai dire, ils ne s'intéressent qu'aux Juifs soviétiques, car ceux-là EXISTENT. Ici, il y a des souvenirs qu'il faut préserver (le rabbin Besser de New York remercie donc les jeunes Juifs du pays de s'en occuper), mais les gens n'existent plus. Quant à cette poignée de jeunes gens qui tiendraient tous dans la chambre d'hôtel du rabbin Besser? Cela n'est pas tout à fait sérieux : une épouse convertie, une goya, un fils non circoncis, un gardien catholique des cimetières juifs... Tout cela peut émouvoir certes, mais il est impossible d'y fonder un quelconque avenir. Ils abrègent donc la conversation, promettent de donner rapidement de leurs nouvelles, le gendre du rabbin Besser demande à Janek Jagielski de lui retrouver le tsadik de Warka, et ils s'envolent pour Moscou.

Ils sont tous pressés, même ceux qui ne sont pas d'importants rabbins américains. Il n'y a pas si longtemps, deux d'entre eux arrivèrent en courant au cimetière de Varsovie : chapeaux noirs, papillotes tressées, sacs de voyage, vingt-cinq ans environ : « Monsieur Jean, monsieur Jean, criait le gardien du cimetière, ces messieurs cherchent le tsadik de Brześć et le tsadik de Mińsk Mazowiecki! » Alors, Janek les accompagne en toute hâte, car le taxi attend déjà, jusqu'au tsadik de Brześć; là, les jeunes gens écrivent quelque chose, jettent leur petite feuille dans le tombeau, prient en vitesse, sortent les appareils de leurs sacs, prennent des photos, puis au galop, chez le tsadik de Mińsk Mazowiecki. Ensuite, ils se précipitent à l'aéroport et le jour même, repartent pour Paris.

Les feuilles qu'on laisse dans les cimetières, ce sont des lettres au tsadik : des problèmes que les Juifs confient à leur tsadik décédé. De son vivant, le tsadik – c'est-à-dire le juste – répondait personnellement. Il exauçait des vœux, donnait des conseils, soignait des maladies, réglait des différends, et prononçait des verdicts. Grâce à sa piété, cet homme saint se situait à mi-chemin sur l'échelle qui liait les Juifs à leur Dieu. Il était plus proche de Dieu que le commun des mortels, plus proche des hommes que Dieu lui-même. C'est donc par son intermédiaire que la volonté divine parvenait sur terre. Quand il mourait, son pouvoir ne disparaissait pas. Bien au contraire, il devait sans doute augmenter, car désormais le tsadik se trouvait encore plus proche des cieux. Les Juifs se rendaient donc dans des cimetières, allumaient des bougies à leurs tsadikim et leur laissaient un tas de problèmes à résoudre, inscrits sur de petites feuilles.

Les Juifs ont beaucoup de problèmes à confier à Dieu, mais ils se trouvent si loin : à New York, Paris, Montréal, Tel-Aviv... Alors que les tsadikim demeurent comme avant : à Leżajsk, Kozienice, Przysucha, Góra Kalwaria. Il ne reste donc qu'une seule chose à faire : venir. Avec sa feuille et sa bougie, venir de Paris à Przysucha, ou de Montréal à Kozienice.

Tout d'abord, il faut découvrir où repose le tsadik.

On va sur les collines séparées par de vieilles tranchées, envahies d'herbes folles, ou bien dans le bois planté par les activistes du village. On touche quelques cailloux incrustés dans la mousse, ceux qui n'ont pu servir ni pour paver les routes, ni comme pierres à aiguiser. Perplexe, on regarde la rivière couler inlassablement le long de la colline du cimetière, puis on ramasse au sol un os blanchi, déterré après le passage d'une pelleteuse. Dans de vieilles maisons d'alentour, on essaie d'interroger quelques personnes âgées : « Excusez-moi, ne sauriez-vous pas où se trouve la tombe du tsadik? »

Il était facile de se souvenir du lieu, car les tombes des tsadikim étaient toujours surplombées de petits édifices en bois ou en briques. Un tel édifice s'appelle *ohel* en hébreu, c'est-à-dire tente. Son rôle est de protéger la tombe des profanations et de rappeler l'importance du défunt. A Kozienice, on retrouva facilement le soubassement d'un ohel, les plans du cimetière ayant été préservés; à Przysucha, on chercha plusieurs jours, jusqu'à ce que Jan Werenc le découvrît lors de sa promenade dominicale au cimetière, où il s'était rendu avec sa femme, sa vache et sa pelle; à Warka, ce fut un jeune homme avec des béquilles qui montra à Janek Jagielski les traces de briques; à présent, on prévoit d'entreprendre les recherches à Mszczonów.

Janek Jagielski est géochimiste; il passe son temps à l'Institut de Chimie Industrielle et dans les cimetières juifs : « On me pose toujours les deux mêmes questions. Pourquoi je le fais, et est-ce que je suis Juif? Il m'est très facile de répondre à la deuxième question : Non, je ne suis pas Juif. Quant à expliquer pourquoi je le fais? Je l'ignore. Cela possède peut-être une signification qui m'échappe, ou bien ne veut rien dire du tout. Une chose est sûre : parmi tous les gens qui vivent en Pologne, je suis l'homme le mieux renseigné sur l'endroit où se trouve telle ou telle tombe dans un cimetière juif. »

Dès qu'ils arrivent au village, tous de noir vêtus, avec leurs barbes noires et leurs calottes, et qu'ils se mettent à chercher, surgit immédiatement l'inévitable question de savoir ce qu'ils avaient caché. De l'or, bien sûr! Car, que pourrait chercher un Juif creusant dans un cimetière?

Jan Werenc, charpentier, dont la maison se trouve derrière un petit bois attenant au cimetière, se demandait lui aussi ce que tout cela signifiait. Il découvrit tout seul le soubassement en donnant un bon coup de pelle, pas très profond d'ailleurs, vit des briques, et camoufla aussitôt le trou. Cela se passa un dimanche, le jour était fort mal choisi pour creuser, mais rien n'empêchait de paître; il fit donc paître sa vache, tout en se promenant avec sa femme et en se demandant ce qui aurait bien pu avoir été caché sous le soubassement. Peut-être l'argent pour la guerre? Peut-être leur idole? La Bible dit bien que les Juifs adoraient une idole en or; peut-être l'ont-ils cachée ici, à Przysucha, ce qui expliquerait leurs recherches?

Le lendemain, les Juifs étaient de retour. Ils avaient fait venir en voiture les personnes les plus âgées de la région, dont une femme de quatre-vingt-dix ans, en vain; chacun montrait un endroit différent. C'est alors que Jan Werenc dit : « Messieurs, je vais vous montrer. » Il prit des pelles, demanda de l'aide à son gendre et à son fils, et déterra les briques...

Là-dedans, tout était emmêlé, envahi de racines; il avait même fallu arracher les branches avec une pioche. Les autres ne disaient rien; ils regardaient sans bouger; de temps en temps seulement, ils soulevaient un caillou, y déchiffraient des caractères hébraïques, et le mettaient précautionneusement de côté. Quand tout le soubassement fut déterré, ils se rendirent tous chez les Werenc prendre le thé. La belle-fille coupa du saucisson, mais ils ne voulaient même pas y toucher. Alors des œufs peut-être? Les œufs non plus, car le récipient aussi devait être kasher; par bonheur, la belle-fille possédait une marmite toute neuve; ils se précipitèrent donc à la cuisine pour vérifier, acceptèrent finalement d'y faire cuire les œufs et goûtèrent même à la salade de tomates.

C'est alors que Werenc osa enfin leur demander : « Messieurs, mais que cherchez-vous chez nous? Peut-être une idole en or? » Et c'est ainsi qu'on apprit qu'il s'agissait du tsadik. – Ce tsadik était si savant, un individu tel qu'il n'en peut naître qu'une fois tous les cent cinquante ans. Ce qu'il pouvait inventer en une minute, un autre n'en aurait pas assez eu de toute une vie, expliquaient les visiteurs de New York.

– C'est à ce tsadik qu'il va maintenant falloir ériger un *ohel* tout neuf, au-dessus de sa tombe retrouvée. Combien cela coûtera? demanda l'un des Juifs en sortant son portefeuille. – Pas si vite, messieurs! s'agita Werenc. Sans l'accord des autorités de la commune? Sans plans? Ici, on ne peut même pas bâtir une grange sans autorisation et vous, vous voudriez un édifice pour votre tsadik à l'instant même?

Au mois de septembre, *l'ohel* était prêt. On a blanchi

l'intérieur des murs, accroché des plaques juives glorifiant leurs sages vénérés. Sur chaque plaque est peinte une bougie. Les gens regardent les bougies avec admiration car dès qu'on met le courant, leurs flammes artificielles se mettent à vaciller comme au gré du vent. Le gendre qui a fait l'installation dit que ça vient du Japon. Sur la petite barrière en bois, il y a déjà les premières traces de cire de vraies bougies. Au fond, le long du mur, on peut voir les premières feuilles de papier. Ce sont des lettres de New York adressées au tsadik de Przysucha.

Les voisins accostent les Werenc dans la rue : – Est-ce vrai que vous faites maintenant revenir des Juifs en Pologne? – C'est vrai, répond Mme Werenc. Les Juifs n'ont qu'un seul désir : faire la queue dès l'aube devant la boucherie, une carte de rationnement à la main, ou bien munis de bons d'achat pour du charbon, commencer à attendre, la veille au soir, l'ouverture du dépôt.

Les Juifs ont promis à Werenc de l'inviter en Amérique avec ses fils et ses gendres : – Vous y ferez les mêmes choses qu'ici, expliquait le plus important d'entre eux. Mais ils n'ont pas compris. A quoi bon les *ohel* en Amérique, puisqu'ils n'ont pas de tsadikim?

– Pourvu que je ne meure pas là-bas, s'inquiète Werenc. Le transport du cercueil coûterait une fortune. Mais à vrai dire, les personnes parties à l'étranger en collaboration bénéficient d'un rapatriement gratuit. On a même ramené un gars dans son cercueil, de la Libye jusqu'à Przysucha, aux frais de l'État. Mais est-ce que lui aussi y aurait droit? Sinon, il vaut mieux qu'on le brûle. La cendre est légère, on ne risque pas de payer le supplément de bagage.

– Comment expliquer, s'interroge l'informaticien chargé du transport des disquettes de Przysucha jusqu'à l'ordinateur central, que, dans toutes les villes habitées jadis par des tsadikim, il y a aujourd'hui des usines de Hortex? Przysucha, Leżajsk, Góra Kalwaria...

Qui plus est, toutes ces entreprises sont excellentes. L'usine Hortex de Przysucha avait emprunté cinq millions de dollars aux banques européennes et elle remboursa tout.

– Autrefois il y avait des forêts, explique le directeur, des champs, la légende toujours vivante du commandant Hubal... et Kopulak. Aujourd'hui nous avons du matériel technologique venant d'Autriche, de Suisse et d'Italie, des graines de Hollande, des clients du monde entier.

Des représentants des banques de l'Ouest sont venus et, après avoir tout bien regardé, ils ont demandé au directeur de quelle somme il avait besoin et quelles étaient ses conditions. Alors? S'agirait-il d'un simple hasard? Quant à Kopulak – l'usine de fourneaux –, tout y est resté comme dans le temps. Les gens travaillent sur les tables d'autrefois, ils puisent de la fonte liquide dans des cuves d'autrefois avec des louches d'autrefois, et la versent dans des formes d'autrefois. Et ils ressemblent tous à des gens d'autrefois, sales et épuisés par la besogne. A une différence près, c'est qu'après le travail, ils ne courent plus à la prière du soir mais à leurs plates-bandes, cultiver des fraises et des groseilles pour Hortex. Leurs soucis non plus ne sont pas les mêmes.

– L'année se termine, explique le secrétaire de la cellule du Parti de l'usine Kopulak, or je n'ai encore recruté personne. On subit des pressions pour recruter au moins un membre par an, mais que pourrais-je lui offrir, pauvre de moi? Certainement pas un appartement, pas plus un poste de télévision; l'année se termine et je n'ai toujours personne...

– Tout peut être falsifié dans ce bas monde, sauf la

vérité... déclara le rabbi de Kock, élève de Symcha Bunam, rabbi de Przysucha.

Ils sont tous tellement pressés... Les rabbins pour se rendre à Moscou, les Juifs chez le tsadik, les habitants de Przysucha à leurs plates-bandes (ils passent tout le printemps et tout l'été à genoux, à planter, sarcler, récolter); quant à Rafał Sosiński, il était pressé de prendre le train. Il avait encore ses deux jambes à l'époque; il rentrait de Varsovie à la maison, le sac rempli de victuailles. Il est vrai qu'il avait réussi à acheter des choses extraordinaires. Des saucisses, du filet de porc, du bacon, et même une paire de chaussures pour son beau-frère, pour le mariage... Et c'est justement le poids de ce sac qui le fit glisser des marches du train. Il ne le laissa pas tomber, même coincé entre le quai et les wagons. Ni même quand la dernière roue lui brisa la jambe, ni sur la civière. Il ne le donna à sa mère qu'une fois à l'hôpital, soulagé et fier de lui.

Appuyé sur ses béquilles, Rafał S. montre à Janek J. les traces du soubassement d'un *ohel.* Puis il nous conduit à l'endroit où se trouvait la maison de Mme Wierzbicka. Puis il prononce quelques mots à propos du tsadik de Warka, en l'appelant Mengele. « Mendel », corrige Janek J. – Exact, acquiesce Rafał S. Mengele, c'était un médecin. Puis nous ramassons un os déterré après le passage d'une pelleteuse. Rafał S. l'enlève de mes mains en disant : – Non, il doit rester ici. Il pose sa béquille, creuse un trou avec sa main, y dépose l'os qu'il couvre soigneusement de terre.

L'histoire de Przysucha d'après *Les villes polonaises du millénaire,* éditions Ossolineum, 1965 :

... la première mention, de 1490, fait état d'une

transaction commerciale effectuée par Paweł Męcina; au XVIe siècle, il y avait une forge avec une roue à eau, et au XVIIIe une papeterie et un moulin appartenant au comte Dembiński; à l'époque des partages quatre fonderies, une manufacture de sabres et une scierie; au début du XXe siècle, Przysucha perdit son statut de ville. A P. est né Oskar Kolberg; on y créa la première école coopérative; les forêts d'alentour abritèrent des maquisards et les soldats du commandant Hubal. Une église néo-classique; l'exploitation intense de l'argile ignifuge.

Quelques informations complémentaires d'un historien amateur : notre comte a été marié durant deux ans à l'actrice Loda Halama; dans les archives paroissiales se trouve l'acte de naissance d'Oskar Kolberg; on y trouve également un calendrier scolaire de l'année 1934/35 avec les maximes suivantes : « Prends soin des groschen, les zlotys prendront soin de toi », « Il faut savoir économiser pour être respecté », etc.

Donc : Paweł Męcina, le comte Dembiński, Kolberg, Hubal, Loda Halama... D'accord, mais Jakub Icchak de Przysucha, appelé Jehudi? Et Jerachmiel, fils de Jakub Icchak? Et Symcha Bunam de Przysucha, élève de Jehudi? Dans son livre, *Les Récits hassidiques,* Martin Buber [1] parle des sept tsadikim de Przysucha (un chapitre s'intitule : « Przysucha et les écoles sœurs ») qui étaient à l'origine des écoles hassidiques les plus réputées : Warka, Kock, Góra Kalwaria. Mais le gros volume *Histoire de Warka* ne le mentionne pas non plus. On y trouve des informations sur les habitants les plus célèbres de Warka : Pułaski, Wysocki, Matlakowski, mais pas un mot sur le silencieux tsadik Mendel de Warka. – Ce n'est pas correct d'oublier Mendel de Warka, dis-je à M. Matlakowski, petit-fils

1. Martin Buber : *Les récits hassidiques,* Éditions du Rocher, 1991.

de celui du livre, médecin, ethnologue, auteur de travaux sur la chirurgie, la culture de la région de Podhale, et d'une édition critique de *Hamlet* dans sa propre traduction. – Vous avez raison, répond M. Matlakowski. Mais, qu'y a-t-il de correct dans le monde actuel?

Les Polonais ont le devoir de se souvenir, écrivit Jakub Karpiński dans l'article « Asymétrie ». *Quelqu'un en Pologne doit se souvenir des Juifs* [2]...

C'est faux, le devoir de se souvenir n'existe pas. Pas plus que le devoir d'aimer.

De toute façon... Qui devrait se souvenir? A Przysucha? A Warka?

Chaque année, des représentants de l'ambassade américaine se rendent à la statue de Kazimierz Pułaski pour y déposer une couronne de roses, qui plus est de roses bleues. Peut-on oublier des roses, les roses américaines? les roses bleues?

Piotr Wysocki est resté dans le souvenir de Marianna Sosińska, née Knyź, mère de Rafał. La grand-mère de Mme Sosińska racontait que Wysocki l'appelait « Dozia, Dozia » et lui donnait des bonbons. Quant à la mère de Dozia, c'est-à-dire l'arrière-grand-mère de Mme Sosińska, née Knyź également (ce qui est important, car ce sont les Knyź qui fabriquent aujourd'hui des radiateurs électriques avec thermostat qui pourraient concurrencer ceux de Siemens), c'est donc à cette arrière-grand-mère que Wysocki avait raconté que, lors d'une déportation, une femme lui servait le déjeuner tous les jours. A chaque repas, il laissait une nouille à l'intérieur de laquelle il avait caché une paillette d'or de la mine. Le jour de son départ, la femme voulut lui rendre tout son or, mais il

2. Jakub Karpiński, *Aneks,* Londres, 1986.

refusa et revint à Warka sans rien, avec juste un seul habit.

C'est ainsi que la mère de Rafał S. parlait de Piotr Wysocki, et c'est justement cela la mémoire : l'arrière-grand-mère, la grand-mère, Dozia, des bonbons.

Oui, mais il s'agit là de Wysocki, l'homme qui a lancé l'attaque des Polonais contre le palais de Belweder. Or, Icchak de Warka et Mendel de Warka non seulement n'avaient lancé aucune attaque de Polonais, mais ils ne leur parlaient même pas. Leur sagesse et leur savoir ne leur étaient pas destinés.

Mendel de Warka ne parlait même pas aux Juifs. Mendel de Warka se taisait. Un jour, il rencontra le rabbi de Kozienice face à qui il se tut durant une heure, puis il annonça : maintenant, nous nous sommes mieux compris. *Le silence constitue un genre tout particulier de piété,* écrit Martin Buber. *Lorsque le rabbi Mendel évoque le silence (...), il ne pense pas tant à une prière silencieuse qu'à un cri ou à des pleurs muets. Le cri muet est une réaction à une souffrance extrême...* [3].

Est-ce que dans un monde où – selon M. Matlakowski – rien n'est correct, il est possible d'entendre des pleurs muets? Surtout quand c'est le rabbi Mendel qui pleure?

Il n'y a pas longtemps, on a détruit ce qui restait de la maison située au pied de la colline du cimetière, du côté de la rivière Pilica. Autrefois, on y préparait des cadavres pour l'enterrement. On les lavait, on les enveloppait dans le linceul et on leur posait des pièces de monnaie sur les paupières, de façon que la Lumière ne les éblouisse pas quand ils sortiront de leurs tombes le jour du Jugement. La maison était habitée par la Wierzbicka. Personne ne se rappelait de son prénom, on disait

3. Martin Buber : *op. cit.*

« la Wierzbicka ». Elle avait un mari aveugle. Elle était robuste, s'embauchait pour le battage chez les Matlakowski où elle travaillait comme un homme. Le 8 septembre, elle arriva chez les Matlakowski en criant : « Le portail est ouvert! » Elle crut que quelqu'un avait mis le feu à la grange, or c'était une bombe incendiaire, la première à Warka.

Elle garda le vieux cimetière longtemps après la disparition des Juifs et des pierres tombales. Munie d'un bâton, elle chassait tous ceux qui venaient sur la colline faire paître leurs moutons. Un jour, l'incendie envahit la colline. Les flammes dévastèrent l'herbe et les arbres – des bouleaux et des aulnes. La Wierzbicka courait d'arbre en arbre en essayant d'éteindre le feu. C'est alors qu'une chose étrange arriva; on dit que quelque chose se brisa dans sa tête ce jour-là. M. Matlakowski l'a vue pour la dernière fois malade, transie de froid, couchée sur un grabat. Il paraît que sa fille l'a emmenée chez elle. Il paraît qu'elle est morte.

Dans la synagogue du XVIIIe siècle de Przysucha, on avait changé le toit et consolidé le plafond avec des étais métalliques. Après avoir effectué ces travaux, les ouvriers quittèrent les lieux. A l'intérieur, au-dessous d'une balustrade en fer forgé, ils avaient laissé une bouteille vide de vodka « Czysta », un pot vide de goulache, des morceaux de bouteille de bière « Délice » et trente sacs de ciment. A l'extérieur, contre le mur : des capsules métalliques de bouteilles de bière, des capsules en plastique de bouteilles de vin, des boîtes de conserve vides, des boutons, des morceaux de verre, des excréments séchés, un lambeau d'étiquette « Choux farcis », un coude de tuyau, une tête de lit, un bonnet de laine, un maillot de corps déchiré, des gants de protection et une botte en caoutchouc.

Les gants sont en plus grand nombre, car ils gênaient pour ouvrir les bouteilles. Le bonnet de laine est sans doute tombé d'une tête penchée en arrière. La tête de lit – car on était en train d'échanger le vieux meuble contre un plus moderne (le maire de la ville : « nous avons un très grand choix de meubles; le magasin n'est plus assez grand pour les stocker »). Les bouteilles – ça va de soi (le maire : « l'année dernière, nous avons dépensé en alcool deux cents millions de zlotys, ce qui correspond au budget annuel de notre commune »). Les excréments – car...

« Nous devons revenir, cria à ses élèves le rabbi Bunam. Les murs réclament justice, car je les ai négligés et couverts de honte. »

Les visiteurs de New York ont promis de faire venir des milliers de gens à Przysucha, sur la tombe de leur tsadik. Le propriétaire de l'unique motel de la ville (domicilié rue Krakowska, dans l'ancienne maison du dernier rabbin de Przysucha) se demande où ils vont pouvoir tous manger; il faudrait peut-être ouvrir une cuisine casher? On pourrait même leur allouer une salle à part – mais où les loger? Il serait souhaitable qu'ils logent ici pour se rendre sur les tombes de leurs autres tsadikim – à Kozienice ou à Góra Kalwaria. Il est un peu tard pour se souvenir, mais il est juste temps d'organiser l'infrastructure du souvenir, profitant de la deuxième étape de la réforme économique.

En racontant l'histoire des tsadikim de Przysucha, Martin Buber évoque la forêt. C'est dans cette forêt que se rendit le fils du rabbi Bunam après la cérémonie de son mariage, pour y étudier le hassidisme avec ses amis. C'est dans la forêt que son père alla le chercher : – Reviens, ordonna-t-il; le fils le regarda « comme sorti d'un rêve », il dit : – J'ai oublié, et revint aussitôt à sa jeune épouse.

C'est à travers cette forêt que voyagea le Clairvoyant de Lublin, appelé ainsi à cause de son intuition perspicace, celui qui déclara : « Un jour, cet endroit détiendra toute une tradition visible et cachée. »

On ignore l'endroit exact où tous ces événements se sont déroulés, car les forêts sont très étendues aux alentours de Przysucha.

Était-ce la forêt juste derrière Przysucha, celle d'où Jankiel Kozłowski était sorti avant de frapper à la porte de Josépha Tomasikowa? Sa maison se trouvait en bordure de la forêt; tous ceux qui en sortaient frappaient donc d'abord à sa porte. Elle apporta à Jankiel, caché au grenier, de la nourriture et des livres. Il fut fusillé un an plus tard devant la maison. La petite fille de Josépha raconte qu'ils avaient tiré trois fois, mais son corps renvoyait les balles; c'est la quatrième balle qui le tua. Avec une charrette empruntée, ils conduisirent la dépouille de Jankiel au cimetière, et Josépha Tomasikowa avec sa fille à la police. Josépha mourut à Brzezinka, dans le baraquement numéro 6; sa fille Sanisława survécut après avoir été à Auschwitz et à Ravensbrück; le mari de Josépha se cacha jusqu'à la fin de la guerre.

Ou bien, était-ce la forêt vers laquelle s'en alla Antoni Smerdzyński avec ses trois amis? Le garde forestier les conduisit, le commandant Hubal demanda : « Pourquoi venez-vous ici? »; il acceptait seulement ceux qui savaient donner une réponse. Il les accepta, car un certain Woźniak de Przysucha se trouvait déjà dans son détachement. Bien plus tard, Woźniak fut exécuté par Siwek dans le restaurant de Mme Rejmerowa, pour venger les Juifs qu'il avait liquidés. Les Juifs faisaient partie du bataillon de Wilk et, après l'écrasement de leur unité par les Allemands, ils erraient dans la forêt. (Était-ce donc cette même forêt? La forêt de leur errance?... La forêt où Woźniak...). « Tout cela est faux, constate Antoni S. Woźniak était un honnête homme; les Juifs ont dû être liquidés par quelqu'un d'autre. Si la vieille Rejmerowa avait été encore vivante, elle aurait su nous dire qui c'était, car trois cadavres gisaient dans son restaurant : deux officiers mongols incorporés dans l'armée allemande, et Woźniak. Mais Rejmerowa est morte, et bientôt, ajoute Antoni S., ce sera notre tour. » Ne pleure pas, dit à sa femme le rabbin Bunam sur son lit de mort. Toute ma vie, j'ai appris à mourir. Antoni S. est d'accord avec le rabbi. Il s'est d'ailleurs accoutumé à la mort des autres de par sa profession : depuis cinquante ans, il peint des plaques mortuaires en métal. Il a ainsi expédié au paradis une dizaine de milliers de morts. A ses moments de loisirs, il fait des inscriptions et des enseignes : « Glaces italiennes », « Coiffeur pour dames », « L'union fait la force », « Le peuple, la patrie, le parti ne font qu'un ». Les plaques mortuaires sont les plus rentables : un morceau de tôle, un peu de peinture, un texte court, le nom, « Qu'il repose en paix », et une branche d'olivier avec une croix. Dernièrement, il n'avait presque pas de travail. Il a prié pour avoir plus de clients et sa prière a été exaucée : à la Toussaint, il a été submergé de commandes pour la restauration des plaques. Hélas, il avait oublié de prier pour obtenir de la peinture; on n'en trouve plus dans toute la voïvodie.

Antoni S. habite la maison où il est né, il y a soixante-dix ans. Avant lui, la maison appartenait à son père, peintre également. Tout autour, se trouvaient une multitude d'ateliers juifs où l'on fabriquait des chaînes, des cerclages, des serrures... Dès quatre heures du matin, on entendait déjà des coups de marteau; à présent, il y règne un tel silence à l'aube qu'il est impossible de dormir.

Antoni S. mène une vie mondaine. Pour commémorer la bataille, ils célèbrent une messe à Gielniów, suivie d'un repas de choucroute à Gałki; pour commémorer la mort du commandant Hubal, ils organisent des veillées avec des boy-scouts à Imielin, avec un appel solennel autour du monument; à Szydłowiec, l'endroit du campement du bataillon, ils ont une messe et vont se recueillir au cimetière; puis ils hissent des pavillons sur des bateaux, inaugurent des plaques commémoratives, rencontrent la jeunesse... Et c'est justement cela la mémoire : la messe, les boy-scouts, le bateau, la choucroute.

J'ai appris l'existence de Jankiel, le fait qu'il s'était caché dans la maison de Josépha Tomasikowa, grâce à la lettre envoyée par sa petite-fille, Régine B., bien après notre conversation. Quand je l'ai rencontrée, elle n'était au courant que d'Auschwitz. – Et le Juif? ai-je demandé, car Antoni S. soutenait qu'il s'agissait d'un Juif. – Maman a juste mentionné que quelque chose dans ce genre avait eu lieu, mais je ne lui ai pas posé de questions...

Il fut un temps, ajouta-t-elle, où il valait mieux ne pas en parler.

Auschwitz, bien sûr, Auschwitz a toujours été un bon sujet de conversation, mais quant à savoir pourquoi on y avait été... Cela aurait peut-être pu déranger quelqu'un si c'était pour avoir caché des Juifs...

« Le nombre exorbitant des victimes de l'Holocauste a eu pour effet bien plus l'indifférence que l'envie de se souvenir, écrivit Stanislas Vincenz. *On pourrait même dire qu'il est à l'origine de l'insensibilité car en évoquant un million, il est impossible d'imaginer autre chose que les chiffres. Qui plus est, il est tout aussi impossible d'éprouver de la compassion pour un million de victimes, de les pleurer, de porter leur deuil... Par conséquent, plus les gens entendent parler d'un nombre exorbitant de victimes, accédant ainsi à une sorte d'éducation statistique de l'âme, plus leur sensibilité s'estompe... Pourtant, nous savons bien que chaque homme meurt seul et une seule fois* [4]. »

4. Stanislas Vincenz, *Thèmes juifs,* Éd. Oficyna Poetòw i Malarzy, Londres.

Répétons après Stanislas Vincenz :

« O Seigneur, Toi qui es la mémoire dans la mer de l'oubli, éveille en nous le souvenir de ces deux personnes : de Josépha Tomasikowa et Jankiel Kozłowski, de la forêt près de Przysucha. »

La maison à la tourelle

à la mémoire de Krzysztof Masewicz

Elle est étonnamment vaste pour une maison de Kock. On l'avait bâtie avec de grosses poutres en bois, on avait dissimulé les ouvertures derrière les balcons, et élevé une tourelle au-dessus de l'angle de l'entrée principale. Vue de loin, la tourelle semble circulaire, et l'une de ses fenêtres paraît entrouverte mais dès que l'on s'approche, on constate que la fenêtre n'est pas entrouverte mais qu'il lui manque une vitre. On constate également que la tourelle n'est pas circulaire mais décagonale, construite avec des poutrelles verticales soutenues par des entretoises en bois.

Est-ce bien ici?

Est-ce ici qu'il a habité, dans cette petite pièce ovale tout en bois?

Martin Buber écrit que le lieu d'isolement du tsadik était protégé par deux portes, toujours fermées. L'une était trouée pour qu'il puisse écouter les services religieux et recevoir sa soupe du soir, sans avoir à l'ouvrir. Il ouvrait l'autre lui-même, lorsque les hassidim s'assemblaient derrière. *« Il s'arrêtait alors sur le seuil, en sous-vêtements, une horrible expression déformant son visage, et se mettait à les invectiver avec des mots brusques, impétueux, dotés d'une telle violence que la peur les saisissait et qu'ils s'enfuyaient à travers portes et fenêtres* [1]. »

1. Martin Buber, *op. cit.*

A quelle porte pensait Buber?

Il y en a une dans la tourelle. Pas celle de l'époque, bien entendu, elle a dû être remplacée à cause des trous. Et l'autre? Celle derrière laquelle les hassidim se rassemblaient?

Et où se trouvait l'horloge? Lazik Roitchvantz ne racontait-il pas qu'une horloge se trouvait dans l'étroite chambrette du tsadik de Kock. « Le tsadik, disait Lazik, lisait des livres insupportablement savants et méditait sur leur sens vingt-quatre heures sur vingt-quatre. Ce n'était pas un homme mais un pur esprit... » Et voilà qu'à la veille de sa mort, ce noble tsadik confia à son disciple favori avoir péché durant toute sa morne existence : il avait écouté le chant d'une femme.

Il avait dans sa chambre un vieux carillon, l'œuvre d'un malheureux horloger de Proskurov. L'horloger avait perdu sa jeune et délicieusement belle fiancée et, fou de désespoir, enferma sa voix dans le carillon. Le son en était si beau que le tsadik ne pouvait pas ne pas l'écouter. Il savait qu'il commettait un péché, qu'il aurait dû rester assis et méditer sur la vérité, mais il s'approchait de l'horloge pour vérifier si elle n'avançait pas, ou bien ne retardait pas un peu. Il déplaçait l'aiguille, et l'horloge se mettait à sonner, comme si une femme belle et triste lui parlait. *« Elle me parlait de l'amour et de la peine, des étoiles, des fleurs, de mon printemps défunt et de l'éternel printemps de l'horloger fou, lorsque les oiseaux chantent et que la pluie ruisselle*[2]*. »*

C'est ce que Lazik R., le plus accompli des marxistes, avait raconté au citoyen procureur; cela ne pouvait donc qu'être vrai : dans la tourelle, il y avait bien une horloge.

Mais où était-elle placée?

La chambrette possède trois fenêtres – je ne pense pas

2. Ilya Ehrenbourg, *Lazik le Tumultueux,* éd. J.-C. Lattès, Paris, 1981.

que l'horloge ait pu avoir été mise dans le menu espace qui existe entre elles. Plutôt à côté de la porte d'entrée, à la place du carton rempli de vieux chiffons poussiéreux. A part les chiffons, on y trouve également des bocaux sales, des édredons déchirés, des bouteilles vides, des lambeaux de journaux – l'inventaire habituel des lieux saints juifs. La synagogue de Przysucha était d'ailleurs bien mieux équipée : tête de lit, bouts de tuyaux, bonnet de laine, sacs de ciment et partout, toujours présente, l'inévitable botte en caoutchouc couverte de boue. Toujours une seule. Dans la maison du tsadik de Kock, une seule; dans la synagogue de Przysucha, une seule également. A Kock, c'était la botte du pied droit, à Przysucha, du pied gauche. Elles semblent aller de pair, mais oui, c'est bien la pointure quarante-quatre. Qui donc avait un si grand pied? Menachem Mendel de Kock ou Symcha Bunam de Przysucha? Menachem Mendel était plutôt petit, il avait une grosse barbe et des yeux ardents; Symcha Bunam était un grand voyageur, un homme du monde rompu aux affaires... Cela m'a tout l'air d'être la pointure du rabbin de Przysucha. Mais pourquoi les bottes sont-elles couvertes de boue desséchée? Le rabbin venait-il à pied jusqu'à Kock? On peut supposer qu'il ait laissé une botte par distraction. Il était complètement absorbé par la dispute avec son ancien disciple que Buber comparait aux ténèbres de la nuit déchirée par des éclairs, alors que le maître le faisait plutôt penser à la lueur douce d'un coucher de soleil...

(Et si ce n'était pas une dispute? Si Symcha Bunam avait découvert la voix enchantée? Désormais, il serait venu plus souvent, prétextant toujours la lecture des livres insupportablement savants, mais un jour, son disciple l'avait surpris à parler de la pluie et des oiseaux avec la belle fiancée... Il oublia tout le respect, devint fou de jalousie – il était connu pour son caractère explosif – et le rabbin de Przysucha dut s'enfuir à toute vitesse en perdant une chaussure en route...)

Oui, cela aurait pu se passer ainsi. Mais Symcha Bunam est mort douze ans avant l'isolement de Menachem Mendel.

A qui appartenait donc la botte sale du pied droit? Et où se trouvait l'horloge?

LA MAISON – suite.

Elle est située au croisement de deux rues du centre-ville, la rue des Champs et la rue de l'Armée Polonaise. Auparavant, elle se trouvait au croisement de la rue des Champs et de la rue du Maréchal Piłsudski – et l'on ignore si elle était déjà là avant. Selon le conservateur du musée de la voïvodie, elle a été construite dans l'entre-deux-guerres, après les incendies provoqués par un pyromane local. (En 1927, il réussit à faire partir en fumée cent soixante-dix maisons; on l'arrêta en 1935 seulement.)

Le conservateur pense que la véritable maison du tsadik a été détruite par les flammes, et que celle qui existe, la demeure du dernier rabbin de Kock, ne présente aucun intérêt historique.

Il y a une semaine, deux historiens en architecture sont venus de Varsovie voir la maison; ils situent sa construction vers la moitié du XIXe siècle.

Peut-il s'agir de la première moitié du siècle?

La charpente du toit est taillée à la hache, fixée à l'aide de chevilles de bois, sans un seul clou... Oui, il pourrait sans doute s'agir de la première moitié du XIXe siècle.

Peut-il s'agir des années 1829-1859?

LA MAISON – suite.

L'entrée principale fut décorée par un bas-relief : petit tympan orné de deux côtés par des vases. Quelqu'un rêvait-il du grand tympan d'un vrai palais? Est-ce Menachem Mendel qui avait souhaité ce prétentieux bas-relief?

Il arriva à Kock en 1829. (Il était venu de Tomaszów, où il exigeait de ses hassidim de quitter leur famille durant de longs mois, de travailler dur dans la journée et de méditer, la nuit venue, sur le mystère de Dieu, de l'être humain et de soi-même. Il s'était rendu dans plusieurs villes à la recherche de sa nouvelle demeure; à Kock, il fut accueilli avec des pierres. – Une chose est sûre, déclara-t-il, ces gens-là ne sont pas indifférents face à l'essentiel. Et il resta à Kock jusqu'à sa mort.)

Il était venu demander aux Juifs le dévouement absolu à Dieu et le mépris de la vie temporelle, qui ne valait pas un soupir.

Est-ce qu'un homme qui méprise autant la vie temporelle peut se contenter d'un tympan si banal? La sculpture avait dû être commandée par quelqu'un d'autre, après la mort du tsadik. Son fils, son petit-fils, ou bien sa belle-fille exaltée. Car, à part de respectables et pieuses épouses, dévouées à leur famille, il y avait dans ce genre de maisons de belles femmes troublantes, en robes décolletées, qui serraient la main aux hommes inconnus, lisaient des poèmes et rêvaient aux mondes lointains...

On aurait également pu sculpter l'ornement du vivant du tsadik, après sa séparation d'avec le monde extérieur. Après ce vendredi mémorable dont on disait avec horreur et effroi : « ce vendredi-là », et tout le monde comprenait, sans explications superflues, de quelle horrible journée il était question...

Nous ignorons jusqu'à ce jour ce qui s'est réellement passé.

Il paraît qu'il était arrivé au temple tard dans la soirée.

Il paraît qu'il transgressa le rituel du shabbat en touchant le chandelier, et qu'il cria quelque chose.

Il paraît que les hassidim voulaient le ligoter et qu'il était défendu par le plus fidèle de ses disciples, Icie Meir, celui-là même qui devait fonder plus tard la célèbre dynastie des tsadikim à Góra Kalwaria...

Nous ignorons contre quoi Menachem Mendel s'était révolté. On dit que c'était contre les gens qui n'avaient pas su répondre à l'appel de Dieu. On dit que c'était contre lui-même, qui n'avait su répondre ni à Dieu ni aux hommes. Mais était-ce peut-être Dieu qui n'avait pas répondu aux espoirs de Menachem Mendel, tsadik de Kock?

En touchant le chandelier, il hurlait des mots à propos d'un jugement. Certains avaient même entendu de terribles propos sacrilèges :

– Il n'y aura pas de jugement! Il n'y a pas de juge!

Après s'être libéré des mains des hassidim affolés, Menachem Mendel s'en alla dans sa chambre en fermant pour toujours la porte derrière lui.

On a donc sculpté le tympan après ce fameux vendredi : lorsque le prisonnier, qui s'était lui-même condamné à la prison à vie durant vingt ans, ne pouvait plus savoir ce qui se passait dans la maison, ni comprendre les incessants coups de marteau qui lui parvenaient d'en bas, au-dessus de l'entrée principale.

LA MAISON – suite.

Était-ce bien dans cette tourelle?

Ce qui étonne, ce sont des entailles tout au long des entretoises verticales intérieures soutenant les poutrelles. Du point de vue architectural, elles semblent complètement inutiles; elles ont donc été taillées pour la pureté de leur forme, pour harmoniser les courbes du décagone.

Tout cela avait sans doute demandé beaucoup de patience et d'amour du travail. Le locataire devait en être digne... Pour qui le charpentier du XIXe siècle avait-il construit ce décagone aux fenêtres ouvertes sur les trois points cardinaux : l'Est, l'Ouest et le Sud?

Il est étonnant que la tourelle n'ait pas été reliée à la pièce du rez-de-chaussée. Pour y accéder, il faut grimper au grenier par une échelle extérieure et traverser encore quelques dizaines de mètres dehors. Les locataires actuels de la maison n'aiment pas trop s'y aventurer. « Cet endroit est hanté. On entend distinctement des pas et une voix. Hou-hououu, hou-hououu... », dit la voix. Parfois, il y a aussi des mots, mais difficiles à comprendre, car c'est du charabia. – Et est-ce qu'on entend le carillon d'une horloge? – Non, pas le carillon, juste les pas et la voix : hou-hou...

Il semble en effet tout à fait bizarre que l'on n'ait pas relié la tourelle au rez-de-chaussée. Peut-être parce que son locataire voulait être éloigné le plus possible du reste de la maison?

Buber mentionne la porte derrière laquelle les hassidim se réunissaient pour prier. La chambre de prière devait obligatoirement se trouver sous un toit qu'on soulevait pour la fête de Soukkoth. L'ancienne charpente du toit existe encore : trappes en bois de bouleau, quelques restes de roseaux, tasseaux verts... – On les a peints, explique l'actuel locataire, Tadeusz N. Ça ne peut pas devenir vert tout seul, sans peinture...

Le toit en question est attenant à la tourelle, le tsadik a donc très bien pu écouter les prières sans avoir à ouvrir la porte d'en haut. La deuxième porte, celle d'en bas, il l'ouvrait lui-même et se tenait sur le seuil, une expression horrible sur le visage.

Tous les soirs, on lui servait le seul repas de la journée : une assiette de soupe. Les hassidim entendaient des bruissements divers venant de l'intérieur; cela pouvait être des souris, mais les hassidim soutenaient qu'il s'agissait d'âmes mortes venant chercher leur salut auprès du tsadik.

Ils disaient également qu'une source avait jailli dans la chambrette du tsadik, ce qui lui permettait d'observer la coutume du bain rituel. C'était, paraît-il, l'eau de la source de Myriam, qui, il y a très, très longtemps, avait accompagné les Juifs dans leur traversée du désert.

La source a pu jaillir des poutrelles taillées par le charpentier inspiré, de chaque paroi couverte d'encoches. Dès qu'une encoche se mettait à sec, l'eau giclait de la suivante, puis sortait d'une deuxième poutrelle, d'une troisième, etc. Et quand toutes les parois de dix poutrelles furent épuisées, le tsadik rendit l'âme.

Et si c'était vrai, si une source avait jailli, si le carillon enfermait la voix de la belle fiancée, et si les âmes vaguaient à la recherche du salut, alors on comprendrait mieux pourquoi Menachem Mendel avait pu passer vingt ans dans cette tourelle octogonale.

LA VUE

Les trois fenêtres donnent sur les trois parties du monde : l'Est, l'Ouest et le Sud.

Elles ouvrent également une vue sur les rues de Kock. L'une d'entre elles va vers la place du marché et le palais, une autre vers la tombe de Berek Joselewicz, une autre encore vers Wola Gułowska et le cimetière militaire, une autre vers la cave d'Apolonia Machczyńska.

VERS LE PALAIS

Tout d'abord, il faut traverser la rue des offices municipaux : l'hôtel de ville et la banque mutualiste. Ensuite, on longe les bars dont les portes béantes laissent entrevoir les parquets sales, les tables tachées et une âpre odeur de bière. Puis on traverse la place du marché avec une dizaine d'hommes au sourire édenté, ivres ou légèrement dégrisés, ou bien traînant leur gueule de bois à la recherche d'un verre. On passe devant un socle nu orné de l'inscription « Tadeusz Kościuszko », et l'on arrive au palais. C'est dans ce palais qui fut, il y a plus de deux siècles, la demeure de la comtesse Anna Jabłonowska, l'un des personnages les plus illustres du Siècle des Lumières, et qui, il y a un demi-siècle, abrita le siège de la Gestapo, c'est bien dans ce palais que l'on donna sa dernière chance à Apolonia Machczyńska.

LE SOCLE

La décision d'élever le monument fut prise il y a soixante-dix ans, juste après la première guerre mondiale. C'est à Kock que la division qu'il commandait lors de la bataille de Maciejowice avait établi ses quartiers. C'est à Kock également qu'habitait la comtesse qui entretenait cette division, et il est presque certain qu'il y séjourna à plusieurs reprises.

On éleva le socle, on cloua l'inscription « Tadeusz Kościuszko » et on sculpta le monument. Malheureusement, il perdit un bras pendant son transport vers le socle. On reprit donc le monument et on le plaça à l'orangerie du palais, où il est resté trente ans – un bras croisé sur la poitrine, l'autre tendu vers le ciel, ou plutôt ce qui en restait, car la partie manquante n'a jamais été retrouvée. Lorsque, en octobre 1939, après la défaite du général Kleeberg, les Allemands occupèrent le palais, ils noyèrent Kościuszko dans les marécages. Il y resta encore une trentaine d'années. C'est à l'occasion de l'anniversaire de la bataille de Kock que les sculpteurs de la ville de Nałęczów l'ont sorti à l'aide de cordes et d'un tracteur.

– Et voyez-vous quel malheur, explique Józef Mitura, président de la Société des Amis de Kock et directeur de la banque. Non seulement il n'avait pas de bras, mais la tête lui manquait également. Ils ont refait le tout, et voilà que surgit un nouveau problème : le Commandant devrait tenir quelque chose dans la main reconstituée, mais quoi? Ils ont fait paraître une annonce dans la presse : quelqu'un se souvient-il de ce que tenait Kościuszko dans sa main avant de la perdre? Aucune réponse. On lui a donc mis une épée dans la main et on l'a amené à Kock. C'est alors qu'une citoyenne ayant personnellement connu la fille du comte Zółtowski, dernier propriétaire du palais, s'est souvenue que la comtesse avait parlé d'un rouleau de papier. Il ne pouvait s'agir que de la Proclamation de Połaniec. On a donc enlevé l'épée au Commandant en la remplaçant par le rouleau et, juste au moment de le poser sur le socle, il s'est avéré que l'eau marécageuse avait rongé la construction et que la statue ne pourrait pas supporter l'air frais. On a repris le monument une fois encore; il se trouve toujours à l'orangerie; tandis que, sur la place du marché, le socle reste vide.

L'ÉCOLE

Une dizaine d'années environ après la décision d'élever le monument, on décida de construire une école. Le monument était dédié à Kościuszko, l'école devait porter le nom de son fidèle soldat, Berek Joselewicz.

On nomma un Comité Public. Il fut présidé par Józef Piłsudski, maréchal de Pologne; ses membres étaient : le comte Edward Zółtowski, propriétaire terrien de Kock, Jan Kanty Olszewski, chef du 5e régiment de l'artillerie montée, le prélat Marceli Glinka, curé de la paroisse de Kock, Josef Morgensztern, rabbin de Kock, Jojna Zygielman, conseiller municipal, et bien d'autres personnalités.

Le Comité édita une brochure de circonstance sur du papier vélin. Dans la préface, l'auteur étudia la participation des Juifs dans l'Insurrection de Tadeusz Kościuszko : *« Dès que le feu de l'émeute avait enflammé la Respublica, comme un éclair il arriva jusqu'au plus reculé des faubourgs juifs, poussant ainsi le pouilleux devant l'autel du grand réveil national »*; il cita la notification de Kościuszko sur le régiment des anciens, ainsi que la déclaration du colonel Joselewicz adressée à ses frères : *« Même si nous ne vivons pas assez pour le voir, nos enfants connaîtront inévitablement la sécurité et la liberté, et ils n'erreront plus comme des bêtes sauvages... L'Éternel aux cieux veut qu'il en soit ainsi, nous en avons déjà des signes »*; il présenta également le destin tragique de Berek : la défense de Praga contre l'armée du général Souvarof, les Légions, et sa dernière bataille : *« Il s'était arrêté à Serokomla, où il se distrayait au presbytère en portant des toasts »* quand on l'informa que la cavalerie autrichienne stationnait à Kock, il arriva sur la place du marché donnant des coups de sabre à droite et à gauche; blessé à la tête, il refusa de déposer ses armes et *« rendit l'âme, le corps tailladé en morceaux* [3] *»*.

En terminant sa brochure, l'auteur fit appel à la générosité des citoyens et indiqua le numéro de compte à la banque PKO, où il fallait adresser ses dons.

L'école ne fut jamais construite.

L'un des membres du Comité, se trouvant confronté à de graves ennuis financiers, emprunta la somme collectée, qu'il ne rendit jamais. Il passa quelques années en prison, fut assigné à domicile, puis la guerre éclata. Pendant la guerre, il cacha chez lui la petite Maniusia, élève présumée de l'école-monument, ainsi que sa mère, Mme Zygielman. Le mari de Mme Zygielman avait fait partie du Conseil municipal et du Comité chargé de la construction de l'école. Elle-même était une couturière très demandée; la comtesse Zółtowska lui commandait ses toilettes. Pas toutes, bien entendu, car la comtesse faisait venir ses robes de soirée de chez Herse, mais les robes ordinaires étaient l'œuvre de Mme Zygielman.

L'école n'existe pas.

On a sauvé la vie à deux Juives.

Et si le membre du Comité n'avait pas eu de graves

3. Ernest Łuniński, *Berek Joselewicz,* Kock, 1928.

ennuis financiers? S'il n'avait pas été en proie à la culpabilité? La petite Maniusia et Mme Zygielman auraient-elles survécu à la guerre?

Il vaut peut-être mieux que l'école n'existe pas.

VERS LA TOMBE DE BEREK JOSELEWICZ

Il fut enterré dans un champ, près de la route.

N'est-ce pas surprenant : il a été tué en défendant une ville qui possédait deux cimetières, l'un polonais et l'autre juif, et il repose au bord d'une route champêtre? Certains disent que c'est parce que personne ne voulait de lui – trop polonais pour les Juifs, il est resté juif pour les Polonais. D'autres, au contraire, pensent que tout le monde se le disputait. N'arrivant pas à se mettre d'accord, ils écoutèrent le conseil énigmatique du rabbin de laisser le choix aux bœufs. Ils attelèrent deux paires de bœufs au chariot transportant le cercueil et se mirent à observer vers quel cimetière ils allaient le conduire; mais les bœufs ne se dirigèrent vers aucun des deux cimetières, ils choisirent la route de Białobrzegi. Le cortège funèbre les avait suivis, se demandant jusqu'où ils allaient continuer ainsi; c'est alors que les animaux s'arrêtèrent au milieu du trajet, près de la colline. On enleva le cercueil, on creusa un trou et on y enterra le commandant.

Pour le centième anniversaire de sa mort, le comte Żółtowski fit élever un tertre surplombé d'une pierre tombale dont l'inscription se terminait ainsi : *« Ce ne sont ni ses fourberies ni la boisson qui lui ont valu sa renommée, mais son sang versé. En souvenir du centième anniversaire de sa mort, 1909. »*

Józef Mitura habite à Białobrzegi et passe quotidiennement à côté du tertre en allant à son travail. Un jour, il vit un groupe d'enfants, dont une petite fille qui fit le signe de croix devant la tombe, ce qui déclencha l'hilarité de ses copines : – Ça va pas, tu te signes devant un Juif!

Et voilà la petite fille déroutée qui revient sur ses pas en essayant de « défaire » le signe, d'annuler son geste. Cet épisode sans grande importance fit que Józef Mitura commença à s'occuper de la tombe. La banque acheta une clôture pour empêcher les vaches de paître sur la dépouille de Berek et chaque année, à la Toussaint, en revenant du cimetière où il a visité ses morts, le directeur allume une bougie sur le tertre et fait un salut, rendant ainsi au commandant les honneurs militaires.

Dernièrement, quelqu'un avait volé à Berek le portillon de la clôture. Rien d'étonnant! Article recherché, du bon fer solide pouvant encore servir dans toute exploitation agricole. Ce qui surprend plutôt, c'est qu'il ait été épargné pendant si longtemps.

Qui plus est, la pierre tombale s'est mise à pencher, et les lettres se sont effacées. Si Józef Mitura ne connaissait pas l'inscription par cœur, nous ne saurions pas ce qu'elle disait.

– Si les Juifs donnaient un peu d'argent, on pourrait tout restaurer, dit Kazimierz Blicharz, membre de la Société des Amis de Kock (nous avons dû l'attendre un long moment devant la poste : il envoyait un mandat-lettre à son fils, qui avait téléphoné de Tarnobrzeg au sujet d'un nouvel arrivage de téléviseurs couleur dans le magasin).

J'ai été étonnée : Comment cela, Berek n'avait-il pas lutté pour la Pologne? N'avait-il pas reçu ses galons militaires et la décoration *Virtuti Militari* des mains de Kościuszko, Dąbrowski et du prince Joseph? Pourquoi les Juifs d'Amérique ou d'Israël devraient-ils restaurer sa tombe? D'autant plus que tous ces gens-là ne demandent presque rien à propos de Berek. A propos de Mendel, si. Menachem Mendel est, et a toujours été, partie intégrante de l'univers juif, alors que Berek, symbole d'assimilation – comme le définit l'*Encyclo-*

paedia Judaïca – ne peut être pour tous ces Juifs qu'un héros douteux.

L'écrivain Józef Opatoszu, né à Mława et émigré en Amérique en 1907, est considéré comme un auteur classique du roman juif (les Juifs modernes, par exemple Matitiahu Minc, professeur à l'Université de Tel-Aviv, tiennent Opatoszu pour responsable d'avoir créé une mythologie du *shtetl* – petite bourgade polono-juive, foyer d'obscurantisme et d'arriération, symbole d'humiliation, de misère et de caftans usés; tout un monde que les Juifs modernes et instruits ont voulu oublier le plus vite possible). Eh bien, Opatoszu a situé l'action de son livre le plus célèbre, intitulé *In pojlishe welder* (« Dans les forêts polonaises »), à Kock. Son héros est un jeune homme appelé Mordche, un amoureux malheureux, que le père envoie en apprentissage chez le tsadik de Kock. La route est longue; dans une auberge à la croisée des chemins, il rencontre un jeune aubergiste qui, dans un fiévreux élan talmudique, psalmodie une démonstration tenant à prouver que la somme des angles d'un triangle peut être inférieure à 180 degrés (car c'était l'époque où les jeunes aubergistes passaient leurs nuits à écrire des œuvres voulant renverser le système d'Euclide). Plus tard, en pénétrant dans la ville, notre jeune homme fait une autre rencontre, un vieillard avec une canne, vétéran du régiment des anciens. *« Je m'en souviens...,* raconte le vieillard, *la nuit était claire, parsemée d'étoiles comme des boutons de varicelle... Nous étions assis auprès du feu à bavarder, à réciter quelques strophes de prière ou autres versets hébreux »*, et, le lendemain matin (les combats de Praga ont eu lieu au moment de Yom Kippour, mais le rabbin a donné une dispense au régiment), la bataille éclata. *« L'air s'était enflammé, le feu jaillissait de partout... Berek courait d'une tranchée à l'autre. Ce matin-là, trois chevaux sont tombés sous lui, et dès qu'il criait : Feu ! les canons se mettaient à tonner... Nous nous battions pour chaque empan de terrain, et le sang coulait à flots*[4]... »

Un vieux soldat, des feux de bois dans la nuit, trois chevaux, un empan de terrain... Voici le monde magique du romantisme polonais que l'écrivain juif a emporté avec lui de Mława et de Kock jusqu'à New York.

« Ce n'était pas une idylle, notre vie commune sur cette terre, explique Józef Mitura, mais peu importe, nous y cohabitions depuis si longtemps; et voilà ce que je vois un jour : le terrain du cimetière entièrement labouré. »

Il s'agit du cimetière juif, appelé familièrement le *kirkut,* que l'on avait soigneusement labouré un beau jour pour y planter des arbres.

Après cet incident, il ne restait plus à Kock que deux tombes juives : celle de Menachem Mendel, le tsadik, et celle de Berek Joselewicz, colonel de l'Armée Polonaise.

Le tsadik, car sa tombe était bâtie de briques que le tracteur n'a pas réussi à déloger.

Le colonel, car, il y a cent quatre-vingts ans, les bœufs n'ont pas voulu se diriger vers le cimetière juif, à la surprise générale du cortège funèbre; car ils ont choisi un chemin champêtre, voulant sans doute protéger ainsi Berek de l'anéantissement.

VERS WOLA GUŁOWSKA

On s'y rend par la ville de Serokomla. C'était là que Berek se distrayait au presbytère en portant des toasts. C'était là également qu'en octobre 1939 les Polonais capturèrent quelques dizaines d'Allemands et, ne sachant pas quoi faire d'eux, ils les conduisirent sur la route de Radzyń, leur donnèrent des cigarettes et l'ordre de marcher vers l'Est, rejoindre les leurs. Les bolcheviks se trouvaient déjà dans les parages, ils devaient atteindre la

4. Józef Opatoszu, « *Dans les forêts de Pologne,* Albin Michel, 1972.

rivière Bug, mais arrivèrent sur leur lancée jusqu'à Kock. (Les premiers Allemands avaient tout confondu : quand le 1er octobre après-midi leurs sentinelles furent attaquées par les soldats du général Kleeberg, ils sautèrent de leurs blindés légers en criant en russe aux Polonais : – *Nie strielat, my drouzïa* [5]!)

On s'y rend en traversant une région où les villages portent des noms tels que : Peine, Sacrifice, Défaite... Une région où tout se passait pour la dernière fois.

Ici, il n'y a jamais eu de commencements. Rien que des fins.

Et même Anna Jabłonowska, qui fit construire les rues de Kock et le palais, créa un élevage moderne de mérinos, et reçut des rois et des poètes; elle fut obligée de quitter Kock, car la ville la « ruinait étrangement ». Elle partit en 1800, le visage affreusement blême – comme le rapporte un témoin –, et elle mourut aussitôt, seule, dans l'oubli le plus total.

C'est ici que Berek Joselewicz avait combattu pour la dernière fois.

C'est ici, qu'un soir de Noël, Michał Heydenreich, alias le général « Kruk », héros de l'insurrection de janvier 1863, avait combattu pour la dernière fois.

C'est ici que le général Kleeberg avait livré sa dernière bataille.

Ils y venaient de loin, comme s'ils avaient choisi cet endroit exprès : pour perdre. Comme si cette terre ne pouvait servir à rien d'autre qu'à la défaite et à la mort.

Écartelée entre les Allemands et les Russes, refoulée entre Kock, Wola, Peine et Sacrifice, c'est ici qu'en 1939 la Pologne libre rendit l'âme.

Elle vit sa fin une deuxième fois encore, toujours ici, en juillet 1944. Deux jours après la libération de Kock par la 27e division de l'Armée de l'Intérieur de Volhynie.

5. « Ne tirez pas, nous sommes des amis! » *(N. d. T.)*

Il y eut des étendards, des fleurs, et la liberté; mais deux jours plus tard, les maquisards de l'Armée Populaire, commandés par le général Korczyński, sortirent de la forêt de Parczew. Ils désarmèrent les soldats de l'Armée de l'Intérieur. C'en était fini avec la liberté.

Ici, il n'y a jamais eu de commencements. Rien que des fins.

Est-ce une fatalité ou quoi?

VERS WOLA GUŁOWSKA – suite.

Les combats les plus meurtriers de l'année 1939 se sont déroulés au mois d'octobre, dans la forêt, près du cimetière et de l'église de Wola Gułowska. On voyait même s'envoler dans les airs des planches de cercueils, des os de cadavres et des mottes de terre – alors que maintenant, il y règne un doux silence printanier. C'est le chef de bataillon, Bartula Michał, qui ouvre la liste de noms placée au-dessus de la tombe commune; tout en bas, à la lettre « W », on peut lire le nom de Wilski Tytus, lieutenant – les deux me sont familiers grâce au récit de Marian Brandys, ancien soldat du général Kleeberg. Bartula était plutôt morose, Wilski, un très joli soldat appuyé sur le rebord du puits, la casquette entre ses mains, très jeune encore... « Le petit soldat », disait Brandys en parlant de lui.

L'église fut prise à l'aube. Après cette victoire, ils s'installèrent sur la place. Au milieu, près du puits, un joli soldat buvait de l'eau dans son casque. Soudain, le feu partit de la tour de l'église, le jeune soldat s'arrêta de boire et tomba. Ils se précipitèrent vers leurs mitrailleuses, quand une voix s'éleva de la tour : « Ne tirez pas, c'est nous, la 6e compagnie... » Et c'était bien la 6e compagnie qui avait juste commis une petite erreur dans l'art du réglage des viseurs.

L'église existe toujours, la même petite tour, le puits :

avec sa manivelle, sa chaîne rouillée, son toit en bois, penché comme sur une pauvre maison juive, et personne alentour, pas de vaincus, pas de vainqueurs.

L'état-major de l'armée du général Kleeberg avait établi ses quartiers près d'ici, dans la ferme de Timothée Karczmarz. Le fermier nous montre où se trouvaient les soldats, le général et les armes, mais il le fait avec peu d'attention. Il semble beaucoup plus préoccupé par le présent, et surtout par l'économie de marché agricole. Quelles seront leurs garanties? Pour quel prix? – Une vraie foutaise, ce nouveau marché, ma petite dame. De toute façon, tout sera toujours comme le veut le gouvernement, et tout gouvernement ne pense qu'à une seule chose : s'en mettre plein les poches.

Kleeberg signa l'acte de capitulation dans l'après-midi; peu après, le bataillon de Marian Brandys prit le chemin de la captivité. En route, on donna l'ordre : « Garde à vous! A gauche... Gauche! » Et le bruit courut aussitôt que le général polonais accompagné d'un général allemand allaient saluer le défilé.

« Nous approchions. Encore cent mètres... encore cinquante... ça y est!

Il n'y avait pas de général allemand. A la lisière de la forêt, une croix s'élevait au-dessus d'une tombe fraîchement recouverte de terre. Une casquette de chef de bataillon était posée sur la tombe.

Dans un profond silence, le bataillon de Michał Bartula défilait pour la dernière fois devant son commandant, en marquant vigoureusement le pas[6]*. »*

La tombe de Wola Gułowska est propre, bien entretenue, couverte de pensées fraîchement écloses. – Eh bien, justement, m'expliquent les habitants de Kock, on voit que vous comprenez mal certaines choses. Les pensées

6. Marian Brandys, *O królach i kapuście* (« Des rois et des choux »), Varsovie, 1964.

viennent d'être plantées, tout cela pour avoir une meilleure image de marque au moment de la prise de décision; alors que chez nous, à Kock, les bosquets sont anciens, plantés depuis des années, et les cadavres ne sont pas serrés comme des sardines en boîte, mais chacun possède sa propre tombe, sa propre croix, sa plaque...

La décision dont il s'agit concerne la célébration du cinquantième anniversaire de septembre 1939. Les festivités devaient être illustrées par la phrase suivante : « De Westerplatte à Kock » mais, à la grande surprise de tous, on apprit que la phrase avait été légèrement changée en : « De Westerplatte à Wola Gułowska », ce qui ne laissait plus aucun doute : Wola Gułowska voulait s'attribuer tous les mérites.

Il y a eu des combats à Wola, personne ne le nie, mais c'est bien à Kock que le général Kleeberg est entré le 30 septembre après-midi; c'est à Kock que l'on a pris la décision de livrer bataille à la division du général Otto, arrivé de Dęblin; c'est aux alentours de Kock que les premiers combats ont eu lieu; c'est à Kock enfin que l'on a conduit Kleeberg après la capitulation. Et si, entre-temps, il y a eu des combats à Wola, c'est parce que c'est là que se trouve la forêt. Est-ce clair?

Et encore un fait important.

Kleeberg est mort en captivité. Avant de mourir, il a reçu la visite de sa femme. Il a dû lui confier où il voulait être enterré. Quand on a fait venir ses cendres de Dresde, Mme Wanda Kleeberg a participé à la cérémonie funèbre au cimetière de Kock. Et qu'est-ce que cela signifiait? Cela signifiait que le général voulait être enterré ici. Hélas, le bruit a couru que Wola Gułowska avait l'intention d'enlever la dépouille. Jour et nuit, les habitants de Kock se sont relayés pour garder la tombe; jour et nuit, ils ont veillé leur général pour que Wola Gułowska ne puisse le voler. Et maintenant? « De Westerplatte à... ». Comme c'est injuste!

« Et c'est alors que le profond silence de la forêt fut déchiré par un bruit nouveau, totalement inconnu... un bruit à glacer le sang. Cela ressemblait a une crécelle dont le son nous avait chassés le soir des jardins publics de notre enfance, quand jouer à la guerre s'éternisait à n'en plus finir.

Au poste de contrôle allemand, les prisonniers de guerre polonais jetaient leurs fusils sur un tas. Notre drôle de jeu était terminé [7]. »

VERS LA CAVE D'APOLONIA MACHCZYŃSKA

Apolonia Machczyńska (épouse Swiątek, appelée jusqu'à la fin Machczyńska par les gens, et Pola par ses proches) était la petite-fille des insurgés de janvier 1863 originaires de la Volhynie, et dont les biens avaient été brûlés par les cosaques. Ils possédaient une exploitation agricole à Kock et une maison dans le village voisin de Plebanki, que sa cousine germaine, Janina Kuleszowa, appelait le domaine. C'est à Kock, dans un endroit que les gens ont l'habitude d'appeler la cave, et Janina Kuleszowa, le cellier; c'est donc dans le cellier, ou la cave, qu'Apolonia Machczyńska, mère de trois enfants, avait caché vingt-cinq Juifs. Ils étaient restés chez elle du début novembre 1942 jusqu'à la fin janvier. Le 26 janvier, dimanche, après la grand-messe, les enfants sortant de l'église aperçurent de la fumée s'élevant au-dessus d'une cabane. Ils prévinrent les Allemands. Dans la cabane, on trouva une femme, une Juive, avec quatre enfants. Les Allemands annoncèrent à la femme qu'ils laisseraient en vie les enfants si elle leur disait où se cachaient d'autres Juifs; et la femme avait cru que les Allemands allaient laisser ses enfants en vie. Elle dit : Chez Machczyńska. Les

7. Marian Brandys, *O królach i kapuście* (« Des rois et des choux »), Varsovie, 1964.

Allemands conduisirent Machczyńska devant un mur et s'apprêtaient à viser quand soudain une voisine sortit en criant que ce n'était pas ici, qu'il fallait continuer un peu plus loin, car il s'agissait d'une autre Machczyńska, cousine germaine d'Apolonia. Les Allemands coururent alors chez la bonne Machczyńska et ouvrirent la cave.

Tout d'abord, ils tuèrent vingt-quatre Juifs – le vingt-cinquième, appelé Icek, petit-fils du propriétaire du moulin, le vieux Zakalik, possédait un *Mauser* et atteignit la forêt en tirant. Il en sortait de temps en temps pour abattre les gens dont on disait qu'ils tuaient ou dénonçaient les Juifs. Chez les Budziński, il tua toute la famille. Ils ont un emplacement pour plusieurs personnes au cimetière, et chacune des tombes porte l'inscription « Mort dans un accident tragique ». Il tira sur quelqu'un d'autre en lui sectionnant la main, puis fut tué à son tour. Certains disent que c'était des Allemands, d'autres qu'il avait été éliminé par l'Armée de l'Intérieur; il y en a même qui soutiennent qu'il n'est pas du tout mort, mais qu'il vit quelque part, peut-être en Israël, peut-être en Pologne.

Après les vingt-quatre Juifs vint le tour d'Apolonia Machczyńska, qui s'était réfugiée à Plebanki. Au retour de Plebanki, les Allemands se rappelèrent la Juive avec ses enfants, auxquels ils avaient promis de laisser la vie sauve. Là aussi, les avis divergent. Les uns disent qu'ils ont tué la femme et les enfants tout de suite, avec les vingt-quatre Juifs, et qu'ils ne se sont rendus à Plebanki qu'après; les autres, que c'est seulement au retour qu'ils se sont rappelés la femme juive.

Entre le moment de la découverte de la femme juive et l'arrivée à Plebanki, plusieurs heures s'étaient écoulées. Durant tout ce temps, prévenue du Palais par un Allemand ami – selon la cousine germaine, ce n'était pas un Allemand mais un ressortissant de Pozen et une amitié de longue date liait les deux familles –, Apolonia Machczyńska essayait de trouver une cachette pour elle et pour ses enfants. Elle allait d'une maison à l'autre, mais personne ne voulait l'accueillir. Elle marchait lentement, la tête baissée, le lacet complètement défait à une chaussure, et qui traînait derrière elle dans la neige. Quand elle comprit qu'elle n'avait plus d'endroit où aller, elle se rendit avec ses enfants à Plebanki, en traîneau. Ils y possédaient une parcelle de forêt et une maison en bois, où ils passaient leurs vacances. Elle n'essaya pas de se cacher. – Elle aurait pu au moins courir dans la forêt, se tapir derrière un genévrier, raconte Janina Kuleszowa, mais elle ne l'a pas fait. Elle entra dans la maison. Malgré le froid, elle enleva sa robe et ses chaussures (c'est peut-être à ce moment seulement qu'elle vit son lacet défait, trempé par la neige). Elle enfila sa chemise de nuit et se coucha dans le lit. Les enfants faisaient dehors une bataille de boules de neige. Quelques heures plus tard, deux traîneaux arrivèrent devant la maison. L'un était occupé par des SS, l'autre par trois Juifs sous escorte; le quatrième Juif était tiré derrière, attaché par une corde. On aligna Apolonia Machczyńska et ses trois enfants devant un mur. A vrai dire, on aligna Apolonia Machczyńska et ses deux fils, dont l'aîné avait sept ans et le cadet cinq; sa fille d'un an était dans les bras de Ksawera Kawkowa qui habitait à Plebanki. On ignore pourquoi Apolonia Machczyńska ne portait pas elle-même sa fille; peut-être était-elle à bout de forces? On ignore également pourquoi les Allemands changèrent d'avis et ne fusillèrent pas les enfants. Ils les laissèrent à Plebanki, alors qu'Apolonia Machczyńska reçut l'ordre de monter dans le traîneau. Dans celui avec les trois Juifs – le quatrième, déjà mort, fut détaché et laissé sur place. Ils se rendirent à Kolonia Annopolska. Derrière la grange des Czarnota, les trois Juifs creusèrent une tombe pour eux-mêmes et pour Apolonia Machczyńska.

APRÈS LA MESSE

Ce jour-là, il y avait beaucoup de neige.

C'est dans cette neige que la femme découverte dans la cabane se lavait les mains. Elle se lava d'abord elle-même, puis nettoya les mains de ses enfants, alors que les gens s'amassaient tout autour et regardaient. C'était sans doute une scène bizarre : une Juive se lavant les mains dans la neige sur la place du marché, en plein jour, à la sortie de la grand-messe.

C'est dans cette neige que le traîneau avec Apolonia Machczyńska et ses enfants s'enlisait sur la route de Plebanki. Le fils aîné se souvient que les chevaux s'y enfonçaient jusqu'à mi-patte.

C'est dans cette neige que les enfants d'Apolonia Machczyńska jouaient à Plebanki.

C'est dans cette neige, près de la cave, ou du cellier, qu'une petite fille était assise. Elle pouvait avoir dix ans environ. Tout autour, c'était la fusillade, les uns s'enfuyaient vers la route, d'autres étaient déjà étalés par terre. Les Allemands utilisèrent d'abord de petits pistolets, calibre cinq, mais ils n'y arrivaient pas, car les Juifs couraient à travers champs; ils apportèrent donc une mitrailleuse et tirèrent une rafale, mais la petite fille n'y prêtait aucune attention. Elle restait tranquillement assise, en haussant légèrement les épaules, comme pour se protéger du bruit des détonations. Quand les Allemands revinrent du champ – ou bien plus tard, quand ils revinrent de Plebanki –, l'un d'entre eux aperçut la fillette. Il sortit son revolver. Tira sur sa nuque. Elle restait toujours assise, seuls ses cheveux furent soulevés par le souffle, ses cheveux voletèrent légèrement, *zouou...* Les corps des Juifs étaient étalés partout, alors qu'elle restait toujours assise, comme si de rien n'était; son petit corps se replia peut-être juste un peu, et seuls ses cheveux voletèrent légèrement, *zouou...*

C'est à travers cette même neige que les Juifs s'enfuyaient, puis leurs corps s'étalaient sur toute l'étendue du champ, du cellier jusqu'à la route. Ils étaient d'abord allongés tout habillés mais, dès que les Allemands furent partis, des gens arrivèrent et les dépouillèrent de leurs vêtements et de leurs chaussures, laissant les corps nus. Et quand les gens s'en furent allés, emportant les vêtements et les chaussures, arrivèrent les paysans du voisinage, qui se mirent à disposer des corps. Par deux ou par trois, figés dans des poses différentes, comme ils étaient tombés. On les appuyait les uns contre les autres, comme des bottes de foin. Vingt-quatre cadavres répartis en sept ou huit bottes à travers le champ. Ils restèrent ainsi durant la nuit, tels des monuments sculptés, nus et raides, de blanches sculptures sur un champ blanc. Le matin, les Allemands arrivèrent, ordonnèrent de tout jeter sur un chariot et de les emmener au cimetière juif.

« Un de mes pieds est aux cieux, l'autre dans les abîmes les plus profonds de l'enfer. Ne croyez pas que cela est facile », dit Menachem Mendel, tsadik de Kock, sur son lit de mort.

VERS LA CAVE D'APOLONIA MACHCZYŃSKA – suite.

De la tourelle décagonale, on voit le début de la rue des Champs. Cinq cents mètres plus loin, à gauche, se trouve un lotissement de maisons individuelles. Ce sont des maisons tout à fait ordinaires, avec des antennes de télévision sur les toits plats; certaines possèdent de petits ornements en verre coloré au-dessus de l'entrée, ou un imposant portail peint.

L'une des maisons du lotissement occupe exactement la place de la maison d'Apolonia Machczyńska.

Le parking souterrain a été creusé sous la cave.

Les habitants de la nouvelle maison n'ont jamais entendu parler ni d'Apolonia Machczyńska ni des vingt-cinq Juifs. Ils savent qu'au-dessous du garage il y avait une vaste cave, car ils en ont trouvé les fondations.

Ils travaillent en deux équipes, ils ont des enfants, font la queue devant les magasins, construisent leur maison, et sont trop fatigués pour se préoccuper du passé des autres. Dès qu'ils termineront le carrelage des balcons, ils attaqueront la façade qu'ils couvriront avec un crépi bon marché, économisant ainsi pour le lambris. Ils invitent gentiment l'homme qui a été le témoin des événements d'il y a quarante-sept ans à prendre du thé à la cuisine, ne lui posent aucune question, et retournent carreler le balcon.

VERS LA CAVE D'APOLONIA MACHCZYŃSKA – suite.

De la tourelle octogonale, on voit le début de la rue des Champs.

C'est par elle que le 5 novembre 1942, les Juifs de Kock furent transportés à la gare de Bedlno. On les conduisit dans des chariots. Avant la guerre, deux mille deux cent quatorze Juifs vivaient à Kock; vingt-cinq s'étaient cachés dans la cave, quelques-uns se terraient dans les environs, les chariots devaient donc transporter environ deux mille personnes. Un chariot peut contenir vingt personnes, sans compter les sacs à dos, les oreillers, les bassines et les casseroles... Il fallait donc une centaine de chariots. Ils roulaient de l'aube jusque tard dans l'après-midi. Ils longeaient la rue des Champs, passaient à côté de la demeure du tsadik, du moulin des Zakalik puis, plus loin vers la gauche, près de la cave de Machczyńska et du champ derrière la cave, enfin ils arrivaient à la route de Radzyń et tournaient à droite. De Bedlno, les Juifs de Kock partaient dans des wagons à bestiaux vers Treblinka.

Un jour plus tôt, le 4 novembre, Apolonia Machczyńska était venue rendre visite aux parents d'une jeune fille, Ryfka Blatt. Elle proposa de la cacher à Varsovie, chez ses beaux-parents. « *Elle a dit que je ne ressemblais pas à une Juive et que ce serait un péché de me laisser mourir* », écrivit Ryfka Blatt au fils d'Apolonia Machczyńska, Sławomir Swiątek. « *Vous ne vous souvenez pas de ce temps-là, mais je peux vous assurer qu'à l'époque de telles paroles sortaient rarement de la bouche d'un Polonais. J'étais persuadée que j'allais devoir payer ce service; or, cela exigeait d'énormes sommes d'argent, et je ne disposais même pas d'une petite somme. Votre mère a ri et a déclaré : mais nous n'avons pas parlé d'argent!* »

Apolonia Machczyńska fournit à Ryfka Blatt des documents au nom de Ksawera Kawkowa, qu'elle emporta à Varsovie, puis en déportation en Allemagne, et grâce auxquels elle survécut à la guerre. « *Votre grand-mère a promis de prier pour moi et de réciter tous les jours le chapelet à mon intention. Une fois, quand je me suis trouvée dans une très mauvaise passe, j'ai même écrit une carte à votre grand-mère en lui demandant de prier pour moi...* » – écrivit Ryfka Blatt d'Israël, de la ville de Ramat Aviv, au fils d'Apolonia Machczyńska.

LA MAISON – suite.

En allant vers le centre-ville par la rue des Champs, Apolonia Machczyńska devait chaque fois passer à côté de la maison à la tourelle décagonale. Elle savait certainement que c'était la demeure du rabbin. Tout le monde le savait.

Le rabbin Josef Morgensztern était le fils de Chaïm, le petit-fils de David et l'arrière-petit-fils de Menachem Mendel.

Apolonia Machczyńska connaissait-elle ce nom : Menachem Mendel? Je ne pense pas. Je pense que toute cette maison en bois, située au coin de la rue, n'attira pas son attention jusqu'au jour où elle entendit un fracas bizarre. Elle n'arrivait pas à l'identifier; personne à l'époque ne connaissait le bruit d'une bombe lâchée. Elle entendit un énorme fracas, puis des cris, et elle se cacha avec d'autres personnes derrière les buissons du cimetière. Quand elle en revint, tout fut clair : une bombe était tombée rue Piłsudski sur l'abri du rabbin.

L'abri avait été construit derrière la maison. La propriété ayant été clôturée, on ignorait son emplacement exact, probablement entre les arbres. De la rue, au-dessus de la clôture, on apercevait des branches d'arbres du jardin du rabbin : poiriers, pruniers, pommiers – des pommiers d'antan, des vrais, pas les nouvelles variétés américaines, comme de nos jours. On y voyait des reines des reinettes, des pommes d'api, des cox... Le 9 septembre, les pommes devaient encore être sur les arbres, sauf si on les avait cueillies plus tôt, encore vertes, pour en faire de l'alcool.

Sur les branches de ces arbres, des lambeaux de vêtements et de corps du rabbin et d'autres locataires déchiquetés par l'explosion de la première bombe tombée sur Kock, étaient accrochés parmi les fruits pas encore cueillis, et qui avaient résisté au souffle de l'explosion.

Le sort du rabbin semblait horrible aux gens, mais il n'était guère horrible, il était magnifique. Le rabbin n'était pas mort dans une chambre à gaz, dans d'atroces souffrances, mais entouré de sa famille, parmi les arbres...

Chaque mois, surtout en été, des autocars de l'« Orbis », des taxis varsoviens et des voitures immatriculées à l'étranger arrivent devant la maison au coin de la rue de l'Armée Polonaise et de la rue des Champs. Des garçons en jeans et des jeunes filles aux cheveux noirs descendent des autocars, alors que des hommes sérieux et barbus quittent leurs voitures. Ils rentrent rarement à l'intérieur. Ils regardent. Leurs chauffeurs polonais s'enquièrent auprès des habitants si quelqu'un n'a pas de vieux livres juifs, et comment sortir l'eau du puits dans la rue. Ils parlent entre eux dans une langue bizarre, puis s'en vont.

Un jour, un vieillard arrive devant la maison. De petite taille, une barbe grise et touffue, redingote démodée en satin et bas blancs. Les habitants qui ont déjà vu des hassidim ne s'étonnent guère, ils remarquent juste le triste état de ses habits. Le satin est usé et effiloché, les bas sales; qui plus est, pas la moindre trace de voiture.

Le vieil homme regarde tout autour... Dans la cour – où il n'y a plus d'arbres fruitiers, ni les vrais d'antan ni ceux d'aujourd'hui –, des hommes entourent une longue table. Penchés au-dessus des auges en bois, ils forment des briques de ciment.

– Vous n'habitez pas en Pologne, cher monsieur... demande le plus âgé.

– J'habite partout où l'on me laisse entrer – répond l'étranger dans un polonais tout à fait correct. L'homme écoute sa réponse avec bienveillance. Il est directeur du cinéma local, et bien que cette semaine on y joue *Superman* et la semaine dernière *Harakiri*, il a déjà vu *Un violon sur le toit* à la télévision, et il sait que les vieux Juifs adorent prononcer des sentences philosophiques.

Le vieil homme à la redingote tâte les murs, scrute le toit qui peut être soulevé grâce au levier en bois...

– Cher monsieur (le directeur du cinéma s'approche en baissant la voix), vous cherchez quelque chose, n'est-ce pas? Ne serait-ce pas des clous?

Le vieil homme ne comprend pas.

– En or, chuchote confidentiellement le directeur du cinéma, qui ne se fie point à l'état désastreux de la redingote. Vous êtes au courant, n'est-ce pas? Ils ont fabriqué des clous en or, ils les ont enfoncés dans les planches et ils ont tout couvert de blanc. Ils étaient rusés, oh là là! Mais où? Où auraient-ils bien pu les avoir enfoncés selon vous?

– Des clous en or..., répète le vieil homme songeur. Quand Jechiel Meir, rabbin de Gostynin, avait gagné le gros lot à la loterie et était accouru chez moi pour se vanter, je lui ai dit : « Cela n'est pas de ma faute... » Le rabbin Jecheil Meir est retourné immédiatement à la maison et a distribué l'argent aux pauvres... Et quant aux clous en or, cela non plus n'est pas de ma faute...

– Tant pis, répond le directeur du cinéma, et il retourne à ses briques.

Le nouveau venu voudrait savoir qui habite la tourelle. On lui explique que la maison est occupée par sept familles qui ont tout partagé : les trois latrines de la cour, les débarras, le grenier... la tourelle est revenue aux locataires de l'appartement qui fait l'angle.

Dans une toute petite chambre angulaire, débordant d'objets épars, une jeune femme névrosée est assise. Elle lorgne la redingote et les bas. Elle regarde ainsi tous ceux qui descendent des voitures. Le dernier groupe ne l'intéressait guère : seul le poêle à carreaux retenait leur attention et il fallait leur expliquer où se trouvaient les cendres, le foyer et la grille. Elle a fait brûler des bûchettes spécialement pour eux, mais ils sont montés dans le car avant même que le feu ne se soit éteint. Et aujourd'hui, le vieillard! Est-ce lui? Serait-ce la personne tant attendue?

Sept familles de la maison du tsadik attendent l'arrivée du Juif. Un jour, un Juif viendra, ou mieux encore, *des* Juifs; ils construiront un immeuble où chaque famille aura un appartement, et transformeront l'ancienne maison en musée consacré à leur célèbre tsadik. Ou encore autrement : les Juifs viendront qui apporteront de l'argent, et chaque famille pourra édifier sa propre maison individuelle, rien que pour elle. En ce qui la concerne, par exemple, elle construirait pour son mari, son enfant et elle-même; les Juifs seraient bien obligés de construire une maison séparée pour sa belle-mère. Ainsi la belle-mère ne sortirait plus les bûches de la cuisine, ses bûches à elle qu'elle avait si soigneusement rangées la veille au soir pour allumer le feu, n'enlèverait plus du fourneau sa casserole à elle, remplie de choucroute, pour y mettre les siennes...

Si seulement ces Juifs pouvaient venir, donner de l'argent et créer enfin un musée pour leur tsadik.

Hélas, l'homme à la redingote élimée et aux bas sales, arrivé ici l'on ne sait comment, car aucune voiture étrangère n'est garée devant la maison – peut-être a-t-il même pris les transports en commun –, non, cet homme-là n'a pas du tout l'air d'être le Juif qu'ils attendent.

– Un jour, notre maître nous a emmenés dans les bois, dit le vieil homme en sortant une pipe des replis de son caftan. Il a pris un grain de sable, l'a observé et l'a remis à sa place : « Celui qui ne croit pas que Dieu veuille que ce grain de sable soit posé juste à cet endroit précis, est dépourvu de toute foi », a conclu notre maître.

– Justement, reprend la femme. Un grain de sable! Et que dire alors des bûches pour faire du feu!

D'un signe de tête, le vieil homme confirme qu'elle l'avait bien compris; il fait sortir un nuage de fumée de sa pipe, tandis que la femme se rend compte qu'elle n'a rien dit à propos des bûches à ce Juif bizarre...

LA VUE – suite.

A gauche, dans le prolongement de la rue des Champs, encore visible de la tourelle – je ne suis pas sûre que ce soit toujours la rue des Champs, peut-être est-ce bien la rue Kościuszko ou la rue Joselewicz –, se trouve un lotissement de maisons basses en bois. De la rue, on entre directement dans un ancien magasin transformé en cuisine, à laquelle est accolée une chambre; un rideau cache un seau et une bassine. Tout y est rangé pêle-mêle : canapé, étagères, réfrigérateur, poste de télévision, jouets, lit d'enfant, deux lits pliants que l'on ouvre pour la nuit... Comment tout cela a-t-il pu y entrer? AUTREFOIS? Les frigos et les télés n'existaient pas, mais les meubles étaient bien plus imposants, les familles plus nombreuses, et il y avait encore le magasin qui occupait la pièce frontale. Cyrla avait le magasin d'étoffes, Nojlich une épicerie, Rot vendait des glaces, Marchewka de la limonade...

En hiver, on prélevait des blocs de glace de la Tyśmienica. On les gardait ainsi dans la sciure jusqu'au mois de septembre, car on fabriquait les premières glaces le 3 mai, pour l'anniversaire de la Constitution, et les dernières le 29 septembre, pour la kermesse de Saint-Michel. Le courant venait de chez Zakalik. La ville de Kock ne possédant pas de centrale électrique, l'électricité était produite par des moulins : celui de Zakalik et celui du comte Zółtowski. On payait par ampoule, sans aucun compteur; de temps en temps seulement, l'un des fils de Zakalik passait vérifier si on utilisait bien une 40 déclarée, ou illégalement une 60.

Les Zakalik s'étaient cachés dans la cave d'Apolonia Machczyńska et ils furent tous tués dans les champs (à part Icek, le petit-fils, qui possédait un *Mauser,* et dont on ignore s'il est mort ou s'il vit encore quelque part...), Cyrla périt à Treblinka, normalement. Rot est mort également, mais sa fille a survécu, et elle est revenue après la guerre réclamer son dû pour la maison occupée. On lui donna une partie de la somme, le reste devant lui être remis plus tard; quelqu'un proposa de l'accompagner avec l'argent jusqu'au train. Et on n'entendit plus parler de la fille de Rot, personne ne la revit plus jamais... Nojlich aussi était revenu, avec un copain. Il demanda à l'homme qui avait occupé sa maison s'il était prêt à payer pour rester; sinon, lui, Nojlich, allait trouver un autre acquéreur. L'homme qui occupait la maison répondit qu'il allait réfléchir. Nojlich et son copain dirent qu'ils allaient revenir le lendemain et se rendirent dans le village. Ils ne revinrent jamais. L'homme qui occupait la maison y habita jusqu'à sa mort et, plus il vieillissait, plus il revenait à cette vieille histoire. Il sortait sa chaise devant la maison. Dans la maison d'à côté, sa voisine sortait sa chaise à elle. Ils s'asseyaient et passaient leur après-midi à bavarder jusqu'au journal télévisé.

– J'ai préparé l'argent, j'ai voulu le lui donner, mais il n'est pas revenu. Est-il parti? Sans argent?

La voisine était d'avis que Nojlich ne serait pas parti sans son argent.

– Justement, répond l'homme qui occupe la maison. Qu'est-il devenu alors?

De la maison parvenait la musique du générique du journal télévisé. Ils cessaient leurs bavardages et reprenaient leurs chaises, pour les ressortir de nouveau le lendemain, si le temps le permettait.

– Je n'ai pas pu dormir à cause de ce vent... disait l'homme. Savez-vous à quoi je pensais? Je pensais qu'il leur était arrivé quelque chose au village.

– Mais pourquoi? demandait la voisine.

– Justement.

– Si au moins je savais où ils sont enterrés, poursuivit-il un autre jour où Kock se trouvait en proie aux pressions atmosphériques, j'y serais allé déposer une fleur...

Une année, l'homme qui occupe la maison fut touché par un grand malheur. Sa fille, venue chez les parents fêter avec eux sa fête, la Sainte-Sophie, fut tuée dans un accident de voiture. C'était au mois de mai, une de ces journées splendides, la voiture fit une embardée et la jeune fille fut tuée. Juste elle, tous les autres passagers s'en sortirent sans la moindre égratignure.

Les gens racontaient qu'elle portait alors deux bagues. Des bagues en or, une à chaque main. – Elles étaient belles et grosses, disaient les gens. Son père a dû les lui offrir pour son jour de fête. Deux bagues en or d'antan.

Je ne suis pas sûre que l'histoire que je raconte soit vraie.

Est-il possible que le Grand Scénariste, qu'est sans aucun doute Dieu, ait pu inventer une histoire aussi kitsch?

J'essaie d'imaginer ces scènes.

La ruelle d'une petite ville polonaise, un *shtetl* typique, qui épouvante tellement les Juifs modernes du monde entier...

Des maison basses, en bois...

Deux chaises...

Derrière, rue Radzyńska, se trouve une maison de prière; c'est là que des enfants polonais s'amusent à casser les vitres, pour plaisanter...

J'essaie d'imaginer des scènes tout à fait contemporaines : une antenne sur le toit, le générique du journal télévisé venant de la maison, peut-être même la voix de la présentatrice, Mme Jagielska, commençant à lire les nouvelles, et deux personnes âgées rentrant hâtivement leurs chaises de la rue. D'où vient alors cette maison de prière? La maison de prière n'existe plus. Elle fut brûlée par les Allemands, qui transportèrent ensuite le restant des briques au palais pour protéger les gazons et paver la cour. Tout doit y être encore aujourd'hui.

J'essaie d'imaginer des scènes tout à fait contemporaines; pourquoi donc cette enseigne sur la devanture d'un magasin : « Étoffes. Cyrla Opelman? » Et d'où viennent ces enfants devant le magasin, une fillette de dix ans aux cheveux d'un noir d'ébène, et un garçon pâle, avec des papillotes, de quelques années son cadet...?

Qui plus est, c'est bien Salomon Nojlich, tout affairé, qui passe à côté du magasin en rentrant à la maison. Alors, Cyrla Opelman l'appelle : – Bonjour, monsieur Nojlich! Ou bien, beaucoup plus simplement : – Salek! Comment vas-tu? Ou bien, elle dit en yiddish qu'elle vient de recevoir un merveilleux tissu à pois blancs sur fond bleu marine, parfait pour une robe d'été pour Mme Nojlich... Mais Salomon Nojlich n'entend plus la jacasserie féminine de Cyrla. Il approche de la porte de sa propre maison à lui, bâtie par son père, feu Moshe Majer Nojlich, que Dieu ait son âme, et à sa grande surprise il voit deux chaises devant la maison. Sur l'une d'elles, un homme habillé de noir est assis, les mains appuyées sur sa canne, sur l'autre, une femme aux jambes gonflées de varices, qu'elle pose sur un petit escabeau; et cet homme parle de sa fille défunte à la femme : qu'elle étudiait l'informatique, qu'il lui manquait juste un examen, que tous les ragots à propos des bagues sont infâmes, car ces bagues étaient rapportées de Lvov, par le train de l'amitié. A quoi la femme répond que les bagues du train de l'amitié étaient tout de même un peu différentes, plus fines et faites avec de l'or d'aujourd'hui...

– Vingt-quatre ans, sanglote l'homme. Et juste un seul examen...

– Nebech, soupire Salomon Nojlich avec compassion. Pauvre petite.

L'homme lève le regard.

– C'est vous, monsieur Nojlich? Où étiez-vous passé depuis si longtemps? Alors voulez-vous m'acheter cette maison? Sinon, je me trouverai un autre acquéreur...

LA VUE – suite.

Au-delà du lotissement des maisons individuelles, derrière la maison dont la façade n'est pas encore entièrement recouverte de crépi, Janina Kuleszowa, née Machczyńska, cousine germaine d'Apolonia, possède une parcelle de terrain. Janina Kuleszowa vient de semer des graines de carottes, car la carotte fait partie des légumes à fanes, et elle sèmera du persil dès que viendra le jour des racines. Le chou-fleur appartient aux feuillages, mais le jour des feuillages est déjà passé, tout comme le jour du repiquage des boutures. Heureusement, nous aurons encore les jours des fleurs, où il est autorisé de planter tout ce qui fleurit.

Janina Kuleszowa suit à la lettre les conseils du calendrier bio-dynamique qu'une Allemande-astrologue écrit chaque année. Certains jours, l'Allemande-astrologue défend de travailler, car la terre est nocive. Cette année, la terre a été particulièrement nocive le 9 avril.

Janina Kuleszowa me propose de recopier les conseils et se met à chercher une feuille propre. Le vent emporte quelques papiers d'une boîte, ainsi que des lambeaux de journaux, de tissus et de plastique d'autres boîtes, empilées tout autour. Tout peut s'avérer utile quand on a quatre-vingt-cinq ans et que l'on vit de l'assistance publique.

Janina Kuleszowa garde aussi des choses bien curieuses, comme les documents de son activité clandestine et les lettres écrites par des gens qu'elle avait sortis des camps durant la guerre.

Certains disent que la conspiration a été inventée de toutes pièces, mais Józef Mitura a pris les documents pour les vérifier à Lublin, où on lui a confirmé que tout était vrai. On lui a même dit que Janina Kuleszowa aurait pu bénéficier d'une aide, et que si elle ne recevait rien, c'est parce qu'elle ne possédait pas de carte d'ancien combattant. Alors, Józef Mitura a donné à Janina Kuleszowa mille cinq cents zlotys pour les photos. Qui sait, avec la carte, elle arrivera peut-être à obtenir une aide. Jusqu'à présent, personne n'a eu le temps de s'occuper de la photo, ni de l'aide, car les citoyens les plus respectables de la ville étaient complètement absorbés par l'idée du « panorama ». Il est question de peindre le panorama de Kock, d'après l'exemple de Racławice, pour commémorer la bataille. Ce ne sera pas l'évocation d'une bataille victorieuse; à Kock, il n'y a jamais eu de victoire. Kleeberg livra la bataille quand Varsovie était déjà tombée et que les bolcheviks se trouvaient aux abords de Kock. Le sens du panorama serait alors le suivant : il faut toujours accomplir ce qu'on a à faire, envers et contre tout.

C'est une bien belle idée, dotée d'un sens profond.

Peut-on s'étonner que face à une entreprise aussi grandiose, il soit difficile de se préoccuper d'une affaire aussi banale que la misère de Janina Kuleszowa?

Apolonia Machczyńska ne peut pas aider sa cousine. Les Juifs de la cave non plus. Les Juifs de la cave, les Juifs des magasins d'étoffes, les Juifs de la maison du tsadik ont disparu depuis bien longtemps. Deux mille deux cent quatorze personnes disparues. Et il ne reste rien, aucune plaque. Je ne dis pas que chacun devrait disposer d'une plaque, comme les soldats de Kleeberg, mais une seule, commune, pour les deux mille deux cent quatorze personnes, serait-ce trop demander?

– Il y a eu des nations qui ont disparu, dit Adam Mamiński, l'organisateur principal du panorama. Prenez par exemple les Étrusques. Ils ont créé un style et ils ont disparu, eh bien adieu! C'est le sort de tout peuple qui s'en va à jamais.

Très juste. Un peuple s'en va, eh bien adieu!

Et puisqu'il a disparu, il ne peut ni s'occuper de Janina Kuleszowa, ni veiller sur le souvenir de sa cousine.

Les Juifs des voitures étrangères s'intéressent bien peu aux cousines Machczyńska – la vivante et la morte. Ils ont scellé une dalle sur la tombe de Menachem Mendel, ils ont pris quelques photos et ils sont partis.

La dalle est horrible : massive et en béton gris... Sa seule utilité est de servir de table aux skinheads et aux satanistes locaux. Andrzej Trzciński les a surpris un soir : la fraction kockienne des skinheads, un pensionnaire d'asile psychiatrique en permission, et une disciple de Satan avec ses deux enfants, ils étaient tous assis sur la tombe de Menachem Mendel, buvant de la bière.

Andrzej Trzciński, diplômé des Beaux-Arts, assistant à l'Université de Lublin, fait partie de ces jeunes Polonais qui ne lisent que des livres sur les Juifs, n'écoutent que des chansons juives et passent leur temps dans les cimetières juifs à Lublin, Biłgoraj, Tarnogród, Sieniawa, Szczebrzeszyn, Frampol, Bircza, Błażowa, Lutowiska... D'après les traces sur des débris de *matsevas*[8], ils essaient de deviner les couleurs d'origine, l'emplacement du noir, du jaune, du bleu, de l'or. *« L'arbre de la vie était le plus souvent vert* – écrivit-il dans sa thèse sur la polychromie des tombeaux juifs – *alors que l'arbre cassé était vert avec un tronc noir. Pour peindre les lions et les cerfs, on choisissait des ocres orangées ou des jaunes chauds, mais on trouve également des cerfs bleus ou argentés et des lions dorés ou rouges... »* Andrzej Trzciński pense que dans sa vie antérieure il était juif; sinon, comment expliquer sa manie actuelle? Il était Juif de Lublin, un hassid, probablement le disciple de Jakub Icchak, appelé le Clairvoyant – un disciple rebelle mais pas revêche.

Mais revenons à Menachem Mendel, le codisciple d'Andrzej Trzciński de l'école du Clairvoyant.

Le seul manuscrit existant du tsadik de Kock est une lettre à son ami, dans laquelle il explique un si long silence de sa part. *« Je te dirai toute la vérité, car je n'en ai pas honte. Il m'arrive de manquer d'argent même pour les timbres... »*

Connaissant les ennuis financiers du maître, les hassidim lui proposaient de l'aide, mais il refusait avec colère, tout bien matériel pouvant distraire son attention, qu'il ne devait qu'à Dieu.

Janina Kuleszowa, qui sème le persil le jour des racines et n'a pas d'argent pour les photos d'identité, n'est-elle pas plus proche du tsadik que les Juifs barbus des voitures étrangères?

8. *Matseva* : pierre tombale juive.

LE GRENIER

Deux mille deux cent neuf...

Je parle de la statistique.

Au lieu de deux mille deux cent quatorze, car Maniusia Zygielman, sa mère et Ryfka Blatt avaient survécu, ainsi que l'homme caché par une demoiselle polonaise de bonne famille qu'il épousa, et aussi l'homme du grenier. Il s'agit là du grenier d'un cordonnier itinérant qui réparait des chaussures lors des kermesses et qui avait caché chez lui un couple juif. En hiver, la Juive décéda des suites d'une pneumonie. Le cordonnier mit le cadavre et une pelle sur le chariot qu'il recouvrit d'une bâche, et partit vers la campagne. En route, il croisa une voiture allemande; le cheval prit peur et renversa le chariot. Les Allemands s'arrêtèrent, faisant un geste comme s'ils voulaient l'aider... Le cordonnier tomba à genoux et se confondit en excuses pour avoir encombré la route; il promit de tout ramasser au plus vite. Les Allemands partis, le cordonnier enterra la Juive et regagna la maison. Jusqu'à la fin de la guerre, le cordonnier et sa femme ne cessèrent de revivre cette scène telle qu'elle aurait pu avoir lieu : Les Allemands auraient pu soulever le chariot, trouver le cadavre juif, venir à la maison, découvrir le Juif bien portant, les mettre tous les trois – le Juif, le cordonnier et sa femme – devant le mur de la maison et sortir les revolvers. Rien de tel n'arriva. La guerre s'est terminée, le Juif quitta la Pologne sain et sauf; peu après, le cordonnier mourut d'une crise cardiaque, sa femme le suivit de peu. Ainsi, à part Mme Zygielman, Maniusia, Ryfka Blatt et l'heureux élu du cœur de la demoiselle polonaise, il y a encore l'homme du grenier, mais il n'est pas sûr qu'il s'agissait d'un habitant de Kock. Le cordonnier itinérant aurait très bien pu l'amener d'un autre endroit : Biłgoraj, Tarnogród, Szczebrzeszyn, Sieniawa,

Frampol, Bircza... Dans ce cas, il faudrait peut-être corriger la soustraction dans l'une de ces villes.

LA MAISON – suite.

Heszel Klepfisz est né à Zyrardów; durant la guerre, il fut rabbin dans les Forces Armées Polonaises à l'Ouest; il perdit en Pologne ses parents, sa femme, sa sœur et son frère; après la guerre, il s'établit au Panama, devint professeur d'université et se mit à écrire sur le hassidisme.

Dans l'un de ses essais [9], il raconta comment il avait terminé la guerre.

Il était entré à Bergen-Belsen avec l'armée américaine.

Il vit des cadavres empilés. C'est avec une poignée de Juifs sauvés de la mort qu'il passa la soirée du vendredi, le premier shabbat après la deuxième guerre mondiale. Durant toute la soirée du shabbat, ils parlèrent de Menachem Mendel. Puis ils chantèrent le chant des hassidim de Kock, avec un curieux refrain : *« Pas encore, pas encore, pas encore... Nous sommes encore au pied de la montagne, nous ne l'avons pas encore conquise... Nous n'avons pas encore prié, et rien ne s'est encore accompli... Pas encore, pas encore, pas encore... »*

« Le Kock terrestre, juif, cessa d'exister, écrivit Heszel Klepfisz. *Bergen-Belsen fut pour nous une source de certitude que l'esprit de Kock allait nous accompagner dans notre périple a travers les siècles. »*

Rabbin des Forces Armées Polonaises... Bergen-Belsen... Shabbat... Kock... C'est donc cet épilogue-là qu'avait inventé le Grand Scénariste. Il pourrait peut-être accepter encore un autre petit miracle, tout à fait logique d'ailleurs – dans la mesure où la logique peut intervenir dans ce domaine.

Le vieux Juif à la redingote de soie usée prend la clef

9. Heszel Klepfisz, *Culture of Compassion,* New York, 1983.

de la tourelle des mains de la femme de l'appartement qui fait l'angle, puis il grimpe l'échelle conduisant au grenier. (Au grenier! Affublé de ce caftan dans lequel il se prend le pied dès la première marche.) M. Tadzio Nowicki, locataire de la pièce située sous le toit soulevé pour la fête de Soukkoth, lui tient l'échelle, tout en chancelant légèrement.

– Je ne veux pas t'accabler de tristesse, dit M. Tadzio au vieillard qui atteint péniblement la deuxième marche. Mais je viens d'enterrer ma femme; si tu étais venu un autre jour, on aurait pu causer, mais aujourd'hui, c'est le quatrième jour après sa mort survenue dimanche; je t'ai vu par la fenêtre et je me suis dit : « C'est quelqu'un qui veut savoir » ; sache alors que mon père travaillait au moulin, chez les Zakalik, et qu'il était le meilleur ami d'Icek dans toute la ville; Icek était de l'électricité, mon père de la menuiserie, et puis tous les Zakalik, à quelques mètres d'ici à peine, dans une cave, et seul Icek qui avait un Mauser, le meilleur ami de mon père de toute la ville; tout ça, ce sont de bien tristes affaires et je ne veux pas t'accabler de tristesse, je te souhaite de vivre, mon cher, au moins cent quatre-vingts ans...

Ainsi parle Tadzio N., tandis que le vieil homme sort un mouchoir sale et froissé des replis de son caftan, le secoue doucement en faisant tomber quelques brins de tabac, et le tend à M. Tadzio pour qu'il essuie ses larmes – des larmes versées à l'intention de son père? de sa femme? d'Icek Zakalik?–, puis il monte l'échelle sans se retourner.

Il ouvre la porte de la tourelle.

Il s'arrête devant la fenêtre, celle-là même que personne n'avait ouverte et qui a une vitre cassée, sort une pipe de son caftan, la bourre de tabac, et fait s'envoler le premier filet de fumée. Il sourit à la pensée que Jiri

Langer [10] comparait ces filets frêles à la fumée d'un autodafé, s'élevant jour et nuit vers le ciel lugubre de Kock. Le ciel n'est pas du tout lugubre. Il est d'un bleu d'azur, illuminé par un beau soleil de printemps.

Une femme arrive de loin, de la rue Janek Krasicki. Le soleil dans le dos, son visage reste invisible, « à contre-jour », selon l'expression utilisée par les photographes; elle a baissé la tête, comme si elle était songeuse, fatiguée ou somnolente.

– On me reproche de garder le silence, dit le vieil homme. Or le silence peut être le cri le plus déchirant au monde.

Il le prononce vers l'espace ensoleillé, en direction de la passante, mais celle-ci s'éloigne de la maison à la tourelle, sans l'avoir entendu, sans même lever le regard. Le vieil homme voit maintenant ses cheveux roux, emmêlés, et son gros ventre de femme enceinte que le vieux manteau d'hiver n'arrive pas à couvrir.

– On me reproche d'être un homme brisé, or rien n'est plus entier qu'un cœur de Juif brisé, dit-il en direction de son dos à elle, de ses bras ballant de solitude, du lacet défait qui traîne derrière elle dans la rue.

10. Jiri Langer, *9 bram* (« Les 9 portes »), Cracovie, 1988.

Hypnose

... IL ÉTAIT UNE FOIS UN GARÇON, originaire de la région de Polin. Il se retrouva à Prague à cause des « troubles ethniques ». Il avait une famille qui était restée dans la contrée de Polin et dont les membres avaient probablement souffert des hostilités. A cause de ces souffrances, ou bien à cause du garçon – on l'ignore –, la famille s'adressa au rabbin. La réponse à ce problème inconnu donnée par le rabbin à la famille originaire d'on ne sait où (de Prmt, écrivit-on en hébreu; ce qui pourrait aussi bien être la ville de Przemyśl que de Przemęt); donc, ce « responsa » rabbinique de l'année 1029 constitue le témoignage le plus ancien de la présence des Juifs sur le territoire polonais.

Il est important de savoir ce que veut dire Prmt. S'il s'agit de Przemyśl, nous voilà donc du côté des châteaux de Grody Czerwieńskie, ce qui confirmerait l'hypothèse selon laquelle les Juifs étaient venus en Pologne de Byzance. Si c'est Przemęt, donc la région de Wielkopolska, les Juifs seraient alors venus de Prague où ils étaient arrivés de Regensbourg, après être passés par le Sud de l'Allemagne après être partis du Nord de l'Italie, etc.

Il est important de savoir d'où ils sont venus. Si l'on admet qu'ils ont créé dans la contrée de Polin les agglomérations les plus considérables de toute la diaspora, la question de savoir d'où ils sont venus reste ici fondamentale.

Le Musée de la Diaspora à Tel-Aviv. Les Juifs de Mésopotamie, les Juif de Perse, les Juifs de l'Empire Ottoman, les Juifs de Tolède, d'Alexandrie, de Venise, d'Amsterdam... Les Juifs aux visages distingués, richement vêtus, entourés de précieux vases liturgiques en or ou en argent massif, dans un vaste monde d'opulence. Et les Juifs polonais aux yeux tristes, affublés de leurs caftans noirs, devant une échoppe dans une ruelle sale d'un monde petit et pauvre. Dans l'écouteur, une voix vous informe dans la langue européenne de votre choix qu'ils vivaient de commerce et d'artisanat, étudiaient dans des écoles appelées *yeshivoth,* priaient – à condition de faire partie du mouvement hassidique – dans des maisons de prière appelées *shtibl*; et que pendant la deuxième guerre mondiale de 1939-1945, etc.

Le professeur Matitiahu Minc, historien à l'Université de Tel-Aviv, s'était récemment rendu à Cracovie, dans le quartier de Kazimierz. Un vendredi soir, il arpentait les rues calmes et désertes en pensant que tout le monde devait encore être à la maison, devant le repas du shabbat, et qu'une fois le repas terminé, les gens ne tarderaient pas à sortir faire une promenade. Il erra ainsi jusqu'à l'aube, quand les livreurs commencèrent à distribuer les premières bouteilles de lait, mais aucun Juif n'était sorti d'aucune maison.

Le soir du shabbat à Mea She'arim, quartier des hassidim à Jérusalem. Il y règne un profond silence, mais pas celui du repas. Un autre, celui qui le précède quand le dîner est déjà préparé, que les bougies brûlent sur la table, que la grosse casserole en fonte, remplie de *tcholent,* a été portée à la boulangerie Fajnzylber depuis bien longtemps et que toute la famille prie au temple.

(Mais non, Fajnzylber n'acceptait pas le *tcholent,* il fallait le porter rue Rybna ou rue Grodzka. Et ce n'était certainement pas à Mea She'arim mais à Lublin. On y portait également du *lokschen kugel* : des pâtes aux œufs, avec des raisins secs, du miel et de la cannelle, toujours dans un récipient en argile. Non, certainement pas à Mea She'arim...)

Le professeur M. montre des ruelles et des cours de Jérusalem, construites selon des modèles disparus : des maisons basses, des boutiques exiguës, des enseignes yiddish, un *shtibl* à l'unique fenêtre à travers laquelle on aperçoit une pièce éclairée, avec de longues tables. Un livre est posé sur la table, un vieillard barbu à moitié endormi se balance sur la chaise, deux jeunes gens gesticulent comme s'ils étaient en pleine dispute – à cause d'un verset du Talmud? au sujet de Maïmonide?

Le professeur M. demande de ne pas se laisser attendrir. Ils ne cessent de poser des tas de problèmes. Ils sont réactionnaires et obscurantistes. Ils sont dispensés du service militaire durant leurs études mais, comme ils étudient le Talmud toute leur vie, ils échappent complètement à l'armée. Quand ils n'étaient que cinq cents, cela n'avait pas beaucoup d'importance, mais quinze mille, il y aurait de quoi former une division! Qui plus est, ils voudraient avoir tout Jérusalem pour eux, car c'est là que viendra le Messie. Nous allons tous revenir ici, quand nous sortirons de nos tombes le jour du Jugement dernier; mais eux, dès à présent, ils essaient d'acheter le maximum de terrain à Jérusalem, ils veulent même être enterrés au Mont des Oliviers pour ne pas être obligés de traverser le monde entier à la rencontre du Messie. Pour être sur place tout de suite, et au premier rang.

Ils écrivent des choses bizarres.

Leur maître spirituel, le rabbi Yoël Taitlbaum, chef du mouvement des « Gardiens de la Ville », a écrit que l'Holocauste était une punition équitable pour avoir essayé de détourner les décrets divins. C'est par la volonté de Dieu que les Juifs ont été dépourvus de patrie et d'État, éparpillés à travers le monde, et livrés à des persécutions. Dieu seul a le droit de revenir sur sa décision et de casser la sentence. Tous ceux qui tentent d'échapper à la diaspora lèvent la main contre Lui.

Le pire est que les gens sombrent dans le péché. Malgré la mise en garde qu'avait été l'Holocauste. Ils sombrent dans le péché en édifiant un État juif.

La punition semble inévitable. Mais, cette fois-ci, peu de gens survivront à la catastrophe pour devenir les témoins de la Rédemption.

C'est ainsi que parlait le rabbi Taitlbaum [1], mais voilà que la prière se termine et que la foule se déverse de la synagogue vers une petite rue calme, et jusqu'à présent déserte. Des hommes en redingotes noires, bas blancs et toques de fourrure, de jeunes garçons aux papillotes bouclées, des femmes en robes longues, portant sur la tête des foulards noués de telle façon que la moindre mèche de cheveux ne puisse en dépasser... Une foule bruyante et gaie remplit les trottoirs et la chaussée, chacun se dirigeant hâtivement vers la maison où le dîner de shabbat l'attend déjà.

(Et le couvercle sur la casserole de *tcholent* doit être enveloppé de papier et attaché avec de la ficelle. Le papier ne risque pas de prendre feu; tout au plus, il jaunira par la chaleur. Si le couvercle n'est pas étanche, il faut l'entourer de pâte collée, rien que de la farine et de l'eau. Et ce n'était certainement pas à Mea She'arim...)

... IL ÉTAIT UNE FOIS UNE FAMILLE,

Kuszmowa, Nahum et leurs enfants. Ils divorcèrent. Nahum était riche et il ne tarda pas à se remarier.

1. Amos Funkenstein, *Theological Interpretations of the Holocaust, The Tel-Aviv Review*, vol. 1, 1988.

Kuszmowa aussi se remaria – bien que les divorcées fussent des femmes proscrites dans les familles juives; des femmes laides, stériles, adultères ou bien exhalant des effluves malodorants. Kuszmowa ne devait être ni laide ni malodorante, car elle épousa Simon, ce qui fut sans doute une bonne chose, vu que Nahum rendit son âme à Dieu peu après son remariage... Sa deuxième femme, Muncha, se remaria à son tour avec David, le gabelou – bien qu'une veuve juive dût épouser son beau-frère (sauf si elle s'était rachetée par la coutume de *Halitsa,* l'enlèvement du soulier du pied de son beau-frère en présence d'un juge).

Muncha était généreuse : à l'occasion de son nouveau mariage, elle dispensa ses débiteurs de tous leurs engagements. Après le mariage, elle prêta de nouveau de l'argent, surtout aux femmes, préférant aux intérêts la garde des bœufs...

Muncha suivait la mode : elle fit installer des vitres colorées dans ses deux maisons, à Przemyśl et à Lvov.

Muncha menait une vie mondaine et son mari était même un ami du staroste. Quand – hélas! – David fut accusé d'avoir détourné l'argent de la gabelle, le staroste polonais aida son ami à se sortir du pétrin.

Toute cette grande, et ô combien énergique famille, vivait dans une entente parfaite : Kuszmowa, son deuxième mari, la deuxième femme de Nahum, David, les fils de Nahum du premier mariage... Ensemble, ils achetaient, vendaient, empruntaient, bâtissaient, voyageaient pour affaires entre Przemyśl et Lvov. Et ils avaient choisi de bâtir ici – dira l'historien cinq cents ans plus tard –, car les privilèges octroyés aux Juifs de Lituanie et de Pologne par le prince Witold et le Jagellon, etc. Tout ce que nous savons sur la famille de Nahum vient des registres de la cour d'assises de la ville de Przemyśl. On y trouve aussi bien les informations sur les mariages que sur les bœufs ou les vitres colorées... Tout cela a été inscrit au XVe siècle; le premier enregistrement date de 1423, le dernier de 1460 [2].

Nous sommes toujours le vendredi. Les cérémonies du shabbat commencent plus tard que d'habitude. On attend les enfants : peut-être obtiendront-ils une permission du régiment et arriveront-ils à temps pour le dîner?

Vendredi matin, les jeunes appelés se promènent dans les ruelles sinueuses de Jérusalem. Ils portent des mitraillettes sur le dos, des masques à gaz sur la poitrine, et de longues matraques en bois à la taille. Ils fouillent les sacs de tous ceux qui se dirigent vers le Mur des Lamentations, en rassurant ceux qui vont vers la Via Dolorosa, leur disant qu'ils n'ont pas de quoi s'inquiéter. Ils semblent mal à l'aise.

Les magasins arabes de la Via Dolorosa sont fermés pour cause de grève; seuls quelques marchands s'affairent derrière les étalages. La route du Calvaire ne passe pas à travers les champs et les collines, comme à Kalwaria Zebrzydowska, mais au milieu des boutiques, des étalages et d'une foule de passants. A la deuxième station (Jésus est chargé de la Croix) se trouve un étalage de coton, à la quatrième station (Jésus rencontre sa très sainte mère) un gros chaudron où l'on fait cuire dans l'huile des boulettes de viande hachée; à la cinquième (Simon le Cyrénéen aide Jésus à porter la Croix), on vend d'énormes galettes que l'on rompt et saupoudre d'épices.

Cela aurait pu être ainsi : les étalages, les marchands, le vacarme et la foule. A travers la foule, un homme marche avec la croix... Certains s'en moquent, d'autres le prennent en pitié, la plupart, absorbés par leurs affaires, le croisent avec indifférence. Le soir seulement, devant le repas du shabbat, quelqu'un dira peut-être : « Savez-vous ce que j'ai vu aujourd'hui? »

2. Hanna Węgrzynek, « Les relations au sein d'une famille juive dans la ville de Przemyśl au XVe siècle ». Rapport présenté à la Conférence Internationale « Histoire et culture des Juifs polonais ».

Les dernières stations, le Golgotha et la Tombe, se trouvent dans l'enceinte de la Basilique.

On accède au Saint-Sépulcre par la Chapelle de l'Ange. C'est ici que, le jour de la résurrection, l'ange du Seigneur s'assit sur la pierre roulée devant le sépulcre – « et son aspect était comme un éclair, et son vêtement blanc comme la neige » –, pour annoncer aux femmes pieuses la bonne nouvelle. Quelques morceaux de cette pierre sont emmurés dans un socle quadrangulaire en marbre, situé à l'entrée de la grotte. De temps à autre, les visiteurs sont arrêtés par un moine posté devant ce marbre, c'est l'heure de l'encensement du sépulcre. Des prêtres arrivent du fond de l'église. Tout d'abord, un prêtre catholique avec l'encens. Il passe à côté du moine, disparaît dans la grotte, en revient, puis s'en va. Vient ensuite un Arménien avec son encens. Puis le Grec avec le sien. Ces trois communautés religieuses sont les gardiennes de la Basilique, chacune d'entre elles tenant à protéger son droit d'encenser. Chacune est d'ailleurs propriétaire de certains endroits du monument et jouit du privilège d'utiliser certains objets : tableaux, lampes, vases liturgiques. La réparation d'un mur ou d'une partie de toit confère au réparateur le droit à son exploitation exclusive, et le fait de restaurer un tableau, d'ajuster un candélabre ou d'enfoncer un clou donne le droit au mur sur lequel ledit tableau ou candélabre est accroché. Cela rend difficile tout travail de conservation et peut aboutir à la détérioration progressive de la Basilique du Saint-Sépulcre, mais aucun droit ne risque d'être bafoué.

Et voici comment se déroule la cérémonie d'ouverture du temple : « La communauté qui demande l'ouverture frappe à la fenêtre du portail. Le sacristain grec, qui est en possession des clefs, appelle les portiers musulmans pour leur faire passer, à travers la même fenêtre, une échelle permettant l'accès à la serrure. Trois cloches suspendues au-dessus du portail sonnent pour annoncer l'ouverture. La première appartient à la communauté qui ouvre, les deux autres aux communautés qui expriment leur accord. Ainsi, le contrôle musulman de la Tombe du Christ continue [3]. »

La tempête au-dessus de Jérusalem est de couleur jaune. Pas la tempête elle-même, mais plutôt l'atmosphère au moment où le vent se lève, alors que le ciel s'assombrit brusquement, allant jusqu'au bleu marine taché de gris.

C'est à cet instant que le ciel, l'air et le vent de Jérusalem deviennent jaunes.

Il paraît que le vent apporte alors du sable du désert, dont la couleur n'a rien à voir ni avec le sable sec des dunes de Łeba, ni avec le sable humide du fond du puits situé au bord de la Narew. Les peintres nomment de telles couleurs *les ocres* : des jaunes teintés d'or? de feu? de soufre? ou d'orangé?

Quel monde instable et menaçant que celui où les tempêtes sont jaunes...

Toutes les nuances de jaune, on les retrouve ensuite dans le désert de Judée et dans les roches de Massada.

Massada, une forteresse de montagne aux abords de la mer Morte, où les zélotes se sont défendus contre les Romains durant sept ans, est considérée comme le symbole de l'honneur et du courage par tous les Juifs. En 73 (trois ans après la chute de Jérusalem), voulant éviter l'infamie de l'esclavage, les insurgés ont choisi le suicide collectif.

Désormais, dans les murs de la forteresse, de jeunes appelés de l'armée israélienne prononcent chaque année le serment de rester fidèles aux défenseurs de Massada.

Les Romains prirent la forteresse par le côté ouest – la route vers le sommet étant bien plus courte que du côté de la mer. On éleva une vaste butte, haute de trois cents pieds; on la consolida par une plate-forme de pierres

3. Donato Baldi, *Dans la Patrie du Christ...*, Cracovie, Assise, 1982.

sur laquelle furent hissées des balistes – machines de guerre lançant des projectiles, pointées vers la forteresse.

La butte fut élevée par des Juifs : les prisonniers capturés à Jérusalem après la destruction du Temple.

Les défenseurs de Massada les regardaient de derrière les murs. (Que disaient-ils? Est-ce qu'ils disaient : « Non, non, ils ne le feront pas. Un Juif ne se mettra jamais contre un autre Juif... ») Mais les prisonniers juifs continuèrent à apporter de la terre, patiemment, jour après jour; des sacs pleins à ras bord, jusqu'au moment où la hauteur de la butte fut suffisante pour y placer les catapultes.

Les murs de la forteresse existent encore actuellement, avec leurs bains rituels, leur synagogue, leurs entrepôts pour stocker la nourriture. La butte ouest demeure également.

Le procureur au procès d'Eichmann voulait savoir pourquoi ni les Juifs envoyés à la chambre à gaz, ni les Juifs brûlant ensuite leurs corps ne s'étaient jamais révoltés. Hannah Arendt voulait savoir pourquoi les Judenrat collaboraient avec les Allemands pour l'extermination des Juifs.

Un médecin militaire allemand que cite Hannah Arendt explique pourquoi, bien qu'étant au courant du génocide, il n'a pas protesté. Il savait qu'il aurait disparu sans laisser la moindre trace et que sa mort serait restée anonyme. Si on lui avait garanti une mort glorieuse, héroïque, il se serait peut-être révolté, mais une mort anonyme aurait été un sacrifice inutile.

Hannah Arendt soutient que les zones d'oubli n'existent pas : « Une personne au moins reste toujours en vie pour apporter son témoignage [4]. »

Le suicide collectif des neuf cents héros fut relaté par deux femmes qui y avaient survécu – mères ou épouses.

4. Hannah Arendt, *Eichmann à Jérusalem,* Cracovie, 1987.

Quelqu'un aurait certainement raconté la révolte des esclaves, mais les esclaves ne s'étaient pas révoltés.

Toute révolte suppose d'avoir pu garder en soi un minimum d'humanité. Les esclaves de Massada étaient sans doute privés de ce minimum indispensable. Tout comme en étaient privés les gens envoyés dans les chambres à gaz.

Établir des parallèles entre des événements séparés dans le temps par mille huit cent soixante-dix années n'est pas tout à fait convenable, cependant ce sont bien les soldats israéliens d'aujourd'hui qui prêtent serment aux héros de Massada. « Massada ne sera plus jamais vaincue », dit le serment. Pourquoi ne pas y ajouter une petite phrase, un peu moins orgueilleuse : « Plus jamais nous n'élèverons de butte »?

Uri Orlew habite un prestigieux quartier d'écrivains et d'artistes. Il fut édifié au milieu du siècle dernier par Sir Moses Montefiore, millionnaire et philanthrope anglais, et c'étaient les premières maisons de Jérusalem bâties en dehors de l'enceinte de la vieille ville. Malgré le surpeuplement régnant entre les murs, les gens eurent d'abord très peur d'habiter les maisons de Sir Montefiore – en plein désert, livrés aux pillages des bandes de voleurs. Ils y habitaient donc le jour, revenant à l'abri des murs dès que la nuit tombait. Mais Sir Montefiore avait vraiment à cœur de développer Jérusalem; ainsi, il fit construire des filatures, pour donner du travail aux gens et un moulin, pour leur donner de quoi manger; qui plus est, il les payait, pour qu'ils acceptent d'habiter dans son quartier jour et nuit.

Uri Orlew dit qu'il y a un an, les Américains lui proposèrent quatre cent mille dollars pour son appartement; or, ce ne sont que trois petites pièces dotées, il est vrai, d'un très joli plafond en bois dans la cuisine, d'un plafond voûté au salon, et d'une vue magnifique sur le mont Sion, le Cénacle, l'église de la Dormition de la Vierge Marie, et la corde.

Uri Orlew arriva en Palestine à l'âge de quinze ans, en août 1945. Quatre mois après que les Américains eurent intercepté le train allemand qui le conduisait avec son père, sa tante, son oncle et un transport de Juifs hongrois de Bergen-Belsen, vers une mort certaine. Quant à Bergen-Belsen, il s'y était retrouvé à cause de l'Hôtel Polski. Il avait déjà connu le ghetto et le côté aryen; alors, dès que les Allemands annoncèrent que les Juifs, détenteurs de passeports étrangers, pouvaient se rendre à l'Hôtel Polski, rue Długa, d'où ils partiraient vers d'autres pays, la tante d'Uri, Jurek à l'époque, envoya immédiatement l'oncle Frenkel pour se procurer tout ce qu'il fallait.

Les documents étaient tous vendus par les agents juifs de la Gestapo, mais il y en avait de bons et de mauvais. Les bons, c'étaient des passeports pour les pays de l'Amérique du Sud. Les mauvais, des promesses de visa pour la Palestine.

A peine parti, l'oncle revint avec tout ce qu'il fallait : quatre beaux documents. Deux pour la Palestine achetés pour une forte somme d'argent, et deux, bien plus chers encore, pour le Honduras.

Voyant ces papiers, la tante devint furieuse : « Pauvre crétin, cria-t-elle à l'adresse de l'oncle, alors, tu as déjà oublié que j'avais promis à ma sœur Zosia de ne jamais me séparer de ses fils? (La mère des garçons était morte, or tout le monde sait, à part ce crétin d'oncle, qu'il faut tenir les promesses faites aux morts). L'oncle repartit de nouveau pour revenir cette fois-ci avec quatre documents à destination de la Palestine.

Le 13 juillet 1943, un transport de Juifs, « citoyens étrangers », partit pour Bergen-Belsen. Il comprenait trois mille personnes : deux cent cinquante « Palestiniens », le reste des « citoyens sud-américains ».

Le 21 octobre 1943, les « citoyens sud-américains » furent envoyés à Auschwitz. Ils sont tous morts. Seules les personnes avec les visas pour la Palestine ont survécu à la guerre.

Et voici un autre témoignage sur les bons et les mauvais papiers, tiré du livre *Hasidic Tales of the Holocaust*[5]. Parmi les Juifs possesseurs de passeports étrangers se trouvait la belle-fille du tsadik Alter et son enfant. Son beau-père, Abraham Alter, dernier tsadik de Góra Kalwaria, ainsi que son mari, Israël Alter, étaient déjà en Palestine, les prisonniers du camp le savaient; aussi, la présence parmi eux du petit-fils du tsadik et de sa mère leur remontait le moral. Puisque les deux saints hommes avaient réussi à atteindre en toute sécurité la Terre Promise, alors avec l'aide de Dieu et de l'Empire Britannique, ils allaient sans doute parvenir à sauver leurs proches, et avec eux peut-être tous les Juifs de Bergen-Belsen.

Le septième jour de la fête de Soukkoth, on rassembla les gens dans la cour du camp afin d'établir des listes. Chacun devait aller voir le commandant du camp, à qui il montrait ses papiers. La liste américaine devenait de plus en plus longue. La belle-fille du tsadik était en possession des deux sortes de documents, les bons et les mauvais. A l'approche de son tour, elle prit la décision : elle avala la fine feuille de la promesse palestinienne et tendit le passeport américain au commandant.

Les rapports d'archives du Musée d'Auschwitz indiquent que le transport de Bergen-Belsen arriva sur la rampe de Brzezinka le 24 octobre. Juste avant d'entrer dans la chambre à gaz, l'une des femmes arracha son pistolet au Waffen-SS Schillinger et le tua, blessant également un autre Waffen-SS, Emmerich. Les autres femmes attaquèrent l'escorte à mains nues. Les Waffen-SS appelèrent des renforts. Quand ils arrivèrent, on tua une partie des

5. Yaffa Eliach, *Hasidic Tales of the Holocaust,* New York, 1985.

femmes sur place, à coups de carabine ou à l'aide de grenades; les autres furent traînées vers la chambre à gaz. Tous les corps furent brûlés aux fours crématoires n° 2 et n° 3.

Nous ignorons le nom de la femme qui avait tiré. Était-ce la belle-fille du tsadik de Góra Kalwaria? Peut-être n'avait-elle pas tiré et choisi la prière? Qu'attendait d'elle son beau-père, Abraham Mordechaï Alter, des coups de feu ou des prières?

« Une personne au moins reste toujours en vie pour apporter son témoignage... »

Aucune de ces femmes n'a survécu, mais le Waffen-SS Broad, membre du personnel d'Auschwitz, est heureusement resté en vie pour apporter son témoignage après la guerre [6].

Uri Orlew avait passé à Bergen-Belsen près de deux ans. En avril 1945, on l'entassa avec plusieurs milliers de Juifs hongrois dans des wagons. En cours de route, le train fut pris par la 9e armée américaine. Le capitaine américain occupa le village le plus proche, habité jusque-là par des familles d'officiers, à qui il donna l'ordre de quitter immédiatement toutes les maisons. Il les remit ensuite à la disposition des prisonniers. Les prisonniers les plus forts firent irruption les premiers. Ils écartèrent les plus faibles et se mirent à piller les villas : vêtements, fourrures et bijoux. Après avoir transporté tout le butin dans leurs maisons, ils laissèrent les autres prisonniers entrer dans les maisons dévastées.

– Tante Stépha était une femme robuste, raconte Uri Orlew. Elle était capable, s'il le fallait, d'envoyer un coup de poing dans la gueule de n'importe quel homme, mais elle est restée imperturbable et nous a ordonné de nous tenir calmes. « Pour nous, la guerre est finie », a-t-elle annoncé. « Nous n'allons pas nous battre pour des

6. Jerzy Rawicz, *Auschwitz aux yeux des SS*, Varsovie, 1985.

frusques. » Uri Orlew écrit actuellement des livres pour enfants et adolescents; il traduit également du polonais; il a traduit entre autres l'œuvre de Korczak. Il a commencé à écrire à Bergen-Belsen, à l'âge de quatorze ans.

Il a commencé par la poésie.

Voici l'un de ses premiers poèmes :

Je me suis levé, j'étais gai,
Je marchais, me tourmentais,
Parfois me réjouissais;
Puis je me suis couché dans un lit
Pour crever, ainsi s'est terminée ma vie.

En quittant la maison d'Uri Orlew, je regarde les murs de la vieille ville resplendir dans le crépuscule et la corde, bien plus noire que le ciel. D'un trait horizontal nettement marqué, elle traverse les airs depuis le mont Sion, au-dessus du Cénacle et de l'église de la Dormition, jusqu'à la Tour de David.

On l'avait laissée en guise de souvenir. Durant la guerre de 1948, quand les positions militaires juives étaient séparées par les Jordaniens, les Juifs se faisaient passer des armes sur cette corde, au-dessus des troupes jordaniennes.

L'année dernière, un homme, un Français paraît-il, traversa sur la corde sans aucune protection. Au milieu de la corde, il jeta ses chaussures et avança pieds nus; alors, la foule attrapa les chaussures et les garda comme souvenir.

Cette traversée devait symboliser la paix entre les Arabes et les Juifs.

Uri Orlew était assis dans son jardin avec son fils de cinq ans à qui il expliquait : – Regarde comme il est courageux, ce monsieur, et quelle noble cause l'anime... Mais son fils répondit : – J'en ai marre, papa, je rentre à la maison. Et il partit.

... IL ÉTAIT UNE FOIS UN TSADIK,
qui choisit pour demeure un village petit et pauvre. Il fut élève d'autres grands tsadikim d'autres villages petits et pauvres : Maguid de Kozienice, Symcha Bunam de Przysucha et Mendel de Kock. Quand en 1839 Mendel de Kock s'isola du monde (il ferma derrière lui deux portes et vécut ainsi vingt ans durant, jusqu'à sa mort), Icchak Meïr Alter fut élu son successeur. Après la mort du maître, il s'établit à Góra Kalwaria, où il créa sa cour et sa dynastie [7].

Les Juifs d'ici étaient pieux et travailleurs. Ils bâtirent un hôtel de ville, un abattoir, une remise de pompiers, des caniveaux, des réverbères, et trois grandes usines – de taleths, de vinaigre et de savon.

Étant pieux, ils rendirent célèbres les mérites de leur tsadik dans tout le Royaume. En 1898, on créa une ligne de chemin de fer à voie étroite entre Varsovie et Góra Kalwaria. On l'appela « rebbes-train », et il transporta des milliers de hassidim. Le tsadik faisait son apparition sur le balcon tous les samedis après-midi.

Quand il se rendait dans une ville d'eaux, la police polonaise était obligée de le protéger contre la pression de la foule venue lui faire ses adieux. Quand on essayait de le prendre en photo, la police était obligée de protéger le photographe de la foule.

En 1940, le dernier tsadik de Góra Kalwaria, accompagné de ses deux fils, réussit à rejoindre la Palestine. En 1941, trois mille Juifs de Góra Kalwaria furent envoyés dans le ghetto. Ils partirent dans le rebbes-train.

7. Eleonora Bergman, *Gôra Kalwaria (Ger) : la colonisation juive et la cour des tsadikim.* Rapport présenté à la Conférence Internationale... (L'auteur est à l'origine d'une procédure judiciaire visant à inscrire la cour du tsadik et la maison de prières de Góra Kalwaria dans le registre de monuments historiques du ministère de la Culture et de l'Art. L'auteur propose d'y créer le musée du hassidisme polonais.)

Dans la cour de la maison de prière, les Allemands fusillèrent le reste des Juifs, brûlèrent la bibliothèque du tsadik, et y installèrent un atelier de réparation de tanks.

Après la guerre, l'ancienne synagogue abrita une salle de cinéma où se déroulaient des réunions et des bals. A présent, on y trouve des magasins et des logements. En 1967, on effaça les dernières traces de l'ancienne vocation du bâtiment; sur son fronton figure l'inscription suivante : « Vive l'amitié entre les peuples! »

Un entrepôt de meubles se trouve dans l'ancienne maison de prière. N'ont pu y être préservés que le four du grenier, servant à cuire le pain azyme, ainsi que, sur une porte condamnée, la *mézouza* [8].

... IL ÉTAIT UNE FOIS DES TSADIKIM,
qui se préoccupaient beaucoup de la Pologne. Le rabbi Pinhas de Korzec estimait qu'il fallait s'en occuper, car « ici, l'exil était moins amer que partout ailleurs ». Ils priaient donc pour la Pologne, surtout quand elle était en danger. Le rabbi Pinhas de Korzec était d'ailleurs persuadé que c'était grâce aux prières de son ami, rabbi Nahman de Horodenka, que les Russes n'avaient pas réussi à vaincre les Polonais. Malheureusement, le rabbi Nahman de Horodenka partit pour la Terre Sainte en 1764, et c'est durant son absence qu'eut lieu le premier partage de la Pologne. De son côté, le rabbi Pinhas priait avec ferveur pour limiter les dégâts. Ce n'est qu'après la mort de Pinhas de Korzec (il mourut en 1790), que l'envahisseur put enfin conquérir le pays au cours du deuxième et du troisième partage [9].

A vingt et une heures, toutes les conversations s'ar-

8. *Mézouza* : étui que l'on fixe au montant droit de la porte et qui contient le texte du « Shema » sur un petit rouleau de parchemin.

9. M. J. Rosman, *Les Polonais et le Royaume de Pologne d'après les sources juives*. Rapport présenté à la Conférence Internationale...

rêtent. C'est l'heure du journal télévisé. Le compte-rendu sur qui-a-réussi-à-tuer-qui dans la journée commence. Viennent ensuite les informations de moindre importance, comme la grève des médecins ou le procès de Demianiuk, permettant de reprendre les conversations et le dîner. On ne commente jamais d'événements en cours. On dit des choses d'intérêt général. Par exemple : nous sommes de nouveau seuls. Ou bien : le monde entier est de nouveau contre les Juifs. Ou bien encore : on nous exterminera, et le monde regardera ça avec indifférence.

Il n'y a que cela qui compte, alors pourquoi l'humanité fait-elle semblant de ne pas comprendre? Il est fort possible que les Arabes aient raison. Il est possible que les Juifs les combattent et les tuent. Mais en définitive ce seront les Juifs qu'on tuera, et le monde regardera ça avec indifférence.

Puis on aborde des sujets moins importants.

– Les pires étaient les Ukrainiens (ceci par rapport au procès de Demianiuk). Pires que les Polonais. Car les Polonais étaient pires que les Allemands, et les Ukrainiens seuls étaient encore pires que les Polonais.

L'homme qui parle des Ukrainiens n'a pas passé l'occupation en Pologne, mais il sait. Il est arrivé en Palestine avant la guerre; or ceux qui sont arrivés avant la guerre prétendent tout savoir mieux.

Ils y sont venus à différentes époques : avant la guerre, après l'occupation nazie, après mars 68. Et seulement ceux d'avant-guerre sont remplis de haine contre la Pologne; ceux d'après mars en parlent normalement. Surtout les plus jeunes, ceux qui ont terminé leurs études en Israël. Ce ne sont pas des provinciaux. Ils sont d'ici, ils sont cultivés. Ils ont de l'argent pour voyager, du temps pour lire, des métiers attractifs et d'anciens amis polonais à qui ils rendent régulièrement visite, et qu'ils reçoivent en Israël. Ils sont la première génération normale des Juifs polonais.

Ils sont la dernière génération des Juifs polonais.

L'homme qui vient de parler des Ukrainiens s'assoit près de moi et se met à évoquer la ville de Płock. Sa falaise, la Vistule, la fabrique de faucheuses mécaniques, tout un quartier au bord de la rivière, appelé Rybaki. Un vieil homme aux cheveux gris. Il laisse une feuille avec son adresse, il aimerait continuer notre conversation sur Płock. L'adresse écrite sur la feuille est : « 24, rue Kolegialna ».

Le représentant d'Israël dans une grande organisation internationale :

Il était arrivé en Palestine avec l'armée du général Anders. Un jour, alors qu'il était au café avec un ami, on leur fit une remarque d'une table voisine : comment pouvaient-ils parler polonais quand des millions de Juifs étaient morts là-bas. Les gens qui les avaient apostrophés ainsi parlaient allemand.

Il pense que les Juifs n'ont pas encore résolu leur problème polonais. Le problème allemand, oui, mais c'était bien plus facile. On pardonne plus facilement à quelqu'un d'infliger la mort que d'humilier. Le problème polonais, c'est le souvenir de l'humiliation, des sentiments bafoués. Or, rien ne provoque autant d'agressivité et de haine qu'un amour rejeté, inutile.

Il est né dans le village de Strzemboszyce Wielkie. Il fut le seul élève juif du lycée, et aucun de ses camarades polonais ne l'invita jamais à la maison. Plus tard, il rejoignit l'armée du général Anders; puis il termina ses études à la Sorbonne et revint en Israël qu'il représenta au sein d'une organisation internationale. Plus tard encore, il prit sa retraite et s'établit à Paris. « Tout dans ma vie n'était que l'attente de quelque chose, tout était provisoire. Mes études étaient une attente et ma vie en Israël, et à

Paris. Dans toute ma vie, je n'ai eu que quatorze années vécues pour de vrai et pour de bon. Pour de vrai avait été ma vie à Strzemboszyce Wielkie. »

Le copain de l'orphelinat d'après-guerre, professeur de géologie à Jérusalem, est venu à Cracovie pour une conférence internationale. Dès qu'il restait seul dans sa chambre, ne serait-ce qu'un instant, il était immédiatement envahi par des étudiants polonais qui, après avoir fermé soigneusement la porte, lui demandaient : – Au fait, monsieur le professeur, comment étaient les Polonais avec vous pendant l'occupation?

Alors, le copain de l'orphelinat d'après-guerre leur parlait de Siedlce. Ils s'étaient cachés du côté aryen – sa mère, sa grand-mère et lui – et une femme les dénonça à la police. Elle le fit de manière tout à fait désintéressée, elle ne voulait même pas de récompense. Ils furent interrogés par un policier dont tout le village savait qu'il était monstrueux et, qu'un jour, il avait lui-même fusillé vingt Juifs. Le copain de l'orphelinat est circoncis, l'affaire était donc claire. On les enferma dans la cave du commissariat. Le soir, le policier arriva, il ouvrit la fenêtre et les aida à s'enfuir. Juste avant, il avait pris dans ses bras le copain de l'orphelinat, lui avait fait le signe de croix, et dit : « Que Dieu te protège, fiston. »

– Eh bien, êtes-vous maintenant renseignés sur la manière d'être des Polonais durant l'occupation? concluait le copain, mais dès qu'il passait dans une autre pièce, les étudiants le suivaient, en fermant soigneusement les portes. Alors, il leur parla d'un ami qui s'était enfui du ghetto pour aller rejoindre l'Armée de l'Intérieur dans le maquis. Les membres de l'Armée voulaient l'exécuter, mais il leur annonça :

« D'accord, mais sachez seulement qui est ma tante. Ma tante est la femme de Morgenthau. » (Morgenthau, ministre du Trésor dans l'administration du président Roosevelt, était le Juif le plus connu pendant la deuxième guerre mondiale; qui plus est, c'était le seul nom que mon ami eût à l'esprit.) – Dans ce cas, répondit l'officier, nous irons voir au commandement mais, fort heureusement, les Allemands attaquèrent la division, ce qui permit à mon ami de s'enfuir, profitant de la confusion générale. D'autres Polonais l'aidèrent à trouver une cachette, où il passa le reste de l'occupation.

– Alors, savez-vous maintenant comment ils étaient? demanda le copain de l'orphelinat aux étudiants.

Près de l'avenue Aleje Jerozolimskie...

(Depuis 1774, route vers la bourgade Nowa Jerozolima; Nowa Jerozolima fut créée dans le domaine de Czyste pour la population juive expulsée de Varsovie; la Route de Jérusalem devint ensuite une grande artère [10].)

Donc : près de l'avenue Aleje Jerozolimskie...

(Pourquoi au juste la population juive fut-elle expulsée de Varsovie? Pinhas de Korzec et Nahman de Horodenka avaient prié pour la prospérité de la Pologne, et cependant on expulsait des Juifs? Est-ce correct?)

Près de l'avenue Aleje Jerozolimskie, entre l'hôpital pour enfants et la gare, se trouvait le commissariat de police.

On y conduisit de la Gare Centrale une femme avec une petite fille. La petite fille avait une très mauvaise apparence. La femme avait une bonne apparence et de très bons papiers. Elle s'appelait Emilia Ostrowska, sœur de Maria Ostrowska, de confession catholique et romaine, domiciliée rue Sienna, 90. Le policier qui tenait dans la main ces papiers savait qu'ils étaient authentiques, aussi

10. Eugeniusz Pankowski, *Les rues et les places de Varsovie,* Varsovie, 1970.

fixait-il de son regard les yeux et la natte de cheveux de la petite fille. – Comment t'appelles-tu? demanda-t-il. Elle répondit. – Quel âge as-tu? Elle répondit. – Est-ce bien ta maman? Elle fit oui de la tête. Il posa la *kenkarta* sur la table, sortit une cigarette et se mit à l'écraser entre ses doigts. La petite fille, qui s'estimait être une championne dans l'art de rouler les cigarettes, dut admettre que le policier non plus ne s'en sortait pas trop mal.

– Vous connaissez la prière « Angelus », n'est-ce pas? s'adressa le policier à la femme. Récitez-la-nous.

Cela se passait au petit matin, l'aube commençait tout juste à poindre, le deuxième policier s'étira et se dégourdit les jambes. Ils n'étaient pas rasés, sans doute étaient-ils de service depuis la veille. Tous les deux dévisageaient la femme qui se taisait.

– Vous ne nous réciterez donc pas l'Angelus, sourit tristement le policier. – Évidemment, pensa la petite fille. Elle ne l'avait pas appris. Ne pas pouvoir apprendre une prière aussi simple! Tout sera fichu à cause d'elle. – Et toi? le policier souriait à présent à la petite fille. Elle se mit à réciter précipitamment, avec ferveur, en retenant son souffle : « L'ange du Seigneur apporta l'annonce à Marie, et elle conçut du Saint-Esprit, je vous salue, Marie pleine de grâce, le Seigneur est avec vous... ». Elle regardait les jambes étirées du policier, tout en s'adressant directement à Elle. « Voici la servante du Seigneur, qu'il me soit fait selon... »

– Cela suffit, l'interrompit le policier. Que dois-je faire de vous? L'une a l'air d'une Juive mais connaît ses prières, l'autre n'en a pas l'air mais ne les connaît pas... Vous savez quoi? Décidez vous-même laquelle est catholique et laquelle est juive. La Juive restera ici, la Catholique sortira. Réfléchissez et dites-moi ce que vous avez décidé.

La cellule n'avait pas de fenêtre, elle était éclairée par une simple ampoule de faible puissance, placée dans une niche.

– Tu sortiras; moi, je vais rester, dit la mère. Tu es jeune, tu dois vivre. Moi, j'ai déjà vécu.

– C'est toi qui dois vivre, dit la petite fille. Tu peux sauver grand-mère. Moi, je n'arriverai pas à le faire, cela ne vaut pas le coup que je sorte.

– Tu es une grande fille, dit la mère. Tu as déjà six ans. Tu aborderas quelqu'un dans la rue... Tu sais bien à qui t'adresser.

C'était vrai. Chaque fois qu'elles devaient s'adresser à une personne inconnue, la mère demandait : « A celle-là on peut, d'après toi? », et la petite fille tantôt acquiesçait, tantôt disait : « Non, pas à celle-là. » « Elle s'y connaît en êtres humains », se vantait la mère avec fierté. « Elle n'est pas sage, mais elle sait parfaitement bien faire deux choses : préparer du bortsch rouge et s'y connaître en êtres humains. »

La petite fille avait sommeil. Elle posa sa tête sur les genoux de la mère. – Dommage que tu n'aies pas appris une prière aussi facile, dit-elle d'un ton de reproche. Mais ne t'en fais pas, je sais ce que nous allons faire. Nous resterons ici toutes les deux.

La Grotte de l'Annonciation à Nazareth se trouve dans une crypte dont l'accès est barré par une corde; on ne peut donc la regarder que de l'église supérieure. On y aperçoit un autel illuminé, des fleurs, une croix. C'est ici que l'ange du Seigneur apporta l'annonce à Marie... L'endroit on ne peut plus propice pour Lui rappeler cet épisode ancien. Quelle bonne idée c'était d'avoir envoyé au commissariat Maria Ostrowska (« Ma sœur, une Juive? », criait-elle si fort qu'on l'entendait jusqu'à leur cellule, « Emilia, où es-tu, ils vont se souvenir de moi, ces messieurs! »), de décider le policier à prendre au sérieux ces vociférations, et en plus, de faire venir le fiacre devant le commissariat juste au moment où elles en sortaient, pour qu'elles n'aient même pas un seul pas à faire dans la rue, en plein jour, avec cette petite...

C'était une idée de génie, mais l'église, respirant la fraîcheur du XXe siècle, avec sa corde protégeant la Grotte, ne se prête pas aux souvenirs. Bien moins que Capharnaüm ou la mer de Galilée. L'humanité n'a pas encore eu le temps d'y ériger ses temples, il n'y a que des collines, de l'eau, le mont des Bénédictions au bord du lac, et des oliviers dont les racines peuvent vivre des milliers d'années; des oliviers donc, sortis des racines des temps anciens...

Oui, la mer de Galilée aurait sans doute été l'endroit le mieux approprié pour La remercier d'avoir écouté la prière récitée avec empressement en direction des jambes étirées du policier, mais voilà que le guide israélien commence à nous expliquer ce que nous voyons à droite. Eh bien, nous voyons le Golan. Jadis, il avait été occupé par l'artillerie syrienne dont les missiles atteignaient l'autre rive; ces missiles étaient de fabrication soviétique, c'est pourquoi nous étions obligés de prendre la colline, et alors eux, et alors nous... et eux... et ainsi de suite.

Dans la crypte de l'église Saint-Joseph, on nous montre l'endroit où se trouvait l'atelier. Il est décoré par le tableau représentant la Sainte Famille. Et cette famille du tableau se trouve ici même dans l'atelier de menuiserie de Saint-Joseph. Le jeune Jésus dispose des tasseaux sous l'œil attentif de Joseph, Marie est assise sur un banc, une navette de fil à la main – elle a abandonné un instant le fuseau pour venir bavarder. Ils sont tous pieds nus, bien que le sol soit couvert de copeaux, mais le plus étonnant dans tout cela est que saint Joseph tient dans ses mains la scie de M. Lalak. Pas l'ombre d'un doute : c'est la scie de notre voisin de Dzbędz. La lame encadrée dans un châssis en bois, tendue par une cordelette qu'on enroule en déplaçant la clavette. Même les proportions ont été respectées; l'artiste a seulement peint une lame turquoise en harmonie avec la couleur de la robe de Marie et de la ceinture de Joseph. Quelle surprise! Si loin de la rivière Narew, si près de la mer de Galilée, et voilà la scie de M. Lalak. Et d'un seul coup, tout change à Nazareth, tout devient plus familier.

Le copain de l'orphelinat arriva en Palestine en 46, et il fit ses études dans une école avec internat. C'était l'époque du mandat britannique; en Angleterre, les internats étaient de bon ton; aussi, l'école que fréquentait mon copain était également très chic.

Le copain de l'orphelinat était le seul enfant polonais de toute l'école, mais on ne lui posa aucune question. De toute façon, il ne connaissait pas l'hébreu; et puis, il venait d'un monde où les Juifs s'étaient laissé anéantir sans lutter. Dans un orphelinat chic, dirigé à l'anglaise, cela ne pouvait qu'éveiller un certain dégoût; mon copain n'était donc pas importuné par trop de curiosité. D'ailleurs, qu'aurait-il pu raconter à tous ces garçons? Leur parler du policier qui l'avait aidé à s'enfuir? Ou bien, qu'on le reconnaissait à cause de ses yeux tristes? Le copain est persuadé qu'on ne reconnaissait pas les yeux juifs parce qu'ils étaient noirs. Aux Polonais aussi, il arrivait d'avoir les yeux noirs. Non, les yeux juifs étaient dangereusement tristes, ce qui par exemple valait à mon copain des remarques incessantes sur son infinie tristesse. On l'emmenait exprès au zoo : – Tiens, t'as vu la girafe, disait-on; c'est vraiment une drôle de girafe, elle devrait te faire rire. Ne comprends-tu pas que tu devrais être gai?

Les garçons de l'internat ne demandaient donc rien, lui ne disait rien non plus, et c'était très bien comme ça. « A vrai dire, explique le copain de l'orphelinat, les gens d'ici n'ont commencé à poser des questions qu'après le procès d'Eichmann. Après 1961. »

Matitiahu Minc fut submergé de questions sur la Pologne après son arrivée. C'était pendant les toutes premières semaines de l'année 41 : après la fermeture du ghetto, mais avant la guerre soviéto-allemande. Matitiahu – Matys à l'époque – parla du ghetto, des exécutions, des rafles, mais à chaque fois on l'arrêtait net en lui demandant de ne plus vouloir faire de la propagande et rendre ainsi service à l'impérialisme anglais. Car Matys Minc se trouvait en présence d'une jeunesse très progressiste, faisant partie de l'Hashomer Hatzaïr, dont les membres savaient pertinemment que l'Europe était en proie à une guerre impérialiste, et que l'impérialisme allemand était bien meilleur que l'impérialisme anglais.

Matys avait été entraîné dans les rangs de l'Hashomer Hatzaïr par un copain d'école, son aîné, Mordechaï Anielewicz. Anielewicz fut d'abord chef de patrouille, puis chef de groupe. L'Hashomer Hatzaïr, fonctionnant sur le modèle scout, préparait la jeunesse pour le départ vers la Palestine. C'était l'organisation la plus à gauche de tout le mouvement sioniste, avec un fort penchant pour le communisme qui, comme chacun sait, devait régler une fois pour toutes les problèmes juifs, et surtout le problème de l'antisémitisme.

Pour la dernière fois, Matys vit Anielewicz à Równo, quand ils essayaient d'atteindre Vilnius. Ils passèrent la nuit dans un appartement à même le sol; à l'aube, ils se dirent au revoir en attendant de se retrouver à Vilnius, mais Anielewicz fut rappelé à Varsovie afin de mettre en place des structures clandestines, et ils ne se revirent jamais. A Vilnius, il recevait des lettres d'Anielewicz : « *Tu ne dois pas perdre ton temps,* écrivait l'ancien chef de groupe, *ni manquer d'action. L'aide et l'appui du Joint et du Conseil de la Communauté Juive sont des choses on ne peut plus précieuses. Mais il en résulte parfois une mentalité de fugitif, qui croit que tout lui est dû, que tout le monde doit lui apporter de l'attention et du secours, or c'est une très mauvaise chose, qui tue en l'homme toute initiative créatrice et l'aptitude au travail. Essayez d'organiser des cours d'apprentissage professionnel, de rattrapage... Lis beaucoup. Apprends. Pas seulement l'hébreu...* » (Expéditeur : Anielewicz, Varsovie, Solec 113/15.)

Avec Matys Minc, environ mille Juifs arrivèrent en Palestine. Aujourd'hui encore, on ne sait pas vraiment pourquoi les autorités soviétiques les ont laissés partir. Peut-être parce que le Joint payait pour chaque Juif 850 dollars...

De Vilnius à Moscou, ils voyagèrent dans un train de luxe; une babouchka lui apportait à manger dans son compartiment de première classe, tout étonnée que l'hôte de l'Union Soviétique n'ait aucun bagage. Tel était leur statut : les hôtes de l'Union Soviétique.

A Moscou, ils logèrent à l'hôtel Novomoskovskaïa. Un orchestre accompagna le dîner, une soliste chanta, et personne ne parla de la guerre.

Il arriva en Palestine de Constantinople, par la Syrie. Il séjourna dans le kibboutz de l'Hashomer Hatzaïr. Il le quitta en 1955, suite à la sécession de Sne, militant qui avait voulu mener l'organisation vers le communisme plus vite encore. Heureusement, un an plus tard, eut lieu le XXe Congrès, qui acheva le communisme de Sne et de Matitiahu Minc, et porta un coup dur à l'Hashomer Hatzaïr et au socialisme israélien en général. La deuxième génération des kibboutzim s'occupait plutôt d'augmenter le rendement laitier des vaches, qui de surcroît devint tout à fait intéressant, la troisième génération se rend fréquemment aux États-Unis, où elle essaie de séjourner le plus longtemps possible.

En 1942, c'est-à-dire à peu près à l'époque où la petite fille récitait l'Angelus, le copain de l'orphelinat essayait de sourire à la girafe, et Gabriel Moked se cachait du côté aryen derrière une armoire où, quoi qu'on en dise, l'éclairage était tout à fait correct – à la même époque, la tante de Gabriel préparait du *kogel-mogel* en battant des jaunes d'œuf avec du sucre.

A Tel-Aviv, Gabriel me montre la maison de sa tante, située sur le boulevard Ben Gourion. Nous ne pouvons malheureusement pas y entrer, car la maison abrite aujourd'hui un musée. Le musée Ben Gourion. Ben Gourion qui était le mari de Pola Munwes, tante de Gabriel.

– Les Juifs reprochent aux Polonais le fait que l'Armée de l'Intérieur ne leur avait donné que cinquante revolvers, dit Gabriel. Et Ben Gourion? Leur a-t-il envoyé cinquante revolvers dans le ghetto? Et ne serait-ce que dix revolvers? Cela aurait été difficile, j'en conviens, mais il était toujours possible d'envoyer un messager pour qu'il se renseigne sur la situation. Pas un seul revolver, pas un seul messager, pas une seule lettre n'ont été envoyés par les Juifs de Palestine aux Juifs du ghetto. Ils faisaient la navette entre New York et Londres avec une seule idée dans la tête : le futur État juif et la future guerre dans la région, pour laquelle ils rassemblaient des armes. – Je comprends fort bien, continue Gabriel, c'était une cause importante, l'État juif, mais ils auraient pu envoyer au moins un revolver, un seul, pour mon père, le docteur Jakub Munwes, de l'hôpital de la rue Gęsia...

Entre deux voyages à New York et à Londres, Ben Gourion s'occupait de la situation au sein du mouvement ouvrier. La fraction B venait juste de se séparer du parti Mapaï et comme elle était très puissante, il fallait bien décider qui aurait le plus d'influence : la fraction B ou le parti Mapaï. Et c'est ainsi que s'écoula l'année 1942 à Tel-Aviv : en querelles et en luttes d'influence. Ils passaient des heures dans la maison de Ben Gourion à discuter; ils pouvaient y rester quinze, vingt heures; c'étaient tous des sociaux-démocrates, et il est de notoriété publique que les sociaux-démocrates sont très bavards –

et quand ils avaient la gorge complètement desséchée par tous ces bavardages, tante Pola leur préparait du *kogel-mogel*.

Après la guerre, Gabriel Moked apprit comment était mort son père, le docteur Jakub Munwes, de l'hôpital de la rue Gęsia.

Le patient du docteur, un policier « bleu marine » [11], lui proposa de le cacher chez lui, mais le docteur refusa – il voulait participer à l'insurrection du ghetto. Après l'insurrection, un groupe d'employés de l'hôpital fut conduit à Umschlagplatz, dans le bâtiment d'une ancienne école, dans une salle du premier étage.

« Une personne assise à côté de la fenêtre se lève... Au même moment, on entend une détonation; la balle siffle près de sa tête, traverse le haut de la porte pour se loger dans le plafond du couloir.

Deux Waffen-SS accourent aussitôt dans la salle.

" Verflucht! Qui a tiré? Qui a une arme? "

Ils piétinent les gens couchés par terre, s'arrêtent devant le docteur Munwes, chef de service des urgences :

" Est-ce toi qui as tiré? "

Munwes n'arrive pas à sortir un mot.

" Komm mit. "

Ils l'attrapent par le col et le traînent dans le couloir :

" Tu vas avouer maintenant!... "

Ils le fouillent. Évidemment, ils ne trouvent rien.

" Où as-tu caché ton revolver? Tu ne veux pas l'avouer? "

Le SS le frappe sur la tête avec une barre de fer. Couvert de sang, Munwes s'écroule par terre... » [12]

Gabriel Munwes, à présent Moked, passa l'occupation nazie derrière une armoire. L'éclairage y était tout à fait correct, aussi occupait-il ses journées à lire. Quand il sortit de derrière l'armoire, il avait douze ans. Depuis, il est

11. Police polonaise collaborant avec l'occupant et dont les agents portaient un uniforme bleu marine. *(N. d. T.)*

12. Tadeusz Stabholz, *Les sept enfers*, Stuttgart, 1947.

devenu un véritable érudit. Il a fait un doctorat à Oxford, écrit des traités sur l'esthétique, Kafka et Berkeley, il enseigne la philosophie à l'Université Ben Gourion.

Les sabras servaient de modèle aux Juifs d'ici. Le sabra (qui signifie « fruit de cactus du désert » en hébreu), c'était le Juif palestinien, fort, courageux, connaissant chaque passage dans les montagnes, irrigant le désert, et très attaché à la terre.

Les nouveaux venus de Pologne ne rappelaient en rien les fiers sabras. Bien au contraire. Ils étaient le symbole même de la faiblesse et de l'humiliation. Ils venaient d'un monde que les sabras voulaient très vite oublier. Ne construisait-on pas l'État d'Israël pour dénier toute cette pitoyable tradition des yeshivoth, des caftans élimés, des petits villages pauvres et de l'Holocauste?

Avant de quitter le bateau, les arrivants se voyaient asperger de poudre DDT ou d'un liquide à base de pétrole; ils ne pouvaient mettre les pieds sur le sol israélien qu'une fois bien désinfectés.

Après quoi, ils prenaient des noms hébreux, s'installaient dans des kibboutzim, se taisaient à propos du génocide, et rêvaient de devenir des sabras.

Il y a quelques années, les anciens pensionnaires de l'orphelinat organisèrent une rencontre. (L'orphelinat avait été créé juste après la guerre, à Otwock, pour les enfants sauvés du côté aryen; à quelques exceptions près, ils ont tous quitté la Pologne.) On fit paraître une annonce dans des journaux, et les gens commencèrent à se manifester. Une femme qui avait été enfant pendant la guerre téléphona; elle ne savait pas quel était son vrai nom, quel âge elle avait, ni qui elle était. Elle avait eu un frère, Jurek, et voulait savoir s'il n'avait pas séjourné à Otwock. La femme en question n'avait jamais rien raconté à ses enfants, mais elle s'était récemment confiée à une amie.

L'amie lui avait alors avoué qu'elle non plus ne savait pas qui elle était. Elles étaient liées d'amitié depuis de nombreuses années, mais elles ne s'étaient jamais avoué cette chose honteuse : avoir survécu à l'Holocauste.

Puis un homme arrivé de Grèce se présenta. Il avait perdu ses trois enfants en Pologne et voulait savoir s'ils avaient été à Otwock.

Vinrent également des gens qui n'avaient jamais été à l'orphelinat, mais voulaient participer à la rencontre.

Vint enfin une étudiante en psychologie qui préparait une thèse de maîtrise et se posait deux questions : est-ce que les enfants juifs pleuraient pendant la guerre et tenaient-ils des talismans dans leurs mains?

L'étudiante dit que ce n'étaient pas seulement des gens âgés qui se mettaient à parler. Leurs enfants, nés bien après la guerre, écrivaient dans leurs curriculum vitae : « J'appartiens à la deuxième génération de l'Holocauste. » La deuxième génération créa même une association et édita un bulletin. Le fait d'être « leurs enfants » engendra de tels problèmes existentiels qu'un échange d'expérience devint indispensable.

(Une amie du même orphelinat :

– Les Juifs reprochent aux Polonais de n'avoir pas sauvé suffisamment de personnes. Mais si eux-mêmes devaient leur venir en aide, en mettant en danger leurs propres vies et celles de leurs proches, combien d'enfants arabes auraient-ils sauvés?

Et combien d'enfants polonais?

Et combien de juifs...?)

L'écrivain Amos Oz dit que les Juifs avaient jadis été hypnotisés par l'avenir. A présent, ils sont hypnotisés par leur passé. « L'un et l'autre sont néfastes », dit l'écrivain. Les Juifs devraient vivre dans le présent, quel qu'il soit.

Le kibboutz des Combattants du Ghetto possède mille vaches, deux cent cinquante hectares de plantations de coton, soixante hectares de culture d'agrumes, des étangs poissonneux, des élevages de volaille et deux usines. L'une fabrique des condensateurs, l'autre de la nourriture à base de soja et au goût de viande, mais dépourvue de cholestérol. On l'exporte aux USA et en Europe de l'Ouest. C'est de la nourriture kasher. L'ordinateur surveille la production, tandis que le représentant du rabbinat contrôle si les personnes travaillant à la chaîne ne sont pas impures : si elles ne mangent rien d'impur durant la pause matinale, si les femmes n'ont pas leurs règles, etc.

Chacune des vaches du kibboutz produit annuellement neuf mille litres de lait. Cela dépasse le record mondial. Il est de notoriété publique que le rendement laitier des vaches israéliennes est le plus élevé au monde (huit litres et demi par vache), mais le kibboutz des Combattants du Ghetto a dépassé ce chiffre. L'étable est équipée d'un ordinateur qui sait tout sur chacune des vaches : qui est son géniteur, les maladies qu'elle a contractées et le fourrage qu'on doit lui donner.

Cinq cents personnes vivent dans le kibboutz, dont trois cents travaillent; les autres sont des enfants, des étudiants et des retraités. Ces trois cents personnes font marcher les deux usines, s'occupent des vaches, des étangs, des plantations, de l'élevage, des champs, etc. En pleine saison de travaux agricoles on doit malheureusement embaucher d'autres gens. Malheureusement, car en tant que socialistes, les membres du kibboutz sont tout à fait contre le louage de services, qui crée de la plus-value et engendre l'exploitation de l'homme par l'homme. Mais d'un autre côté, en tant que producteurs, ils font partie du système d'économie de marché qui présente tout de même quelques avantages.

Depuis quelques années, les parents habitent avec leurs enfants. Ils ont de belles maisons spacieuses. Ils ne touchent aucun salaire, le kibboutz prenant en charge tous leurs besoins, y compris les études et les excursions à l'étranger. Le kibboutz définit les devoirs et les droits de ses membres. Le peintre Moshe Kupferman a d'abord reçu l'autorisation de peindre un jour par semaine; le reste du temps, il travaillait dans les champs. Puis il a eu droit de peindre durant deux jours. Actuellement, ses tableaux se trouvent dans les plus prestigieux musées du monde; une exposition lui a été consacrée au Centre Pompidou. Le kibboutz l'a dispensé du travail agricole en lui donnant l'autorisation de se consacrer uniquement à sa peinture.

Le kibboutz des Combattants du Ghetto avait été créé après la guerre par un groupe d'immigrés polonais, parmi lesquels le commandant en second de l'Organisation Juive de Combat, Icchak Cukierman, et sa femme Cywia Lubetkin. On y visite le musée du ghetto. Des photos ornent les murs, quelques vitrines enferment des « vêtements d'époque » – costume rayé et uniforme de Waffen-SS; sous verre, on trouve des vestiges de la culture matérielle : cuillères, écuelles, brassards avec l'étoile de David; dans l'une des salles, on peut admirer la pièce maîtresse du musée : la cage en verre dans laquelle avait été enfermé Eichmann au cours de son procès. Sur la maquette du ghetto clignotent des ampoules colorées. Un vrai musée!

Le bâtiment du musée Archéologique de Jaffa avait été construit par les Anglais à l'époque du mandat. La construction fut édifiée sur les ruines d'une forteresse turque du XVIe siècle (que Napoléon lui-même n'avait d'ailleurs pas réussi à prendre).

Les Turcs avaient élevé leur forteresse sur les ruines d'une forteresse mamelouk du XIIIe siècle.

Les Mamelouks avaient élevé leur forteresse sur les ruines d'une bâtisse des Templiers du XIIe siècle.

Les Templiers avaient bâti leurs fortifications sur une construction byzantine du VIe siècle.

Les Byzantins, sur une enceinte hellénique du IIIe siècle avant J.-C.

Les Grecs, sur des remparts perses construits par Cambyse, fils de Cyrus, au VIIe siècle avant J.-C.

Les Perses, sur des ruines égyptiennes au détour du XIVe et du XIIIe siècle avant J.-C.

Les ruines égyptiennes reposent sur une construction élevée par on ne sait qui.

Car en Israël, il y a de tout et on y trouve tous les univers qui ont jamais existé.

A part un seul : Celui où il y avait la boulangerie Fajnzylber et la casserole en fonte, recouverte de pâte, celui où il y avait une famille qui, chaque samedi après-midi, s'asseyait autour d'une table pour partager du *tcholent*.

Mais cet univers-là n'avait aucune chance de s'y trouver, car il était éloigné de trois mille kilomètres. Puisqu'il se trouvait à Lublin, rue Złota (à vrai dire, pas rue Złota car Fajnzylber n'acceptait pas le *tcholent*; il fallait le porter rue Rybna ou rue Grodzka; avec *lokschen kugel* – et toujours dans un récipient en argile...).

... IL ÉTAIT UNE FOIS DES SAVANTS

(écrivains, poètes, musiciens, médecins, mathématiciens, historiens, philosophes, linguistes... Beaucoup d'entre eux étaient originaires de petits villages. Presque tous les grands linguistes, par exemple, venaient des villages de Galicie, de familles pauvres et pieuses).

Moïse Schorr de Przemyśl : il n'était pas seulement spécialiste en droit babylonien et assyrien, et professeur à l'Université de Lvov; il devint grand rabbin de Varsovie et sénateur de la République de Pologne. En tant que rabbin et sénateur, il fut déporté durant la dernière guerre, de Lvov en Ouzbékistan, où il mourut;

Hersh Isaak Oesterreicher de Przemyśl : en 1920, pendant la guerre soviéto-polonaise, il s'engagea comme volontaire sur le front et fut blessé par un *shrapnel;* membre de l'Académie Polonaise des Sciences, il introduisit une réforme de l'orthographe, en vigueur encore de nos jours; auteur d'une monographie célèbre sur le participe passé; homme d'une grande douceur, malgré sa tension qui montait jusqu'à trente; à l'âge de soixante ans, toujours célibataire, il épousa une Polonaise et se convertit au catholicisme; c'est le professeur Ignacy Chrzanowski qui fut son parrain; dans le ghetto, il porta une étoile jaune; le professeur Lehr-Spławiński l'installa dans la propriété de sa femme où il décéda suite à une crise d'urémie;

Salomon Jaszuński de Łódź : il aurait pu être le talent le plus prometteur de la linguistique polonaise, s'il n'avait été communiste; secrétaire du Parti Communiste Polonais à Cracovie, il fut condamné à quatre ans de prison et expulsé de l'Université; à la prison, on lui prêta des livres de la bibliothèque universitaire; lors de ses enfermements successifs, il écrivit des lettres au professeur Nitsch, tantôt sur le « Codex de Supraśl », l'un des vestiges du vieux slave, tantôt sur l'état actuel de la langue polonaise; le professeur Nitsch intervint à plusieurs reprises auprès du procureur; chaque fois, Jaszuński était libéré mais dès sa sortie, il reprenait son activité politique, ce qui lui valait un nouvel emprisonnement; il fut tué au bord de l'Ebro au cours de la guerre civile espagnole;

Alfred Fei de Minsk : il entra dans l'histoire de la linguistique comme auteur de deux traités : *Jan Kochanowski, tournures communes et précieuses* et *Études sur le siège de Jasnogôra.* Il est mort dans le ghetto [13].

13. Stanisław Urbańczyk, *Les Juifs dans la linguistique polonaise.* Rapport présenté à la Conférence Internationale...

... IL ÉTAIT UNE FOIS DES JUIFS EN POLOGNE,
au XVe siècle, ils étaient trente mille,
au XVIIe siècle, quatre cent mille,
au XIXe siècle, deux millions,
dans la première moitié du XXe siècle, trois millions,
dans la deuxième moitié du XXe siècle, vingt mille.

« *Le nombre de pertes juives durant la dernière guerre mondiale (tout comme pendant les guerres de 1648-1657) fut moins élevé que les pertes polonaises,* dit le professeur, spécialiste en démographie historique, *mais il est vrai qu'en pourcentage on a tué plus de Juifs* [14]. »

14. Zygmunt Sułowski, *La population juive sur les territoires polonais au cours du dernier millénaire.* Rapport présenté à la Conférence Internationale « Histoire et Culture des Juifs polonais », Jérusalem, 1988.

Les plaques

1.

Włodzimierz Wincławski, sociologue, arrière-petit-fils du maçon qui avait bâti à Lubraniec une église de style néogothique (une partie des murs date de la fin du XVe siècle), petit-fils du maçon qui avait participé à la construction de Chicago, ancien vice-recteur de l'Université de Toruń, dernièrement déchu de ses fonctions avec soixante-dix autres recteurs et doyens, écrivit une lettre commençant ainsi : *Je voudrais vous faire part d'une pensée qui tourmente ma conscience depuis déjà plusieurs années.*

L'homme avec qui Włodzimierz Wincławski voulait partager sa pensée était un médecin, le docteur Władysław Hofman, conseiller municipal de longue date, l'un des citoyens les plus respectés de la ville de Lubraniec. L'affaire qui tourmentait tant Włodzimierz Wincławski concernait une plaque commémorative.

Il s'agirait d'une grande plaque, de préférence en granit noir, qu'il faudrait placer sur le fronton de la synagogue récemment reconstruite. La plaque devait rappeler qu'à Lubraniec il y avait eu des Juifs.

2.

Travaillant sur la sociologie du monde rural, l'histoire de la sociologie, etc., Włodzimierz Wincławski étudia les archives et constata que les Juifs étaient arrivés à Lubraniec au début du XVIIIe siècle.

Les premiers arrivants juifs étaient drapiers. Tout comme les premiers colons allemands qui s'étaient installés à Lubraniec au XVIIe siècle. Il n'y avait pas eu de rivalité entre eux, le marché étant très prospère car l'armée avait besoin de drap pour faire ses uniformes. Après 1830, c'en fut fini avec le marché.

Après l'insurrection de novembre, il n'y eut plus d'armée polonaise, et les Polonais n'eurent plus besoin de drap juif ni de drap allemand.

Les Juifs s'occupèrent du commerce, de la meunerie et d'autres métiers artisanaux, tandis que la plupart des Allemands s'investirent dans la maçonnerie. (C'est pour cette raison que l'arrière-grand-père de Włodzimierz Wincławski, issu des colons allemands du nom de Schultz – ils sont devenus Szulc bien plus tard, après s'être convertis au catholicisme –, a pu bâtir l'église, et le grand-père construire Chicago.)

3.

Le docteur Hofman répondit immédiatement à Włodzimierz Wincławski *(« Je suis tout à fait favorable à l'installation d'une plaque commémorant cette nation qui non seulement a vécu avec nous, mais a également participé à l'élaboration de notre culture... »)* et transmit la lettre à l'un des membres du Conseil du Peuple de la Ville, Arnold Szczerbiak.

« Arnold Szczerbiak, raconte le docteur, a fait part de la proposition de Włodzimierz Wincławski aux membres du praesidium. » Peu après la session plénière, un fonctionnaire du Service de Sécurité arriva de Włocławek et demanda à Arnold Szczerbiak de révéler qui était à l'origine de cette affaire. « Il vaut mieux ne pas y toucher », conseilla le fonctionnaire. Arnold Szczerbiak écouta le conseil et n'y toucha plus.

4.

Après la lecture de ladite lettre par Arnold Szczerbiak, les membres du praesidium avaient des sentiments plutôt mitigés. « Il ne s'agissait pas des Juifs », expliqua Arnold Szczerbiak. « Mon père, par exemple, était ami avec le dernier Juif d'après-guerre de la ville de Lubraniec, un certain Kałme Lewkowski, qui possédait une paire de chevaux et un chariot, et qui distribuait du pain et du lait, et quand papa n'avait pas d'argent, il nous en donnait gratuitement... C'était le seul Juif dans ma vie et, bien que je n'en connusse qu'un seul parmi messieurs les Juifs, j'étais d'avis qu'il fallait donner suite à la plaque commémorative; il ne s'agissait donc pas des Juifs mais du climat socio-politique dans notre pays et de l'État d'Israël. Il y avait une insurrection... Ah bon, pas à ce moment-là? Mais il y avait bien l'occupation de la Syrie... Pas de la Syrie? Moi, je ne m'y connais pas trop dans tout cela, mais il s'y passait quelque chose qui faisait que le sentiment de la Pologne était du côté d'Arafat, n'est-ce pas? Tout cela pour dire, ma petite dame, que la discussion a été vite écourtée; personne n'a suggéré de présenter le sujet à la prochaine session, mais plutôt de patienter un an ou deux, car le moment était fort mal choisi pour ce genre d'affaires. »

Quant au fonctionnaire du Service de Sécurité, il semblerait que le docteur Hofman ait confondu deux incidents. Le fonctionnaire était certes venu à la Société Coopérative des Cercles Agricoles, mais pour une autre plaque, celle de « Solidarność ».

Le Syndicat n'existait plus, or la plaque était toujours là; Arnold Szczerbiak ordonna donc à l'un des employés de l'enlever. L'employé en question exécuta l'ordre et le lendemain, il vit sur son poste de travail deux bougies allumées. Qu'est-ce que cela voulait dire? On ne le sait pas exactement. Les a-t-on allumées à l'intention de « Solidarność »? Ou bien pour avertir l'employé qui a enlevé la plaque? En tout état de cause, les bougies étaient bel et bien là et brûlaient de manière plutôt équivoque; dans ces conditions, le fonctionnaire de Włocławek ne se fit pas attendre bien longtemps. Le gars qui avait allumé les bougies risquait l'internement. Par bonheur, le directeur Szczerbiak annonça qu'il prenait toute la responsabilité sur lui et l'affaire se termina par une simple mise en garde. Quant à la deuxième plaque, la juive, le fonctionnaire ne prit pas position. Il lut la lettre, mais semblait nettement plus intéressé par les bougies. Une chose est sûre : la conversation sur une éventuelle arrestation ne concernait que l'homme de « Solidarność »!

Tout cela n'était pas bien clair. L'affaire des bougies eut lieu durant les premières semaines de l'état de guerre, et la lettre de Włodzimierz Wincławski, cinq ans plus tard. Comment le fonctionnaire aurait-il donc pu s'occuper de deux plaques à la fois, la plaque de « Solidarność » et la plaque juive?

Mais c'est une période déjà lointaine; le directeur Szczerbiak lui-même ne se la rappelle plus très bien et nous ne connaîtrons probablement jamais le nombre exact de plaques, de mises en garde et de fonctionnaires.

5.

L'homme qui a failli être interné à cause des bougies est l'actuel vice-président de la commission de « Solidarność » à la Société Coopérative des Cercles Agricoles, Tadeusz Pieńkowski. J'ai pris rendez-vous avec lui par téléphone, j'ai attendu deux heures, il ne venait pas.

– Peut-être qu'il ne veut pas courir le risque de déplaire à son directeur, m'a dit son épouse. On ne risque plus rien à cause de « Solidarność », mais à Lubraniec il n'existe qu'une seule entreprise, mon mari s'y plaît, et comme tout le monde dit qu'il y aura du chômage... Le Service de Sécurité ne lui fait pas peur, mais il ne serait vraiment pas raisonnable actuellement d'être mal vu par son directeur.

6.

Le climat socio-politique autour de l'affaire des plaques n'a guère changé jusqu'à ce jour; en revanche, il y a eu une nette amélioration quant aux cimetières. On a reçu des directives du voïvode : délimiter le cimetière juif et l'inscrire sur les registres. La mise à exécution a été immédiate et la parcelle de cimetière a obtenu un statut juridique. On connaît maintenant sa superficie : 1,26 ha., ainsi que son matricule : 660. Désormais, la parcelle ne pourra plus être occupée. – De toute façon, explique le maire de Lubraniec, on n'y tient pas, car le terrain est inexploitable et ne gêne personne.

Le maire Pawlak possède à son actif d'autres réalisations fort utiles : il a fait construire le stade et la gare, s'est arrangé pour obtenir du charbon à l'approche de l'hiver et il a même consenti à mettre chez lui un tableau représentant la Sainte Vierge. Grâce à quoi Mme Kuśmidrowa, la tante de Włodzimierz Wincławski, a pu dire du maire Pawlak : – Membre du Parti, mais honnête homme.

Malgré l'avis de la tante Kuśmidrowa, le maire prévoit qu'au cours de la prochaine élection locale il sera de toute façon évincé. Tous les membres du Parti seront éjectés. Mais oui, ils le seront tous, la Pologne n'ayant jamais connu de tendances pondérées. On en est arrivé au point où les membres du Parti – les plus âgés, les *apparatchiks* – ont peur de n'avoir plus droit à la retraite. Ils ont défendu le pouvoir populaire dans les années 40, l'ont consolidé dans les années 50, et développé dans les années 60; dans les années 80, ils se demandent s'ils auront droit à la retraite.

7.

La synagogue récemment reconstruite, sur le fronton de laquelle Włodzimierz Wincławski voudrait placer la plaque commémorative, se trouve dans le centre-ville. L'entrée est du côté ouest. Du côté est (les Juifs priaient tournés vers Jérusalem, à l'Est), se trouve une niche ovale appelée l'Armoire Sainte – en hébreu *Aron Hakodesh*. On y déposait la Torah, le livre le plus important pour tous les Juifs, contenant le Pentateuque de Moïse. Au-dessus de l'Armoire Sainte se trouve une petite fenêtre ronde, par laquelle le rayon divin arrivait jusqu'au temple.

Dans l'Armoire Sainte de la synagogue de Lubraniec, quelqu'un déposa une pancarte avec l'inscription suivante : « Électeur! Ne sois pas un spectateur, questionne, choisis, élis! », et un tas d'ampoules servant à éclairer la salle transformée en discothèque. On occulta également la fenêtre par laquelle arrivait le rayon divin, car la lumière du jour dérangeait les danseurs quand la discothèque ouvrait plus tôt. Seule la niche à l'entrée, là où se trouvait un récipient pour une ablution rituelle des mains, restait toujours vide.

– C'est leur idole qui était posée là, explique la dame responsable de la synagogue. La plus importante de leurs divinités.

– Ils n'avaient pas de divinités, explique Włodzimierz Wincławski, je vous l'ai déjà dit. Ils ont un Dieu, comme nous, le Dieu de l'Ancien Testament.

– Je n'y connais rien, approuve gentiment la dame de la synagogue. Tout ce que je sais, c'est que leur idole était placée là, juste à cet endroit.

C'est une bonne chose que la synagogue ait été reconstruite.

La Maison des Jeunes et de la Culture n'est sans doute pas la pire des utilisations. D'autres synagogues servent d'entrepôts, de magasins, de centrales d'achat, de restaurants, de boulangeries, de moulins, de casernes de pompiers, d'entreprise municipale de nettoyage, de buvette de bière et même de piscine [1]...

Jadis, il y avait là, sur les murs, de très belles fresques colorées. Elles ont été abîmées à l'époque où la synagogue servait d'entrepôt d'engrais et où l'on y entrait avec les chevaux. Pendant le ravalement, on avait donc recouvert les fresques de peinture blanche. Il paraît qu'on peut encore enlever la peinture blanche et qu'en dessous, on peut toujours voir les fresques en couleur... Mais, est-ce vraiment important?

Włodzimierz Wincławski aborde dans la rue deux garçons revenant de l'école : Savent-ils ce qui se trouve ici? Ils le savent : une discothèque. Le plus jeune sait que la discothèque est habituellement appelée synagogue, et le plus âgé qu'il y avait ici une église juive. Aucun d'entre eux n'a jamais vu un Juif de ses propres yeux.

Dans son enfance, Włodzimierz Wincławski avait joué aux Juifs avec les plus âgés de ses camarades. Les camarades se souvenaient de leurs anciens jeux communs d'avant-guerre, et Włodzimierz Wincławski était très jaloux de ces souvenirs. Bien des années plus tard, il apprit que les comptines « Entele – bentele – schekele – scha – rafete – fafete – knot », ou bien : « Ené – dué – faké – torbé – borbé... » étaient des comptines juives, et qu'une telle transposition des jeux dans le temps s'appelait, en ethnographie, la transmission culturelle.

Les camarades d'enfance de Włodzimierz Wincławski traînent aujourd'hui sur la place du marché et aux quatre coins des principales rues de Lubraniec. Ils chancellent

1. Eleonora Bergman, Jan Jagielski : *Utilisation des synagogues dans la République Populaire de Pologne en 1988* (manuscrit).

légèrement – les plus chancelants sont ceux qui étaient ambitieux, car ils noient dans l'alcool leurs illusions perdues – et distribuent des sourires aussi attendris qu'édentés : – Włodzimierz est de retour! Notre professeur! – Est-ce que tu te souviens, Włodzimierz, de notre participation aux épreuves sportives pour les moins de douze ans? – Est-ce que tu te souviens que j'ai remporté l'épreuve de javelot?

Włodzimierz dit que si son grand-père n'avait pas construit Chicago, il serait lui aussi en train de traîner dans les rues en chancelant légèrement. Mais voilà que le grand-père avait apporté de l'argent d'Amérique et fait éduquer sa fille; la fille savait désormais qu'il fallait éduquer les enfants et envoya à l'Université son fils, Włodzimierz Wincławski, qui ne revint plus jamais à Lubraniec. A cause du grand-père et de Chicago... Car le grand-père descendait des colons allemands qui s'étaient attaqués à la maçonnerie... Car le drap polonais... Et ainsi de suite.

8.

Le dernier Juif de Lubraniec s'appelait Kałme Lewkowski. Il habitait sur la place du marché, il possédait une paire de chevaux et un chariot, il distribuait du lait, il est mort il y a quatorze ans.

Avant la guerre, il habitait déjà la même maison, sur la place du marché, avec sa femme et ses cinq enfants. Sa femme périt à Chełmno, ses quatre enfants à Auschwitz, dans la chambre à gaz. Lui aussi était à Auschwitz. A part lui, seul le fils aîné survécut. Tous les deux, ils travaillaient dans le Sonderkommando : ils ramenaient du bois de la forêt, allumaient les fours crématoires, et y jetaient les cadavres gazés. Les cadavres étaient lourds, le fils plutôt faible, heureusement que les SS ne s'étaient pas aperçus que Kałme travaillait pour deux.

Il paraît qu'un jour Kałme jeta dans le four crématoire les corps de ses quatre enfants.

Ainsi parlaient les gens de Lubraniec, et tout ce qu'on dit à propos des Juifs ayant survécu à l'Holocauste peut avoir eu lieu.

Après la guerre, Kałme Lewkowski et son fils revinrent à Lubraniec. On vit également revenir cinq ou six autres Juifs, parmi les neuf cents qui avaient habité ici avant la guerre. Tous, à l'exception de Kałme, quittèrent la Pologne, même son fils. (Josef Luks, le plus nanti des Juifs, propriétaire d'un magasin de ferraille à Lubraniec et d'une usine à Włocławek, expliqua à Stefan Balcerski, futur député-maire, les raisons de son départ : « Et si un jour quelqu'un arrive, se met sur la place du marché et crie : " A bas les Juifs ! " Que faire alors? Alors, il sera trop tard, il faut donc partir tout de suite. »)

Ils partirent donc tous, à part un seul : Kałme Lewkowski.

– C'était sa ville, raconte la tante Kuśmidrowa, et c'est ici qu'il voulait mourir. Tout comme le prêtre Maternowski, curé de la paroisse, qui a supplié les Allemands sur l'escalier de son presbytère : « Messieurs, accordez-moi une grâce, fusillez-moi ici, laissez-moi mourir à Lubraniec », mais ils ne lui ont rien accordé du tout, et il a été exterminé à Dachau.

Kałme habita avec Marie.

Marie était orpheline, elle était infirme et elle était revenue de la déportation avec un enfant. Son infirmité, due à la maladie de Heine-Medina, s'était aggravée en Allemagne quand l'armée battant en retraite mit le feu à la maison abritant des ouvrières polonaises, et que Marie dut sauter par la fenêtre.

Auparavant, elle avait travaillé chez un paysan. Un jour, les camarades travaillant au moulin lui donnèrent quelques œufs et du pain. – Je portais mon baluchon sous le bras, quand un garçon allemand m'a vue et a voulu savoir ce que je portais. « Rien, ai-je répondu, *scheiße*! » J'ai saisi ma godasse et lui en ai assené un coup sur la tête. Le lendemain matin, un gendarme est venu : « Prépare-toi, Marie. » Il m'a conduite au moulin où pendait déjà une corde. Là, je me suis dit « *Ganz egal,* je vais mourir de toute façon », et je suis montée sur l'escabeau, et le nœud pendait juste au-dessus de ma tête. A ce moment la porte s'ouvre, laissant apparaître mon *Bauer,* Erich : « Descends, Marie, on s'en va. » Je ne descendrai pas, dis-je. Ils vont me tuer de toute façon, alors pourquoi descendre quand je suis déjà montée? Il m'a tirée de l'escabeau et ne m'a pas laissée mourir.

Marie revint juste après la guerre. Elle avait vingt ans, l'enfant en avait deux. Qui aurait pris chez lui une orpheline infirme avec un enfant bâtard? Kałme Lewkowski l'aperçut chez des gens chez qui elle servait comme domestique : « Viens, Marie, dit-il, chez moi, tu seras bien. » Et elle fut bien durant les trente années qu'ils vécurent ensemble. Il était bon, il était beau, il lui apportait tout son salaire, et il lui avait même légué sa maison, celle de la place du marché. Seulement, il était triste. Il restait longuement assis à table et il pleurait. – Il pleurait ses fils, il pleurait ses filles, il pleurait sa femme, et moi je pleurais avec lui. Nous restions assis ensemble et nous pleurions, dit Marie. Et des larmes coulent de ses yeux bleus d'enfant surpris. Pour Kałme? Pour sa femme? Pour ses quatre enfants qui...

Plusieurs fois, il fit allusion au baptême, mais elle le lui déconseilla : – Pour quoi faire? Tu as ta propre foi, alors garde-la...

Il avait bien sa foi, mais pas de lieu de culte (la synagogue étant alors occupée par l'entrepôt d'engrais), il allait donc à l'église avec les autres. Il s'asseyait toujours à la même place, sur un banc latéral, près du chœur. Il posait ses deux mains sur sa canne, il ne priait jamais, ne s'agenouillait pas, il restait tout simplement assis, le regard rivé à l'infini.

Un jour, il dit : – Marie, et si le curé ne veut pas m'enterrer comme un être humain? (Le cimetière juif n'était pas encore inscrit sur les registres et servait de pâturage aux moutons et aux vaches.)

Il choisit lui-même son parrain et sa marraine, et il fit lui-même la demande au prêtre. – C'est ainsi qu'il voulait, dit Marie, et c'est ainsi qu'on a fait.

Le prêtre arriva. Il donna à Kałme le prénom de Karol. Le lendemain, Karol Lewkowski, le dernier des Juifs de Lubraniec, mourut. – Je lui ai fermé les yeux. Je n'ai pas eu besoin de lui mettre des pièces de monnaie sur les paupières, car elles étaient si joliment closes qu'elles ne risquaient pas de s'ouvrir. Et le prêtre ensevelit le corps dans notre cimetière.

9.

Les Juifs, sans compter Kałme-Karol, sont restés à Lubraniec jusqu'au printemps 1942.

Les Allemands jusqu'au printemps 1945.

Il s'agit là des Allemands installés à Lubraniec depuis des générations, peut-être bien depuis l'époque du drap et de la maçonnerie.

Linde avait une laiterie; durant toute la guerre, il donnait du beurre et du fromage aux employés polonais.

Kusmahli était vétérinaire; pendant la guerre, sa mère invitait la tante Kuśmidrowa à venir écouter la radio, et sa femme l'avertissait des déportations.

Le cordonnier, qui avait un fils bossu – personne n'arrive plus à se souvenir de leur nom –, exécuta pour Mme Łanowska, l'actuelle propriétaire de la pâtisserie sur la place du marché, une paire de chaussures de cuir allemand rationné, qu'elle porta encore longtemps après la guerre.

Et il y avait encore Tesman, encore Kopp...

Le responsable local du Service de Sécurité les conduisit dans les bois.

(Le docteur Władyslaw Hofman les a vus marcher.)

C'était un bois de pins, à la lisière duquel poussait un poirier sauvage; sous le poirier, on avait creusé des tranchées.

Le chef du Service de Sécurité fusilla les Allemands de Lubraniec devant les tranchées, puis acheva les blessés à coups de baïonnette.

Cela se passa le 19 mars 1945. Le chef du Service de Sécurité dit plus tard que c'était son cadeau personnel pour le jour de la fête de Joseph Staline. Il couvrit les corps de branchages et les laissa dans les tranchées.

(Tante Kuśmidrowa les a vus le lendemain, avant le crépuscule, ils étaient toujours là, couverts de branches jetées pêle-mêle : elle a vu Kusmahli, Linde, le cordonnier dont le nom échappe à tout le monde, son fils bossu blotti contre le père...)

Il y a toujours le même bois. Il y a le même poirier sauvage. Il y a encore la trace des tranchées, un léger creux à la lisière du bois. Et aucune inscription, pas la moindre indication, rien qu'un banal paysage du crime, car le crime aussi a ses paysages favoris, comme celui-là : les sables, un ravin, le bois de pins clairsemé...

A Włodzimierz Wincławski,

Cher Monsieur le Professeur,

Je voudrais vous faire part d'une pensée qui me tourmente depuis ma visite à Lubraniec. Nous avons encore une autre affaire à régler : une autre plaque commémorative. Il faudrait la placer sur le poirier, au-dessus de la tranchée. La plaque devrait rappeler qu'à Lubraniec il y avait eu des Allemands.

10.

Tadeusz Pieńkowski, vice-président de « Solidarność » à la Société Coopérative des Cercles Agricoles, n'a pas eu peur et il est finalement venu à notre rendez-vous.

Il m'a expliqué que le directeur lui avait bien ordonné d'enlever la plaque de « Solidarność » à l'époque de l'état de siège, mais il n'avait pas exécuté l'ordre; que sur le poste de travail de la personne qui a enlevé la plaque, on a effectivement allumé des bougies, mais qui l'a fait? On l'ignore encore à ce jour.

Mais est-ce vraiment important?

Ce qui est important, c'est que les Allemands de la RFA ont déjà racheté deux Exploitations Agricoles d'État, et que depuis une semaine ils ne quittent plus l'usine de produits alimentaires de Lubraniec, ils vont certainement l'acheter.

– Alors? lance Tadeusz Pieńkowski. On va maintenant devoir trimer chez l'Allemand?

Le fond de l'œil

1.

Le village est situé dans une vallée. L'artiste local fabriquant des cartes postales présente toujours le même paysage inaltérable. Le vert foncé des collines boisées, la tâche pâle des prairies, le rouge des toits escarpés surplombant la blancheur des maisons, le tout traversé par un filet bleu, la rivière Murg. La rivière prend sa source dans les montagnes d'alentour et se jette dans le Rhin. Les montagnes font partie du massif de la forêt Noire.

Sur l'une des cartes postales l'artiste avait photographié un banc. Monté avec quatre planches peintes en rouge, il se dresse sur la pente d'une colline, à l'abri d'un arbre.

Les planches proviennent sans doute de la scierie locale. Elles semblent très usées. Il est probable qu'elles aient été découpées dans les troncs que les soldats français transportaient à la scierie. Ils les transportaient après la guerre. Dès qu'ils eurent libéré le village, ils se mirent à transporter les troncs de la forêt. (Pourquoi les Français-libérateurs avaient-ils besoin de planches? Pour faire des tables? Des cercueils? Un pont? Des estrades pour danser?)

Stanislas W., appelé Stani par les Français et les Allemands, arriva au village peu après sa sortie du camp. Il travailla à la scierie. Il est tout à fait probable que c'était lui qui avait découpé les planches avec lesquelles on fabriqua le banc peint en rouge.

2.

Les soldats français et leur capitaine stationnaient dans une petite maison au beau milieu du village. Ils prenaient leurs repas dans l'ancien café, au-dessus duquel travaillait Gizéla. Elle servait comme domestique dans une famille. Elle possédait d'excellentes qualifications, l'école religieuse des sœurs franciscaines dispensait un enseignement on ne peut plus complet aux futures servantes : couture, cuisine, puériculture, pâtisserie (spécialité locale : le fameux gâteau de Schwarzwald – un mélange inimitable de biscuit, de griottes, de kirsch, de chocolat amer et de crème fouettée), sans oublier les bonnes manières : comment s'asseoir en présence d'un comte, en effleurant à peine la chaise, ou bien, acquiescer de la tête en écoutant les ordres d'une comtesse... Les diplômées trouvaient facilement du travail dans les meilleures familles, et lorsque la deuxième guerre mondiale fut sur le point de finir, les meilleures familles qui fuyaient le front emmenèrent leurs petites bonnes dans leur fuite.

Gizéla travaillait pour une famille qui avait fui Düsseldorf. La famille habitait au premier étage; au rez-de-chaussée se trouvait l'ancien café occupé par les Français, celui-là même où Stani avait l'habitude de venir.

Stani était grand, taciturne et le meilleur danseur de fox-trot du village. Quand Stani et Gizéla étaient allés danser pour la première fois, il s'avéra que la meilleure danseuse de toutes les femmes était une réfugiée de Prusse. Il n'est pas exclu que la réfugiée était amoureuse de Stani, mais elle avait trois enfants et attendait son mari qui n'était pas encore revenu du front de l'Est. Cela ne pouvait donc pas être une affaire sérieuse.

Stani et Gizéla habitèrent l'une de ces petites maisons blanches surplombées d'un toit rouge escarpé. Elle figure sur la carte postale. Sur la même carte postale, on aperçoit la tour de l'église où Stani se rendait avec son missel polonais, et les hôtels pour touristes. Les touristes n'étaient pas des gens riches. Les gens riches partaient en Suisse toute proche, alors que les visiteurs du village comptaient plutôt parmi la population fatiguée du bassin de la Ruhr. Vêtus de pantalons courts et de chaussettes tricotées main, ils sillonnaient consciencieusement les forêts avoisinantes en respirant à pleins poumons. Dieu soit loué! Ils aimaient ces forêts. C'est grâce à eux que Gizéla avait du travail durant toute l'année.

Stani ne voulait pas retourner en Pologne. Il n'avait plus sa mère et il ne lui semblait pas pouvoir aimer les communistes. Ils avaient l'intention de partir pour l'Australie, mais chaque fois que les valises étaient faites, il fallait les défaire car Gizéla était de nouveau enceinte. Dieu soit loué! Ils sont restés au village. Car qu'aurait-elle fait dans un pays étranger avec ses quatre enfants et sans Stani?

3.

Stani était soigneux, travailleur et peu loquace. Il ne parlait jamais de la guerre, ni de la Pologne, mais quelquefois il lui posait des questions.

– Est-ce que tu savais qu'il y avait des camps de concentration? demandait-il à Gizéla.

– Je ne savais pas, répondait-elle.

– Et ton père?

A quoi elle répondait : – Maman ne nous laissait pas parler de ces choses-là.

Peu avant la fin de la guerre, elle vit à Düsseldorf des prisonniers en tenues rayées. Ils descendaient d'un camion, ils étaient affreusement maigres, les passants leur jetaient des paquets de cigarettes qu'ils cachaient de leurs mains tremblantes sous les vêtements. Deux hommes en uniformes noirs, munis de cravaches, accoururent en criant.

Elle fut étonnée. Elle ne soupçonnait même pas que l'être humain pût être aussi maigre.

Elle raconta cette scène à Stani : – Je pensais qu'ils venaient d'une prison normale. Comment aurais-je pu savoir qu'il s'agissait d'un camp?

– C'est bien, constata Stani. C'est bien que tu ne l'aies pas su.

Alors, elle demanda : – Qu'aurais-je dû savoir au juste?

– Rien.

– Comment rien? Si tu penses que j'aurais dû savoir quelque chose, pourquoi ne me le dis-tu pas?

Elle n'arrivait pas à le comprendre; Stéphane, leur fils non plus. Quand Stéphane eut grandi, il lui posa les mêmes questions que Stani auparavant : – Est-ce que tu savais qu'il y avait des camps de concentration? Et ton père?

Stani raconta juste deux faits : quand ils couraient pieds nus autour du baraquement, malgré la neige et le froid, et quand ils comptaient à l'appel : – Un – deux – TROIS – quatre – cinq – SIX – sept – huit – NEUF. Les prisonniers sur qui le trois, le six et le neuf étaient tombés, sortaient du rang, alors que les autres recommençaient à compter : – Un – deux – TROIS – quatre – cinq – SIX. A la fin, les trois, les six et les neuf quittaient l'enceinte du camp, tandis que le reste des prisonniers partait travailler.

On racontait que les trois, les six et les neuf travaillaient au village, chez un *bauer.* Stani les enviait. Il rêvait d'un travail plus léger, de repas campagnards, et priait pour que la fois suivante le numéro trois, six ou neuf tombât sur lui. Sa prière ne fut pas exaucée. Après la guerre, il apprit que les trois, les six et les neuf n'allaient pas chez un *bauer,* mais à l'exécution.

Elle le raconta à Stéphane dès qu'il fut en âge de comprendre mais le fils en voulait au père : – Il aurait pu lutter. Pourquoi ne s'étaient-ils pas défendus?

Un jour pourtant, Stéphane lui dit : – Maman, je crois l'avoir enfin compris.

Cela se passait longtemps après la mort de Stani. Elle parlait avec Stéphane à travers une épaisse vitre anti-balles. La vitre séparant la cellule en deux était encadrée de grosses barres de métal. Des deux côtés, il y avait des ouvertures. La voix en sortait sourde et imprécise; qui plus est, le verre de la vitre agissait parfois comme un miroir. Au lieu de voir la personne à qui on parlait, on y apercevait son propre reflet. C'est à cette vitre-là, à son propre reflet dans le verre, que Stéphane s'adressait d'une voix sourde et imprécise : – Maman, je crois l'avoir enfin compris.

– Qu'est-ce que tu as compris? criait-elle à la vitre.

– Lui. J'ai beaucoup lu...

– Quoi? demanda-t-elle plusieurs fois, mais la réponse lui échappa.

Le gardien fit signe que la visite était terminée.

4.

Avant la guerre, Stanislas W. habitait à Łódź avec ses parents, ses frères et ses sœurs. Le père était tisserand. Ils occupaient une chambre au grenier, longue et exiguë, avec une petite fenêtre et un mur mansardé... Il y avait des lits pour sept personnes, et du vivant des grands-parents, pour neuf. A part les lits, il y avait juste assez de place pour un petit fourneau de fonte muni d'un tuyau, une cuvette et deux seaux, l'un pour l'eau claire, l'autre pour les immondices. Sous l'un des lits, sur le plancher, on stockait des pommes de terre. Sous un autre lit, du charbon. Il devait y avoir aussi des chaises, au moins une, car le père tendait toujours une chaise à la mère quand elle rentrait de contrebande, trempée et transie de froid, l'emmitouflait dans une couverture et posait à ses pieds une cuvette métallique remplie d'alcool dénaturé que l'on faisait flamber. Les enfants s'agglutinaient tout autour pour regarder vaciller la petite flamme bleue, tandis que la mère suait à grosses gouttes.

Le frère cadet de Stanislas W. se souvient bien de ce logement. Après la guerre, il s'installa dans une petite ville sur les territoires Ouest. Il travailla dans une mine d'uranium. Elle fut fermée au bout de quelques années. Quand elle fonctionnait encore, son importance stratégique prétendue faisait que la ville était gardée par des militaires, et qu'on n'y laissait entrer que ses habitants, les soldats vérifiaient systématiquement les pièces d'identité de tous les passagers des cars. La belle-sœur travaillait dans une usine de tapis. Les tapis sont toujours aussi beaux, mais la production diminue et les licenciements commencent. Seules, les tapisseries à l'effigie de la Vierge de Częstochowa, format un mètre vingt sur quatre-vingt-dix centimètres, se vendent bien. Les employés peuvent les acquérir pour cent soixante-dix mille zlotys seulement; en vente libre le prix atteint un million. Ils ont également essayé de tisser la Vierge d'Ostrabrama, hélas, l'or est sorti beaucoup trop pâle, la teinture étant de bien mauvaise qualité. Récemment, le frère cadet de Stanislas W. a eu un problème de jambes : elles s'affaissaient subitement sans pouvoir lui permettre de se relever. Certains affirment que c'est à cause des crassiers des scories d'uranium, d'autres que c'est le résultat de Tchernobyl dont le nuage avait touché le sommet de Snieżka, pour d'autres encore tout viendrait de la vodka.

Le frère cadet était enfant pendant la guerre et il ignore pourquoi Stanislas a été envoyé dans un camp.

Ce fut d'abord le père qu'on envoya aux travaux forcés. La mère emmena alors les enfants à la campagne et cacha le fils aîné dans une meule de foin, mais on le trouva et il fut déporté à son tour. En automne 1940, une tante leur rendit visite, mais il n'y avait plus ni père ni Stanislas W.

L'automne suivant, la tante se tenait à la fenêtre de sa maison et énumérait à mi-voix les noms des personnes décédées pour lesquelles il fallait commander une messe à la Toussaint : – Pour père, pour maman, pour ma sœur Czesława... Soudain, elle fut traversée par un frisson : – Pourquoi Czesława, elle est bien vivante! Juste à ce moment, la tante vit de sa fenêtre sa sœur marcher vers elle au beau milieu de la rue. Comme jadis, elle était jeune et jolie... « Je dois avoir la berlue », s'étonna la tante et elle ouvrit vite la fenêtre. Elle se pencha. La rue était déserte. Quelques jours après la Toussaint, elle reçut une lettre : « Chère tata, viens vite, maman est morte et nous sommes à la rue. »

Le frère cadet connaît l'endroit où leur mère a été enterrée : quatrième quartier, cinquième rangée, dix-neuvième tombe. C'est ce qu'a dit le fossoyeur aux enfants pour qu'ils s'en souviennent. Ils ont répété tous en chœur : « Quatrième quartier, cinquième rangée... »

La mère de Stanislas W. est morte à trente-cinq ans. Elle rentrait de contrebande, fit halte chez une amie, à Łódź, et lui demanda du thé. L'amie partit à la cuisine, et quand elle revint avec une tasse, elle trouva la mère étalée par terre.

La mère avait l'air beaucoup plus âgée. L'une des photographies montre une femme maigre, voûtée, au visage émacié et aux yeux fatigués. La femme essaie de sourire à l'objectif, mais elle ne réussit qu'une sorte de grimace soulignant les rides autour de ses lèvres et la maigreur de ses joues.

Elle eut un enterrement très modeste, un jour froid et pluvieux. Sur une photographie on voit quelques personnes entourer la fosse fraîchement creusée, le monticule de terre, le cercueil peint et la corde des fossoyeurs.

De petits enfants tristes entourent la fosse.

Derrière les enfants, se tient un jeune garçon élancé, les yeux rivés sur le cercueil.

Ce garçon, c'est Stanislas W.

Il avait été envoyé aux travaux forcés du vivant de sa mère, et il était à son enterrement?

Il toucha quelques mots à Gizéla à propos d'une évasion.

Peut-être s'était-il évadé pour l'enterrement de sa mère et l'envoya-t-on dans le camp pour le punir? Mais comment aurait-il pu savoir que sa mère était morte?

Peut-être avait-il vu une jeune et jolie femme marcher au milieu de la rue? Mais il ne pouvait certainement pas se souvenir d'une mère jeune et jolie... Il vit plutôt la femme maigre, voûtée, avec une sorte de grimace au coin des lèvres...

La belle-sœur de Stanislas W. voulait savoir s'il avait connu Gizéla pendant la guerre. Dans ce cas, il aurait pu être envoyé au camp à cause de Gizéla. Quand la belle-sœur avait été en déportation elle-même, elle vit pendre sur la place publique un jeune garçon qui flirtait avec une Allemande. On fit venir sur la place tous les Polonais et on les obligea à rester jusqu'à la fin pour regarder le garçon se débattre avec la corde et implorer son bourreau. La belle-sœur ne sait pas l'écrire en allemand, mais elle se souvient qu'il disait quelque chose comme : – *Lass mich leben, lass mich leben...* Donc, si Stanislas W. et Gizéla s'étaient connus pendant la guerre... Mais ils se sont connus après la guerre, à une sauterie. Là où il s'était avéré que Stani était le meilleur danseur de fox-trot du village, et où, tout à fait inutilement, il dansa avec la réfugiée de Prusse. Non, il avait dû être envoyé dans le camp pour une tout autre raison.

5.

Il séjourna dans trois camps, mais nous ignorons les dates et les durées de ces séjours. Dans les Archives de Varsovie on trouve un fichier de Dachau : des petits cartons roses et jaunes concoctés par des prisonniers polonais après la libération du camp. Se basant sur quelques bribes d'informations et faisant appel à leur mémoire, ils inscrivirent sur chaque petit carton le nom du prisonnier, son numéro de camp, l'endroit d'où il venait et où il fut envoyé. Dans le fichier il existe quatre-vingt-cinq petits cartons avec le nom W., le nom de famille polonais le plus répandu, avec « Kowalski ». Il en existe sept au nom de Stanislas W.

Stanislas W. de Bolimów arriva au camp de Flossenbourg, et fut emmené par la Gestapo. Stanislas W. de Pieścirogi arriva au camp de Działdowo, et fut envoyé à Mauthausen. Stanislas W. de Sierpiec... Stanislas W. de Zielonka... Stanislas W. d'Anielin, Stanislas W. de Horbaczów... Stanislas W. de Kutno. Arrivé dans un transport commun, il fut envoyé dans le camp de Natzweiler.

Stanislas W. de Kutno, c'est le futur mari de Gizéla et le futur père de Stéphane W. Le numéro de camp le prouve : 122 962.

Stanislas W. est mort le 9 octobre 1953 à sept heures trente, à la clinique de Tubüngen. D'après le rapport de l'autopsie nous savons qu'il mesurait 1,80 m, pesait 69,7 kg et souffrait d'une néphrite glomérulaire chronique.

Il avait vingt-sept ans.

6.

Gizéla passa la dernière semaine de Stani avec lui à la clinique. Le dernier jour, le professeur entra, examina Stani et le fit transporter dans une chambre d'isolement. Stani essaya de la consoler : « Demain, j'irai mieux, tu verras... » Il s'endormit, se réveilla : « Demain, j'irai mieux... »

Quand elle revint à elle, elle comprit qu'elle était déjà à la maison. Assise à la table, elle serrait dans ses bras une petite boîte en carton. La boîte contenait les vêtements de Stani et un livre de prières en polonais : « Chantons la gloire du Seigneur ».

7.

Du vert foncé, du vert clair, un filet de bleu, le toit escarpé de l'hôtel; Gizéla fait la vaisselle et le ménage dans les chambres. Le toit plat de la buanderie; Gizéla plie et range des chemises d'hommes...

Les promenades dans les forêts d'alentour étaient l'occupation préférée des touristes. Lancer des pommes de pin sur les touristes devint l'occupation préférée des enfants. Le directeur de l'école convoqua Gizéla plusieurs fois : – Votre fils lance des pommes de pin sur nos touristes.

– Tous les enfants le font, répondait Gizéla. Pourquoi vous plaignez-vous seulement de mon fils?

– Votre fille, disait le directeur de l'école un autre jour.

– Votre fils...

– Votre fille...

– Tout cela, lui expliqua Stéphane, c'est parce que les autres pères étaient des héros.

Gizéla était triste. Les autres enfants racontaient de belles et pathétiques histoires sur les héros. Leurs pères avaient combattu. La plupart sur le front de l'Est, d'ailleurs. Leurs pères avaient succombé. Mais après s'être défendus jusqu'à la dernière goutte de sang... Et que pouvaient bien raconter ses propres enfants? Que leur père avait rêvé de tomber sur le numéro TROIS – SIX...? Est-ce qu'un père qui court pieds nus autour du baraquement en priant de tomber sur un numéro... Est-ce qu'un tel père peut se comparer aux héros du front de l'Est? Est-ce que le fils d'un tel père peut espérer la bienveillance d'un directeur d'école?

(Une femme de leur village, qui fête son anniversaire le même jour que Stéphane, a l'habitude de lui envoyer une carte de vœux chaque année. Dans le post-scriptum, elle rajoute toujours la même phrase : « S'il n'y avait pas eu le directeur de l'école, tu serais à présent un honnête homme. » Stéphane possède déjà une vingtaine de cartes envoyées par cette femme avec la phrase écrite vingt fois dans le post-scriptum : « S'il n'y avait pas eu le directeur de l'école... »)

– De toute façon, disaient les autres mères à leurs enfants, si leur père a été dans un camp, c'est sûrement pour quelque chose. Hitler n'était pas un ange, mais on n'enfermait pas les gens dans des camps pour rien.

Après une nouvelle fugue de Stéphane de son école, Gizéla demanda au conseil pédagogique de l'aider. Elle s'adressa aux pédagogues du Département de la Protection de la Jeunesse. Ils lui conseillèrent d'envoyer son fils dans une maison de redressement. – Il y atterrira tôt ou tard, disaient les pédagogues. Si vous consentez à l'y envoyer, il vous sera plus facile de le faire sortir dès qu'il redeviendra raisonnable.

Stéphane dit avoir passé un an à la maison de redressement. Stéphane est enfermé dans une cellule isolée, dans la partie de la prison particulièrement bien gardée, le Quartier de Haute Sécurité.

Il vit dans sa cellule depuis douze ans déjà.

Après douze années de solitude, le passé devient trouble; l'espace et le temps rétrécissent. Six cents kilomètres le séparent de la ville où Gizéla habite à présent, mais il pense que la ville se trouve dans les alentours. Il pense avoir passé un an à la maison de redressement, or, d'après son curriculum vitae joint à l'acte d'accusation – l'accusation qui lui a valu l'enfermement au Quartier de Haute Sécurité –, il apparaît clairement qu'il y a passé six ans.

8.

Le directeur de la maison de redressement était pasteur : Un homme fort, au visage bouffi et aux poings d'acier.

Chaque semaine, le pasteur donnait trois notes à ses pensionnaires : pour le travail, l'étude et le comportement. Le six était la pire des notes, le un, la meilleure. Un seul six suffisait pour passer le week-end en cellule d'isolement. Il y avait juste deux planches. La plus basse servait à s'asseoir, sur la plus haute on pouvait appuyer les bras et la tête.

De temps en temps, les pensionnaires de la maison de redressement essayaient de fuguer, mais ils revenaient vite, escortés par la police. Dès leur retour, ils racontaient ce qui se passait ailleurs. L'un des camarades s'étant enfui à Francfort raconta que les étudiants manifestaient contre les méthodes d'éducation employées dans les maisons de redressement. Une jeune femme avait même écrit un scénario sur ce sujet, quelques jeunes gens voulaient ouvrir un établissement avec des méthodes nouvelles.

La fille du scénario s'appelait Ulrike Meinhof, la fille des méthodes nouvelles s'appelait Gudrun Ensslin.

9.

Après la mort de Stani, Gizéla s'adressa aux autorités : son mari était décédé suite à une maladie des reins, résultat de son séjour au camp de concentration. Les quatre enfants de Stanislas W., écrivit Gizéla, ont droit à une réparation.

On conseilla à l'avocat de Gizéla W. de saisir l'Office des réparations de guerre de Bade-Wurtemberg.

L'Office demanda à la clinique une étude approfondie de la maladie de Stanislas W.

La clinique ne sut pas diagnostiquer si la maladie de

Stanislas W. était la conséquence de son séjour dans le camp. En l'occurrence, le fond de l'œil de Stanislas W. ne présentait pas de preuves suffisantes. La clinique demanda l'avis de l'Institut de Pathologie.

L'Institut de Pathologie ne put se prononcer.

L'avocat fit appel au verdict.

Gizéla W. écrivit une nouvelle lettre : « Est-ce que l'État allemand considère que mes enfants sont juste bons à crever...? Je ne suis pas une mendiante, je me bats pour obtenir ce qui m'est dû... »

L'avocat fut déçu par une lettre aussi insensée de la part de sa cliente, Mme Gizéla W.

L'Office des réparations de guerre écarta la demande, car le défunt ne satisfaisait pas aux conditions requises par le décret, paragraphes 1 et 2. Toutefois, il n'était pas exclu de solliciter un dédommagement prévu par le paragraphe 167.

Huit ans après la mort de Stanislas W., le maire de Cologne adressa à Mme Gizéla W. l'information suivante : « Le gouvernement de la République Fédérale d'Allemagne vient de conclure un accord avec le Haut Commissariat des Nations Unies selon lequel les persécutions pour cause de nationalité feront l'objet d'une nouvelle jurisprudence. »

Le maire de Cologne informa Mme Gizéla W. : « Nous ne disposons d'aucune preuve que le défunt a été persécuté pour cause de race, de confession ou d'idéologie. Il ne pouvait donc s'agir que de persécutions pour cause de nationalité (paragr. 167)... Or, ce genre de réparation ne peut être transmis aux héritiers. »

10.

Au cours de ses premières visites à la prison, Gizéla disait à la vitre anti-balles dotée de deux ouvertures sur les côtés :

– Si ton père avait été vivant, il aurait certainement réprouvé ce que tu as fait. Quand les Américains ont libéré le camp, ils lui ont mis un bâton entre les mains en disant : « Venge-toi! » Et, sais-tu ce que ton père leur a répondu? « Je vous remercie beaucoup, messieurs, mais je suis incapable de faire ces choses-là. »

Après les visites de sa mère, Stéphane avait l'habitude de mener de longues conversations avec son père.

– Ce n'était pas un pistolet-mitrailleur, commençait Stéphane. C'était juste un bâton. Tu ne voulais même pas te servir d'un bâton?

Il n'était pas tout à fait certain de la réponse du père. « Je suis incapable... » n'était pas une réponse suffisante, aussi reprenait-il la conversation :

– Tu pensais sans doute que le monde devait changer après Dachau. Alors regarde bien ce monde. Regarde les poings du directeur de la maison de redressement. Regarde les deux planches de la cellule d'isolement. Regarde-moi, assis sur l'une d'elles, avec la tête appuyée contre l'autre. Et surtout, n'oublie pas le visage de la mère à chaque retour des bureaux pour les réparations de guerre. Tu ne voulais pas de bâton, tant pis, mais n'oublie pas de regarder le visage de maman.

Il s'adressait à son père avec de plus en plus de rancœur. Tout comme s'il existait un lien entre les poings du directeur et le bâton que Stanislas W. n'avait pas voulu saisir.

Tout comme s'il existait un lien entre le bâton que le père n'avait pas saisi, les bureaux pour les réparations de guerre et la cellule d'isolement du Quartier de Haute Sécurité.

11.

D'après le curriculum vitae joint au dossier d'instruction : s'est embarqué pour quelques mois... durant deux semaines a été cheminot... a pris contact avec les radicaux de gauche... a participé à la manifestation contre le ministre de la Justice... a consacré ses allocations de chômage au fond d'aide aux prisonniers... a été lié aux personnes qui ont préparé un attentat terroriste contre l'ambassade d'Allemagne à Stockholm... a passé dans les rangs de la RAF (Rote Armee Fraktion – Fraction de l'Armée Rouge)...

D'après le dossier d'instruction, les membres de la RAF ont loué plusieurs appartements dans les environs. Ils ont volé une Mercedes jaune et acheté un minibus blanc. Ils ont préparé deux fusils de la marque Heckler et Koch, un pistolet-mitrailleur WZ 63 de fabrication polonaise avec des balles de type Makarov, un revolver Colt...

A dix-sept heures trente, arriva une Mercedes bleue avec Hans Martin Schleyer et son chauffeur, suivie d'une Mercedes blanche avec trois policiers. Elles tournèrent à droite, c'est alors que la Mercedes jaune descendit du trottoir sur la chaussée. Le chauffeur de M. Schleyer freina. Des hommes sortirent du minibus, ouvrant le feu sur le chauffeur et les policiers, ils entraînèrent Hans Martin Schleyer, indemne, à l'intérieur du minibus et partirent vers l'Ouest. L'attentat avait duré deux minutes. Le chauffeur et les trois policiers furent tués sur le coup. Le chauffeur reçut cinq balles dont une mortelle, le premier policier reçut vingt-trois balles dont deux mortelles, le deuxième vingt-quatre balles dont trois mortelles, le troisième vingt balles dont deux mortelles; en tout, on tira cent balles. Tous les coups mortels furent infligés avec des balles de type Makarov, calibre neuf. Cologne, le 5 septembre 1977.

Hans Martin Schleyer était président du Syndicat des Employeurs en RFA. En échange de sa libération, les ravisseurs avait exigé la mise en liberté de dix terroristes de la RAF, dont Andreas Baader et Gudrun Ensslin.

Le 13 octobre, quatre terroristes arabes détournèrent un avion de la Lufthansa, atterrirent à Mogadiscio et renouvelèrent l'ultimatum de la RAF.

Le 17 octobre, les brigades d'intervention allemandes libérèrent les passagers en tuant les trois ravisseurs. Le commandant de bord avait été tué d'un coup de feu par les terroristes.

Quelques heures plus tard, les gardiens de la prison de Stammheim retrouvèrent dans leurs cellules les corps des membres de la RAF. Baader et Raspe étaient morts par balles; Gudrun Ensslin pendue à la fenêtre. On estima que c'était un suicide.

Deux jours plus tard, dans le coffre d'une Audi 100 abandonnée, on trouva le corps de Hans Martin Schleyer. Sept mois plus tard, accusé de l'enlèvement et du meurtre de Hans Martin Schleyer, Stéphane W. fut arrêté à l'aéroport d'Orly.

Le procès eut lieu en 1980. Stéphane W. refusa de faire des aveux au sujet de l'enlèvement et du meurtre, par contre, il ne cacha pas ses opinions sur les véritables objectifs de la bourgeoisie allemande, les tentacules néo-colonialistes dans le tiers monde, et la guerre du Vietnam qui avait fait découvrir le vrai visage de l'impérialisme américain. Il fut condamné à perpétuité.

12.

Les terroristes étaient entourés de haine et de peur. On craignait qu'ils ne pussent fabriquer la bombe atomique et l'utiliser. Les sondages confirmaient le nombre croissant des partisans de la peine de mort. Le fils de Gudrun Ensslin, un garçon de dix ans, fut aspergé au vitriol. Cela se passa pendant les vacances. Le garçon était en train de jouer, la bouteille fut jetée par des adultes. Le garçon eut le visage brûlé. On l'emmena aux États-Unis. Les médecins américains furent obligés d'effectuer trois transplantations. Tout se passa pour le mieux, les médecins possédant une grande expérience pour avoir opéré des soldats américains brûlés par le napalm au Vietnam. Aucun cimetière ne voulait enterrer les corps des trois terroristes de Stammheim. L'opinion publique exigeait que l'on brûlât les corps et que les cendres fussent dispersées, ou bien que l'on jetât les cadavres dans une décharge publique. Finalement, on les enterra au cimetière de Stuttgart, grâce à la décision du bourgmestre. A cette époque, le bourgmestre de Stuttgart était Manfred Rommel, fils du feld-maréchal, le « Renard du désert » de la bataille d'Afrique et l'un des instigateurs du complot contre Hitler. Le bourgmestre fit appel à la miséricorde. Car il était chrétien. Car, parmi les morts se trouvait Gudrun Ensslin, une petite fille de son voisinage. Car, il y a bien longtemps, Manfred Rommel avait habité Ulm, où ses parents possédaient une maison à deux pas de celle des parents de Gudrun Ensslin.

M. Ensslin était pasteur. Après la guerre, ses filles, Christiana et Gudrun, lui posaient les mêmes questions que Stani à Gizéla :

– EST-CE QUE TU SAVAIS?

Contrairement à Gizéla, le pasteur savait. Il connaissait les conjurés de Stauffenberg qui faisaient partie de ses fidèles. Il connaissait les circonstances de la mort de Rommel dans les carrières d'alentour.

Ses filles lui reprochaient de ne pas avoir condamné le meurtre. Il aurait dû faire une condamnation publique, du haut de sa chaire, au cours de la messe.

Le pasteur essayait de leur expliquer que les membres de la Gestapo assistaient souvent à la messe.

– Ce n'est pas une raison pour se taire, répliquaient ses filles.

13.

Christiana Ensslin, aux yeux noirs enfoncés, porte des cheveux courts et des chandails amples; elle vit avec un terroriste qui a passé seize ans en prison avant d'être gracié par le président. Elle s'est liée d'amitié à une terroriste qui, tout en purgeant sa peine, est déjà partiellement graciée : elle dort à la prison et passe ses journées à l'Opéra local, où elle confectionne des costumes pour *La Traviata*. Dès sa libération, elle ira passer des vacances chez une princesse suédoise appelée « l'ange des prisonniers ». Christiana Ensslin est membre du Syndicat des Employés du Cinéma. Elle milite pour l'allocation de budgets plus importants aux metteurs en scène femmes. Elle aimerait produire un film sur le premier jour de liberté de Rosa Luxemburg : Nous voilà en 1918, Rosa quitte la prison de Wrocław, monte dans un train, arrive à Berlin, entre dans les bureaux de la rédaction, salue Liebknecht, s'assied derrière une table et se met à écrire. Elle écrit un article sur la situation en Allemagne. Tout cela est parfait, mais qui irait voir un tel film? – Moi, dit le terroriste qui a passé seize ans en prison. – Moi, dit la terroriste qui confectionne des costumes pour *La Traviata*. – Moi, dit Christiana dont le père n'a pas condamné le crime. – Moi, dit le docteur Ronge qui traduit nos conversations polono-allemandes. – Moi, dis-je, par compassion pour Christiana Ensslin.

14.

Le Quartier de Haute Sécurité a été construit spécialement pour Stéphane W. et ses amis de la RAF. Il se trouve à l'intérieur de la prison d'Ossendorf, dans la banlieue nord de Cologne. Tous les locaux sont privés de la lumière du jour. Les murs ont été construits avec des matériaux absorbant parfaitement les sons et les odeurs. Impossible d'entendre résonner les trousseaux de clefs ou grincer les serrures codées, même le café préparé par Stéphane W. ne sent rien. Stéphane apporta au parloir une Thermos remplie d'eau bouillante et deux petits bocaux en verre. Il versa du Nescafé et du sucre des bocaux, les mélangea longuement, y ajouta, goutte à goutte, de l'eau de la Thermos – histoire de faire un *capuccino*! Le parloir était un véritable container en béton, orné de quelques estampes. Elles représentaient la statue de Pierre le Grand sur son cheval de marbre, la parade militaire sur la place du Sénat, et le pont de la rivière Moïka en hiver. Les estampes avaient été accrochées par l'éducateur de Stéphane, un certain Hemmers, qui nourrissait une vraie passion pour Saint-Pétersbourg.

Stéphane était serein, il avait les mêmes yeux gris-vert que son père et un franc sourire. Avec le *« dzień dobry pani »,* il épuisa son vocabulaire de mots polonais et passa à l'allemand. Il dit avoir été en Pologne une seule fois, à l'aéroport, en transit. Quand son copain et lui entrèrent dans la salle de transit, ils virent sur l'un des murs un avis de recherche avec une panoplie de photos de terroristes poursuivis. Ils aperçurent immédiatement leurs propres visages. Fort heureusement, personne ne semblait prêter la moindre attention ni aux photos ni à eux; une demi-heure plus tard, on les appela à l'embarquement. Son deuxième contact avec la Pologne eut lieu grâce au pistolet-mitrailleur WZ 63. Il avait été acheté à l'étranger. C'est un pistolet très agréable, à cause de sa taille, à peine plus grand qu'un revolver. Les copains l'aiment bien car il est facile à dissimuler. Hélas, il possède un grand défaut : des balles bien trop courtes. En cas d'échange de tirs avec un pistolet de l'OTAN, il ne laissait aucune chance. Les cartouches Makarov ont tué les policiers et le chauffeur de Schleyer. Selon Stéphane W., le chauffeur n'aurait pas dû mourir : – Ce fut un méfait.

Les policiers non plus d'ailleurs, mais personne ne savait qu'il y aurait des policiers. Auparavant, Schleyer n'avait pas de garde de police, on commença à le surveiller peu avant l'enlèvement, à la suite d'un autre attentat perpétré contre le directeur d'une banque. Bref, ce fut un échec. – Mais d'un autre côté, dit Stéphane W., quand on prend un pistolet dans les mains, il faut s'attendre à ce qu'il y ait des morts.

Les actions provoquées par l'enlèvement de Hans Martin Schleyer ont fait une dizaine de victimes : Schleyer lui-même, son chauffeur, les trois policiers, les trois ravisseurs de l'avion, le commandant de bord de l'avion, les prisonniers de Stammheim... – Oui, cela fait beaucoup de morts – acquiesce Stéphane W. Mais personne n'aurait pu imaginer que le gouvernement n'accepterait pas leur ultimatum. Non, personne n'aurait pu imaginer cela. Ils savaient depuis bien longtemps que l'impérialisme était assoiffé de sang, mais ils ignoraient à quel point.

15.

Pour la première fois depuis seize ans, Stéphane W. quitta le Quartier de Haute Sécurité pour se rendre dans un parloir commun de la prison. C'était une assez grande salle avec deux portes. L'une s'ouvrait pour laisser entrer les prisonniers, l'autre pour accueillir les visiteurs. Chaque prisonnier était accompagné d'un gardien. Le gardien tenait une fiche qu'il posait sur une table. Derrière la table, une surveillante était assise face à la salle. C'était une brune corpulente portant des boucles d'oreilles dorées et un profond décolleté orné de dentelle noire. Elle avait une jupe boutonnée par-devant. Les boutons du bas étaient ouverts, laissant apparaître des cuisses si volumineuses que la surveillante n'arrivait pas à joindre les genoux. Elle était donc assise, les jambes écartées, parées de bas noirs fantaisie.

A part le bureau de la surveillante, la salle contenait six tables et des chaises. Tout d'abord, on laissait entrer les prisonniers. La plupart étaient des hommes jeunes. Ils entraient doucement, en regardant tout autour, ils tenaient des sacs en plastique remplis d'affaires sales. Arrivaient ensuite les visiteurs. Des femmes. Elles entraient beaucoup plus vite, couraient presque en bousculant les chaises, et se jetaient dans les bras des hommes. Elles portaient des jupes longues et amples. Elles s'asseyaient le dos tourné à la salle, et se mettaient immédiatement à parler. Elles s'arrêtaient à peine pour écouter les réponses, pouffaient de rire, puis se remettaient à parler.

Stéphane W. commença par m'expliquer les sources de l'idéologie de la RAF. Elle était issue de la guérilla urbaine en Amérique latine. L'impérialisme vivait de l'exploitation du tiers monde. Les membres de la RAF soutenaient, à l'intérieur même de l'impérialisme, le tiers monde et les mouvements indépendantistes. – Nous nous attaquons aux bastions de l'impérialisme, dit Stéphane W. Ses bases militaires, ses banques...

Les femmes se glissaient de leurs chaises sur les genoux des hommes. Leurs longues jupes qui descendaient jusqu'au sol les abritaient comme des paravents. Leurs rires devenaient saccadés et étouffés.

– Mao enseignait que la classe ouvrière dans les pays impérialistes n'est pas une classe révolutionnaire, poursuivit Stéphane W., car elle tire profit de l'exploitation du tiers monde. La base révolutionnaire de la société...

Les femmes déboutonnaient leurs hommes, les rires s'arrêtaient.

– ... est constituée de ses exclus. Les clochards, les chômeurs, les anciens détenus, les jeunes pensionnaires des maisons de redressement. Nous devons nous appuyer sur eux dans notre lutte.

Les femmes se mettaient à chavirer sur les genoux des hommes, lentement, telles des barques amarrées sur des eaux calmes; dans le parloir de la prison d'Ossendorf, on n'entendait plus que la voix de Stéphane W. :

– Les exclus doivent s'organiser!

Nous revendiquerons les usines!

Si le capitaliste appelle la police, nous répondrons par la force!

La violence est la sage-femme du monde nouveau, disait Marx. La liberté n'est qu'une question de temps!

La surveillante commençait à faire de petits signes. La visite était terminée. Les femmes rattachaient les boutons de leurs vêtements et aussi ceux des hommes, rajustaient leurs corsages et leurs cheveux.

– L'Europe de l'Est? Stéphane W. baissa la voix, il pesait ses mots. Eh bien, l'Europe n'est qu'une expérience ratée. L'idée vit encore mais des millions de gens sont toujours dans la misère.

Les gardiens venaient chercher les prisonniers. La salle se vidait.

16.

Les conversations avec le père, menées au Quartier de Haute Sécurité, se terminaient toujours par un profond silence derrière lequel Stéphane W. sentait une désapprobation résolue et obstinée. Tout d'abord, cela l'exaspérait. Puis, il estima qu'il était inutile d'essayer de le convaincre. On ne peut pas convaincre un homme qui a vécu Dachau sans la moindre révolte et qui cherche ensuite la justice dans un livre de prières. Il se tourna alors vers une autre personne : la mère de son père, sa grand-mère. Elle s'était épuisée au travail. Elle avait été pauvre. Elle avait été exploitée par des patrons. Elle était justement cet être humain que Stéphane W. et ses amis voulaient défendre contre l'exploitation capitaliste. Elle ne pouvait qu'être son alliée. Elle aurait su le comprendre. Il sentait sa compassion et s'adressait à elle avec une confiance sans bornes. Elle lui manquait. Il ne connaissait même pas son âge. Il ne pouvait pas savoir qu'à sa mort, elle était plus jeune que lui, Stéphane, assis sur son lit au Quartier de Haute Sécurité. S'il avait pu entendre le frère cadet de Stanislas W. parler de la chambre mansardée et de la cuvette remplie d'alcool dénaturé que l'on flambe, il aurait certainement pris l'habitude de s'adresser à la femme assise sur la chaise. A la femme transie de froid, emmitouflée dans une couverture, avec une flamme bleue brûlant à ses pieds, tel le feu sacré.

17.

Un jour, Stéphane W. reçut une lettre de la part d'une expéditrice inconnue. Elle disait avoir vingt-trois ans, elle militait pour les droits de la femme, avait pitié de lui et voulait lui rendre visite. Il l'invita. Elle était grande, mince, vêtue d'un pull-over noir et d'un pantalon noir en cuir. A travers la vitre anti-balles, ils discutèrent des droits de la femme, de l'impérialisme mondial et de l'amour. Depuis, elle venait le voir chaque mois et lui écrivait des lettres et des cartes postales plusieurs fois par semaine. Ses lettres n'avaient ni début ni fin. Elle commençait toujours au milieu d'une phrase, parfois au milieu d'un mot, et terminait de la même façon. Ils devinaient leurs états d'âme à travers le caractère de leur écriture. Ils se mirent d'accord pour ne jamais faire semblant. Quand elle était triste, elle n'essayait pas de sourire, et quand elle se sentait laide, ne se maquillait pas. Ils craignaient de se voir mieux qu'ils ne l'étaient réellement, de s'idéaliser, de se réinventer mutuellement. C'était leur souci permanent, l'inépuisable sujet de leurs conversations. – Tu penses sans doute que je suis intelligente, criait-elle à la vitre. Je t'en prie, ne le crois pas. Je suis beaucoup plus bête que tu ne l'aurais souhaité. – Tu penses sans doute que je suis généreuse... criait-elle un autre jour.

Durant sept ans, ils n'avaient pas pu se toucher. Ils s'étaient aimés de leurs yeux à travers la vitre anti-balles.

Durant trois ans, ils se virent dans le minuscule parloir du Quartier de Haute Sécurité, sous les estampes représentant Saint-Pétersbourg en hiver.

Un jour, elle lui écrivit qu'elle en aimait un autre. Comme ils s'étaient jurés de ne jamais faire semblant, elle ne lui rendrait plus visite et ne lui écrirait plus.

Elle a tenu parole.

Il calcula qu'elle était venue le voir pendant dix ans, elle avait donc trente-trois ans.

Il n'arriva pas à compter ni toutes les lettres ni toutes les cartes qu'elle lui avait écrites durant cinq cents semaines.

18.

Daniel Cohn-Bendit, le porte-parole des étudiants parisiens en 1968, a été récemment nommé directeur du Département Interculturel auprès du bourgmestre de Francfort. Il a un grand bureau et une secrétaire qui sert du café et des gâteaux secs. Selon lui, le terrorisme est né de l'ambiance des années 50, du silence de l'époque à propos de la guerre. Les jeunes Allemands voulaient connaître la vérité, or les parents disaient : « A quoi bon remuer de vieilles blessures? »

Ce n'est qu'après le procès d'Auschwitz qui se déroula à Francfort en 1963, que l'on commença à parler publiquement des crimes nazis. Quand la guerre du Vietnam éclata, Andreas Baader, Gudrun Ensslin et leurs amis déclarèrent : – Nous n'allons pas nous taire comme nos parents. Ils se mirent à tuer. Ils considéraient avoir le droit de tuer des soldats américains stationnés en RFA pour venger le Vietnam, ou assassiner un juge allemand pour se venger de la justice bourgeoise. Ils estimaient défendre ainsi une cause juste. Si quelqu'un choisit de défendre une cause juste, tout ce qu'il fait est juste, et même le meurtre devient légitime. Andreas Baader sollicita Daniel Cohn-Bendit, héros de 1968, pour qu'il rejoignît leurs rangs. Cohn-Bendit refusa, Baader l'accusa de traîtrise. Cohn-Bendit dit à Gudrun Ensslin et à Baader que le fait d'entraîner les jeunes des maisons de redressement dans la RAF était un crime. Il condamna le terrorisme. Premièrement, il n'aimait pas tuer. Deuxièmement, il n'aimait pas Andreas Baader et n'avait aucune envie d'ériger avec lui un monde meilleur.

Le gouvernement réserva aux terroristes un traitement cruel. Le SPD au pouvoir affirmait aux Allemands que les événements de 1933 et la faiblesse des sociaux-démocrates de l'époque ne se répéteraient jamais.

Les terroristes proclamaient : – Personne ne pourra nous reprocher le silence.

Les sociaux-démocrates proclamaient : – Personne ne pourra nous reprocher la faiblesse.

– C'était un psychodrame, constate Daniel Cohn-Bendit. Le psychodrame allemand, où les deux protagonistes espéraient exorciser le nazisme.

19.

L'une des cartes postales envoyées par la jeune fille au pull-over noir était la reproduction d'un tableau de Frida Kahlo, peintre mexicain. Stéphane W. l'aima beaucoup, il écrivit à l'éditeur de la carte postale. L'éditeur lui envoya d'autres reproductions accompagnées d'une lettre : « Vous portez un nom polonais. Est-ce que les problèmes polonais vous intéressent? » Le colis suivant contenait quelques traductions allemandes de livres polonais.

Depuis ce jour, Stéphane W. commença à lire des livres polonais sur la deuxième guerre mondiale. Il prêta beaucoup d'attention au ghetto de Varsovie. Il trouva qu'il existait de nombreuses similitudes entre les Juifs du ghetto et les détenus des camps de concentration. Il lut les livres de Bartoszewski, Moczarski et les poèmes de Milosz. Son amie et lui s'interrogeaient sur les raisons pour lesquelles il existait des divergences entre le récit d'Edelman dans *Prendre le Bon Dieu de vitesse* et le rapport de Stroop. Ou bien, pourquoi Edelman n'aimait pas les communistes, bien qu'ils aient envoyé le premier revolver dans le ghetto, celui-là même qui avait servi pour tirer sur le chef de la police. Tous ces livres, il les prêtait à la jeune fille qui d'ailleurs ne les avait pas tous rendus; peut-être par oubli, peut-être pour d'autres raisons... Il fut littéralement fasciné par une phrase d'Edelman sur le droit de l'être humain à la faiblesse, parue dans l'interview accordé à A. Grupińska. Edelman devint son maître à penser. Il fut chagriné d'apprendre que le dirigeant de l'insurrection du ghetto de Varsovie considérait le mépris des terroristes pour la vie humaine comme une victoire posthume du nazisme.

Il dit : – Je regrette de ne pas l'avoir su plus tôt.

20.

Le dimanche est le jour préféré de Gizéla W. Elle ne travaille pas, ne va pas aider la vieille dame du voisinage et ne rencontre pas d'autres parents de prisonniers membres de la RAF. (Elle n'aime pas ces rencontres. N'y viennent que des professeurs et des médecins, elle est la seule ouvrière parmi tous ces gens.)

Tout d'abord, elle prend son petit déjeuner du dimanche. Puis elle écrit une lettre : Que ses jambes la font moins souffrir. Qu'elle a encore assez de forces pour aider la vieille dame du voisinage. Que les marronniers fleurissent au bord de la rivière et que le cerisier japonais ne devrait pas tarder à se couvrir de fleurs, lui aussi. Elle colle l'enveloppe et marque l'adresse : Ossendorf, la prison.

Puis elle prie. Elle commence toujours par les remerciements : car le jour s'est levé, car ses jambes ne la font plus souffrir, car les marronniers..., elle demande ensuite de lui accorder une grâce. Elle ne le demande pas à Dieu, oh non, elle n'aurait jamais osé le déranger avec ses problèmes. Elle adresse sa demande à Stani, qui avait beaucoup souffert, ne s'était jamais plaint et n'avait jamais manqué la messe du dimanche. Sans aucun doute, il est plus proche de Dieu qu'elle, et si c'est Stani qui demande, Dieu ne pourra pas lui refuser qu'elle vive assez longtemps pour voir revenir son fils à la maison...

Il n'y a qu'une seule chose pour laquelle elle s'adresse directement à Lui, sans l'intermédiaire de Stani.

Quand elle prie pour qu'Il pardonne à leur fils le plus terrible des péchés.

Une femme et un homme

1. APRÈS LE SPECTACLE

L'automne dernier, l'air de Moscou était chargé de brume et de grisaille. Une dépression se maintenait depuis des semaines. Des suppositions en tout genre se multipliaient à propos de la CHOSE : pourquoi cela est-il arrivé, et pourquoi précisément chez eux? L'idée que Dieu avait infligé un châtiment à la Russie pour expier ses péchés prévalait. On n'excluait pas que Lénine aurait pu être l'enfant de Satan. On soulignait l'importance du temps. Il avait été pareil que cette année : une dépression barométrique, oppressante et difficile à supporter, s'était maintenue des semaines durant.

Le jour de la commémoration de la CHOSE, les gens se sont rassemblés devant le siège du Comité Central, près du Kremlin, et ils ont prié pour l'âme du tsar, pour la Sainte Russie, pour tous ceux qui avaient trouvé la mort en défendant la Russie et le tsar, et pour ceux qui étaient morts dans des camps et en Afghanistan.

Les gens priaient de plus en plus nombreux et leurs prières étaient de plus en plus ferventes cet automne. Dans les églises orthodoxes se produisaient des choses bizarres. Une chanteuse, secrétaire du Parti dans un des plus grands chœurs universitaires, chanta pendant l'office à Basile-le-Bienheureux d'une voix si harmonieuse, si pure et si puissante, comme jamais auparavant. Elle retrouva la foi, quitta le Parti et demanda le baptême. Des conversions pareilles n'étaient pas rares. On devinait les changements de situation dans le cours des astres. Les astrologues prédisaient que l'hiver ne connaîtrait pas de drames mais qu'au printemps il fallait s'attendre à la famine et à la guerre civile. Les radiesthésistes attiraient l'attention sur l'influence néfaste des ondes négatives qui augmentent la peur et paralysent l'énergie. La milice recommandait de ne pas porter de bijoux dans la rue. L'association « Pamiat [1] » recommandait aux Juifs de quitter l'Union Soviétique. Au procès du commando de « Pamiat » qui avait fait irruption dans une réunion d'écrivains, la journaliste Alla G. déposa son témoignage. On lui fit savoir que désormais ses jours étaient comptés. – *Ubiom tiebia*, lui garantit un homme caché dans la cage d'escalier. Nous te tuerons, répéta-t-il sans colère. Ne crois pas que tu pourras nous échapper.

L'automne dernier, le plâtre se détachait des immeubles de Moscou, les balcons s'effondraient, sur les murs décrépis les crevasses noires s'étalaient du toit jusqu'aux soubassements. L'une des façades de la rue Neglinnaïa était soutenue par un madrier. Le madrier se détraquait, il était hérissé d'échardes et d'éclats de bois. Dans la rue Kouznetski Most, on éleva une palissade le long d'un immeuble. Quelqu'un y arracha une planche; à travers la brèche, on voyait la fenêtre d'une cave. La fenêtre n'avait pas de vitres. On y colla un journal. Dans le journal, il y avait un trou. Sur le boulevard, face au Kremlin, des couvertures séchaient au fond d'une cour. Quelqu'un arracha un morceau de tissu dans l'une d'elles. Le lambeau flottait au gré du vent, les extrémités de ses longs fils entremêlés trempaient dans la boue. A tous les coins de rue, des gens travaillaient dans de petites baraques en bois ornées de l'inscription « Nettoyage de chaussures »,

1. « La Mémoire ».

mais les passants avaient des chaussures sales. C'était peut-être à cause des flaques d'eau stagnant sur les chaussées (il y avait des flaques d'eau bien qu'il n'y eût pas de pluie). Les passants se mouvaient lentement, comme les gens qui ne savent pas bien où aller. Parfois, ils s'arrêtaient pour regarder les magasins à travers les vitrines. Dans tout le centre-ville, on ne pouvait acheter que deux sortes de choses : de l'ail mariné chez le marchand des quatre-saisons, des sonnettes électriques dans un magasin. Les gens entraient dans le magasin, regardaient les sonnettes et vérifiaient leur bon fonctionnement. Pendant un moment, ils écoutaient de longs bruits stridents, réfléchissaient, puis sortaient dans la rue et reprenaient leur marche lentement. Le centre de Moscou avait été jadis un quartier animé et vivant, doté d'un charme fin de siècle. Cet automne, il donnait l'impression d'un singulier décor. C'était un décor théâtral, composé dans le moindre détail, mais regardé après... après que les lumières se sont éteintes. Après le spectacle.

2. LUI

Loin du centre de Moscou, au pied des pentes boisées des Collines aux Pigeons, Catherine II la Grande fit construire un palais d'été pour l'un de ses favoris. Après la Révolution, on y installa l'Institut de Chimie; dans les bâtiments de service, on logea des scientifiques. Des murs jaunes, des colonnes doriques blanches et un vaste parc ont su préserver leur splendeur d'antan. S'il n'y avait pas eu sur la porte d'entrée l'inscription annonçant la distribution de bons d'achat de produits industriels la veille de la fête de la Révolution, on aurait pu croire que la datcha du favori de la tsarine était un vestige préservé du passé. Le vestige du XIXe, ou peut-être même du XVIIIe siècle, et de l'âme russe qui faisait tellement languir les gens cet automne.

La locataire de la maison aux colonnes, Sarah Salmonovna P., docteur en chimie, a reçu à l'occasion de la Révolution un bon d'achat pour un manteau. Le professeur du rez-de-chaussée a eu un bon d'achat pour un fer à repasser. Le frère de Sarah, le professeur Lev Salmonovitch, n'a rien reçu car, à l'Institut de Physique où il travaillait, on ne distribuait pas de bons d'achat. En revanche, on tirait au sort des boîtes de conserve de viande, une boîte pour vingt scientifiques, mais le professeur n'a pas eu de chance.

Sarah et Lev sont originaires d'Astrakhan. Leur grand-père était un homme très pieux; il avait une longue barbe, portait le taleth et se rendait à la synagogue tous les jours. Leurs oncles étaient très progressistes et rédigeaient une gazette menchevik. Leur père, non moins progressiste, était ingénieur dans la flotte pétrolière. Après ses études, Lev Salmonovitch P. devint assistant d'Alekseï Krylov, grand mathématicien de Leningrad et constructeur de bateaux. Quand Lev Salmonovitch fut arrêté en 1937 (l'un de ses collègues de thèse déclara que « Les Questions de Philosophie », l'organe du Comité Central, était une grosse merde, et « Lev Salmonovitch approuva silencieusement cette déclaration », disait l'acte d'accusation), le professeur Krylov écrivit une longue lettre à Molotov. Il y souligna le talent exceptionnel de Lev Salmonovitch qui percevait immédiatement l'essentiel des problèmes les plus complexes. Avec une perspicacité exemplaire, il intégra l'œuvre de l'amiral Nelson sur les principes de commandement des navires. « Grâce à ces principes, ajouta le professeur dans sa lettre à Molotov en 1937, Nelson remporta la bataille de Trafalgar, laquelle bataille renforça pour plus de cent ans la puissance maritime de l'Angleterre. » « Si votre assistant s'avère innocent, répondit Molotov, dans moins d'une semaine, vous serez en train de boire du thé au rhum dans votre bureau. »

Lev Salmonovitch P. but du thé au rhum au bout de

dix-huit ans, cinq mois et onze jours. Entre-temps, il visita douze prisons, trois camps et deux lieux de déportation.

Il y a six mois, un jeune physicien, Léonid A., demanda à Lev Salmonovitch de lui raconter ces dix-huit années.
– Commençons par la conclusion, proposa celui-ci. Par quelques vérités fondamentales avec lesquelles on revient de là-bas.

Ils se donnèrent rendez-vous à l'Institut de Physique. Après avoir accompli sa tâche quotidienne qui consistait à examiner et à décrire le plasma, Lev Salmonovitch P. révéla au jeune physicien les vérités fondamentales.

Première vérité : La viande de corneille peut être consommée, pas la viande de choucas.

Deuxième vérité : On ne tire aucun profit des tiques, mais des poux si. En mettant les poux sur un morceau de métal, au-dessus de l'eau bouillante, on obtient de la graisse qui, coulée autour d'une mèche, peut servir à s'éclairer.

Troisième vérité : Se procurer de la nourriture est une chose importante, certes, mais le bon fonctionnement du système digestif est non moins important. Surtout quand on ne dispose que de cinq minutes pour faire ses besoins.

Quatrième vérité : Il ne faut surtout pas être mal vu par les prisonniers de droit commun.

Cinquième vérité : Un pas à droite et un pas à gauche sont considérés comme une tentative de fuite. L'arme sera utilisée sans sommation.

Sixième vérité : Ne crois pas que le monde a besoin de toi. Tu pourrais penser que tout t'est permis. Qu'il t'est même permis d'enlever un morceau de pain à ton camarade. Pense plutôt que le monde peut parfaitement se passer de toi, ainsi tu parviendras à te passer du monde.

Et la septième vérité : Si tu décides de subsister, c'est pour vivre. Et pour aucune autre raison. Il paraît, continua

Lev Salmonovitch qu'il y avait des gens qui subsistaient pour pouvoir tout décrire. J'en ai entendu parler, mais je ne les ai jamais rencontrés. Quant à moi, je voulais vivre, c'est tout.

Le jeune physicien occupait, avec sa femme et ses deux enfants, une petite chambre dans un appartement commun de la rue Arbat. Il militait dans des organisations juives. Environ un million de Juifs soviétiques décidèrent d'émigrer. Un demi-million environ voulaient rester dans le pays. L'organisation où militait le jeune physicien chargea ses membres d'une mission noble mais peu précise : partir avec dignité ou bien rester avec dignité. Pour des raisons que lui seul connaissait, le jeune physicien considérait que « rester avec dignité » était tout naturellement lié aux conversations qu'il menait à l'Institut de Physique avec Lev Salmonovitch P.

Lev Salmonovitch parlait parfois de lui-même avant l'arrestation : « Un type complètement étranger, constatait-il quelque peu surpris. Je ne le connais pas. J'ai parfois l'impression de ne l'avoir jamais rencontré. » Il parlait de lui-même avec étonnement. Comme s'il était en train d'observer et de décrire le plasma : un gaz totalement ionisé.

Les droit commun avaient l'habitude de jouer aux cartes en pariant des objets appartenant aux prisonniers politiques : un colis envoyé par la famille, une chemise, ou une tête. La tête devait être tranchée par celui qui avait perdu. Il la sortait hors de l'enceinte de la zone, et c'est seulement à ce moment-là que la dette d'honneur du jeu était considérée comme entièrement payée. Un jour, les criminels parièrent sur la tête de l'un des leurs, le détesté Faworski. Le lendemain, on trouva la tête de Faworski derrière les barbelés, et son corps dans le cloaque. Lev Salmonovitch P. reçut l'ordre de sortir le corps. Ce fut pour lui une journée agréable car, après avoir accompli cette tâche, il fut dispensé de son travail dans la forêt.

Il s'allongea sur son lit de camp, avala la ration de sucre prévue pour le lendemain et se sentit heureux.

Lev Salmonovitch P. contracta une pneumonie. Après sa maladie, il était si faible qu'il ne pouvait plus travailler. Il fut sauvé par un médecin qui lui confia la tâche d'enterrer les corps des personnes décédées dans le baraquement hospitalier du camp. C'était un travail léger, car la fosse était creusée par d'autres prisonniers. Il devait juste transporter les cadavres, les déposer dans la fosse et les couvrir de terre. Il prenait le traîneau. Il essayait de poser les corps de façon à ne pas leur mettre de terre sur le visage. La terre était mélangée à de la neige : une vraie gadoue qui envahissait les forêts de taïga et de toundra au printemps. Les morts ne portaient ni habits ni noms. Ils avaient juste des plaques avec des numéros. Il réfléchissait au cérémonial des funérailles. Il savait qu'il existait des coutumes différentes, mais ne les connaissait pas. Prononcer des discours semblait ridicule. Prier aurait été un mensonge car il ne croyait pas en Dieu. Il inventa son propre rite : il faisait plusieurs fois le tour de la tombe en remuant les bras, comme s'il s'agissait d'ailes. Il devait sans doute ressembler à un oiseau. Il pensait : qu'ils s'envolent le plus loin possible d'ici. Puis il chantait. Le plus souvent, les chansons qu'il aimait, comme de vieilles romances :

Des roses noires, symboles de tristesse
Je t'ai offert à l'heure des adieux
Terrifiés, nous restions sans mot dire
Comment pleurer quand les larmes manquent ?

Il remontait dans le traîneau vide et rebroussait chemin. Au retour, il prononçait tout de même un discours dans sa tête, composé toujours des mêmes paroles : « Vous êtes partis. C'est bien, mais nous, nous allons encore leur régler leur compte. » Qui devait régler les comptes de qui, et par quels moyens, il l'ignorait. Quand il revenait dans les baraquements, de nouveaux cadavres l'attendaient déjà. Il touchait leurs froides épaules nues, et disait : « Eh bien, mes frères, nous nous reverrons demain! » Puis il s'allongeait sur son lit, à côté des criminels qui jouaient frénétiquement aux cartes.

Un jour, Lev Salmonovitch P. se révolta, refusant d'extraire la tourbe. « Le règlement prévoit des travaux utiles pour la société, expliqua-t-il au juge; en tant que docteur en physique, je devrais donc effectuer une tâche plus ambitieuse. » Le juge, une grande femme imposante, nourrie de blinis sibériens surgelés, lui ordonna de trouver un travail utile par ses propres moyens. Il le trouva sur une île de l'Angara. L'île possédait un petit aéroport destiné aux hydravions. Il devint mécanicien et s'occupa du ravitaillement en carburant. Un général du NKVD qui atterrit sur l'île lui proposa un travail plus utile encore : dans une expédition géologique qui recherchait du fer. Lev Salmonovitch avait déjà purgé sa peine de détention dans le camp, mais il restait toujours en déportation. Cela signifiait qu'il n'avait pas le droit de quitter les lieux. Tous les dix jours, il se présentait dans les bureaux du NKVD où on lui apposait le tampon de circonstance sur sa carte verte. Le fait de pouvoir y aller seul, sans chiens ni escorte, le rendait heureux. Il rejoignit donc l'expédition. Il y trouva une trentaine d'hommes, dont sept tueurs professionnels. Quelques mois plus tard, des femmes arrivèrent. Elles étaient dix. Huit paysannes de kolkhoze, appelées « les épis », car elles étaient coupables d'avoir glané des épis sur les champs du kolkhoze après la moisson, une prostituée atteinte de syphilis, et une A.E. – personne Accusée d'Espionnage. La A.E. était polonaise. Elle s'appelait Anna. Elle avait vingt-deux ans, des jambes superbes et des yeux d'une couleur rare, bleu-vert.

3. ELLE

La grand-mère d'Anna R. travaillait chez un comte. Elle mit au monde une fille que le comte ne reconnut pas et qu'on maria très vite avec un homme beaucoup plus âgé, coléreux et souffrant des jambes. La fille bâtarde du comte et le vieil homme boiteux, tels étaient les parents d'Anna R. et de ses trois frères.

Ils habitaient dans un petit village de Rozmierki. L'église et la starostie se trouvaient à Kossov Podleski. Anna et sa mère allaient seules à l'église (la mère en très joli chemisier aux manches bouffantes ornées de petits boutons jusqu'aux coudes), car le père souffrait trop des jambes, et les frères étaient communistes. L'aîné, Antoni, partit faire ses études à Moscou. Le second, Stanislas, objet de poursuites et d'avis de recherche, fut arrêté et enfermé à la prison de Bereza. Le frère cadet, Józef, était emprisonné à Płock. Après l'arrestation de ses fils, la mère mourut d'une crise cardiaque. A la maison, il ne restait plus qu'Anna et son père. Le père fabriquait des baquets et des cuviers, Anna lui passait des douves en bois et des anneaux en fer, ou bien elle filait et tissait du lin. Au bout d'une année, le père se trouva une maîtresse. Il apportait de Kossov de merveilleux tissus pour des robes et des bonbons fourrés au chocolat, puis disparaissait avec ses présents des jours entiers. Quand Anna eut dix ans, ils reçurent une lettre d'Antoni. Il disait que sa sœur devait aller à la starostie, demander le passeport et venir à Moscou. « Elle n'a aucun avenir à Rozmierki, or à Moscou, elle pourra étudier et devenir quelqu'un. » Dans la lettre suivante, Antoni envoya les billets accompagnés d'instructions détaillées. Sa sœur devait se rendre à la ville frontalière et l'attendre sur le quai de la gare, il la retrouverait. Dans l'enveloppe, il y avait aussi une photographie et un bout de tissu. La photographie représentait un bel homme souriant qu'elle ne reconnaissait pas. Le tissu en fil-à-fil était de couleur beige foncé, presque marron. L'homme souriant était son frère, il devait la retrouver à la station frontalière, vêtu d'un habit en fil-à-fil. Elle attendit plusieurs heures. Elle tenait sur ses genoux un baluchon contenant un oreiller de duvet et du lin qu'elle avait tissé.

Les voyageurs s'étonnaient : – Tu voyages seule? A Moscou?

– Là-bas, je ferai mes études, répondait-elle, et je deviendrai quelqu'un.

Quand l'homme au fil-à-fil beige foncé apparut, elle lui posa quelques questions de contrôle : « Comment s'appellent les autres frères? De quelle jambe boite le père? D'où est tombée la grand-mère peu avant sa mort?

– Du poêle, répondit l'homme, et elle fut enfin convaincue que c'était bel et bien Antoni.

Le frère connaissait plusieurs langues étrangères et possédait beaucoup de livres. Il l'inscrivit à l'école polonaise. Durant quelques années, ils vécurent très heureux ensemble, mais le frère connut une jeune fille, une Russe prénommée Vala, il commença à lui apporter de merveilleux cadeaux, puis il l'épousa.

Anna déménagea chez M. et Mme Wziątek, communistes comme Antoni, et elle alla travailler à l'usine Staline. En 1937, on arrêta M. Wziątek. Un mois plus tard, on arrêta Antoni. Deux mois plus tard, on arrêta Anna. Elle fut informée que son frère était ennemi du peuple, et qu'elle avait elle-même vanté les mérites du maréchal Piłsudski lors d'une réunion de komsomol. Le verdict : suspectée d'espionnage, dix ans, camps lointains, sans possibilité de remise de peine.

Quand les rails finirent, ils continuèrent à pied, à travers la neige, toujours vers le Nord. Quelqu'un aperçut une planchette de bois dans la neige, elle portait une inscription. L'inscription avait été gravée à l'aide d'un clou, elle contenait juste deux mots : « Antoni R... ». Anna R. cacha la planchette sous sa vareuse et continua la route.

Durant cinq années, elle fendit, scia et entassa du bois. La sixième année, en tant qu'acquittée du camp, sans chiens ni escorte, elle fut envoyée chez les géologues à la recherche du fer.

4. SPASIBO SERDCE [2]

Le chef de la brigade des géologues, Lev Salmonovitch P., était un homme plutôt petit, mais très cultivé. Il avait lu encore plus de livres qu'Antoni. Il n'employait jamais de mots grossiers. Il récitait des poèmes. Il essaya même de lui apprendre l'anglais, mais les langues étrangères ne lui rentraient pas dans la tête. Les poèmes non plus, surtout qu'il les choisissait difficiles, de Tiutchev et de Gumilov. Il ne l'appelait jamais par le diminutif de son prénom. « Anna », disait-il, comme Vronski ou bien Karénine. Elle aimait qu'il lui racontât des romans avec ses mots à lui, mais plus que tout, elle adorait les chansons de films : « Mon cœur, tu n'as pas besoin de paix, mon cœur, comme il est bon de vivre dans ce monde, mon cœur, comme il est bon que tu sois ainsi; merci, mon cœur, de savoir aimer si fort. »

Un an plus tard, Anna R. mit au monde une fille. On ne la plaça pas à l'orphelinat car la femme du *natchalnik* venait d'accoucher et elle n'avait pas de lait. Anna avait donc droit à une double ration pour allaiter les deux bébés, le sien et celui du responsable du NKVD. Les visites journalières dans sa maison s'avérèrent fort utiles car il y avait des cigarettes que les hommes de la brigade n'avaient pas eu l'occasion de fumer depuis bien longtemps, et il y avait aussi le chien, gros et gras. Les hommes de la brigade souffraient des poumons, or le

2. Merci, mon cœur. *(N. d. T.)*

meilleur remède pour les poumons est le suif de chien. Elle emmena le chien dans la forêt, où les hommes le tuèrent et firent fondre la graisse pour pouvoir se soigner.

Quand on la convoqua à la direction et qu'on lui dit : « Préparez-vous à partir », elle fut effrayée. Elle crut que c'était une nouvelle condamnation à cause du chien et des cigarettes, mais on la laissa partir seule. Elle reçut du pain et une feuille : « Anna R... condamnée pour... a purgé sa peine durant neuf ans ... se rend à Moscou, prière de l'aider au cours du voyage... Mai 1946. » Elle dit au revoir à Lev Salmonovitch P., prit l'enfant par la main et monta dans un train de marchandises à Oukhta.

Moscou ployait sous la chaleur. Elles entrèrent dans le siège de l'ambassade polonaise vêtues de vareuses et de grosses bottes. Elle tendit la feuille au portier. Il s'en alla vite et revint aussitôt accompagné d'un homme.

– La camarade R...? sourit l'homme. Enfin! Le camarade ministre a déjà téléphoné et il s'inquiétait...

– Qui?

– Stanislas R..., n'est-ce pas votre frère?

– Si.

– Eh bien, se réjouissait l'homme. Entrez, vos appartements vous attendent.

Elles se trouvèrent entourées de tapis, de tableaux et de beaux meubles. On leur donna de la nourriture et des robes. Elles allèrent dormir. Quand elle se réveilla, il faisait jour. Elle eut peur : Mon Dieu, il fait jour et elle n'est pas dans la forêt. Elle bondit hors du lit. Impossible de trouver la hache. Elle cassa le pied d'une chaise et se mit à fendre... Elle entendit les pleurs d'un enfant. – Tais-toi! hurla-t-elle, il faut réaliser la norme. Elle se souvient des blouses blanches, de la piqûre, du portier qui essayait maladroitement d'entasser le fruit de sa besogne... – Pas comme ça! cria-t-elle de nouveau. Elle aurait voulu lui expliquer comment former des tas, mais elle succomba à l'envie de dormir.

Le ministre de la Sécurité Publique, Stanislas R., attendait sa sœur à l'aéroport de Varsovie. Elle ne le reconnut pas. – Dommage que tu n'aies pas envoyé un bout de tissu, plaisanta-t-elle, et elle se mit à parler d'Antoni, mais son frère l'interrompit immédiatement : – Ne le dis à personne. Pas même à moi. A la maison, il répéta encore : – Ne l'oublie jamais : pas un mot.

Il la logea dans une villa à Konstancin. La villa était luxueuse, alors elle déménagea dans la maison du gardien. Son occupation favorite était de fendre du bois, mais on installa le chauffage central et le gaz; le bois devint donc inutile. Un ami de Kossov Podleski lui raconta que Józef, le plus jeune des frères, avait été fusillé par les Russes en 1939, car il ne voulait pas leur donner son vélo. Elle n'eut aucune nouvelle d'Antoni. On ne put libérer Lev Salmonovitch P. avant l'échéance de sa peine. Elle aurait aimé parler de tout cela avec Stanislas, mais il ne voulait rien entendre. Elle ne put même pas lui parler de la planchette. (La planchette avec l'inscription « Antoni R... » qu'elle avait d'ailleurs perdue quelque part dans la taïga.)

En 1955, elle partit à Moscou organiser le rapatriement des Polonais. Elle rendit visite à Sarah.

– Mon frère est revenu, annonça Sarah.

– Ania, dit Lev Salmonovitch P., je ne suis pas revenu seul. Je pense que vous devriez faire connaissance.

Le fait qu'il l'appela par le diminutif de son prénom lui causa du chagrin.

– Faire connaissance? s'étonna-t-elle. Non, est-ce vraiment la peine?

Il s'était marié en déportation. Sa femme était une journalière librement embauchée : elle avait un travail normal, un logement, une carte d'identité, et le droit de voyager. Le mariage avec une femme libre constituait une chance énorme pour un détenu. Cela signifiait une vraie maison, de vrais repas, une vraie femme dans un vrai lit... – Tu as une fille, dit Anna. Je sais que tu dois beaucoup à cette femme mais avec moi, tu as une fille. Elle apprit alors que Lev Salmonovitch P. avait deux enfants avec l'autre.

A Moscou commença le XXe Congrès. Tout le monde parlait des crimes, des goulags, et du rapport de Khrouchtchev, mais Anna R. ne se préoccupait pas des crimes. Elle ne fut pas bouleversée d'apprendre que le jour de l'arrestation d'Antoni, sa femme Vala avait fait la fête avec ses amis du NKVD, et que leurs rires et leurs chants avaient retenti dans tout l'immeuble. Anna R. était dévorée par une seule et unique pensée : est-ce que Lev Salmonovitch allait lui revenir ou est-ce qu'il resterait avec la femme libre? Quand elle comprit qu'il ne reviendrait plus, Anna R. prit sa fille par la main...

A l'aéroport de Varsovie, Stanislas R. les attendait. Il n'était plus ministre. Dans la voiture, il annonça : – On parle de moi dans les journaux... On parle des crimes, mais je ne savais rien. Elle ne lui rappela ni leurs conversations, ni Antoni, ni même la planchette avec l'inscription gravée. Elle se disait qu'elle ne devait plus attendre Lev Salmonovitch P., et que c'était probablement mieux ainsi.

5. LA PIERRE

L'automne dernier, Lev Salmonovitch P. continuait ses recherches sur le plasma. Il y a bien des années, il avait élaboré des méthodes de recherche que personne ne pratiquait avant lui; c'est pour cette raison qu'il était souvent invité à présider des colloques, tantôt à Paris, tantôt à Amsterdam... Cet automne, Lev Salmonovitch P. reçut le passeport et, pour la première fois à l'âge de quatre-vingt-deux ans, se rendit à l'étranger. Il aima beaucoup la forêt finlandaise. Il dit à sa sœur que c'était la première forêt qui n'éveillait pas en lui de sentiment d'agressivité. Il avait l'habitude de venir voir sa sœur tous les jours. Après le travail sur le plasma, il se rendait à la datcha du favori de la tsarine, au pied des Collines aux Pigeons, dans le bâtiment de service divisé en une dizaine d'appartements exigus et inconfortables, où il s'asseyait au-dessous d'un abat-jour oriental sauvé du blocus de Leningrad. Pour des raisons que lui seul connaissait, il préférait boire du thé chez sa sœur que chez sa femme, l'ancienne journalière librement embauchée. La petite femme bossue, avec un chignon de vieille fille et de grands yeux bleus, posait une tasse devant lui et demandait : – As-tu faim? Puis elle apportait une tartine de pain sec au fromage et se mettait à raconter le dernier concert de musique de chambre à la société philharmonique. A son tour, il parlait du plasma, de la forêt finlandaise, de ses conversations avec le jeune physicien. Le fait de n'avoir pas eu la chance de tirer au sort une conserve de viande ne l'attristait guère. Il ne se préoccupait pas des prédictions des astrologues. Ni les grands froids ni la famine ne lui faisaient peur. Il n'avait peur que d'une seule chose : que la littérature contemporaine sur les camps ne perpétuât qu'une image d'humiliation et de terreur, alors qu'on y rencontrait des gens courageux et résistants.

Il voulait en parler à Loubianka. Cet automne, on y inaugurait une pierre commémorative : à la mémoire des victimes de la répression. Il voulait juste dire que ce monument aurait dû être dédié à la fois aux victimes et aux combattants, et il s'approcha de la tribune.

– Êtes-vous inscrit pour prendre la parole? lui demanda l'agent du service d'ordre de cette cérémonie solennelle organisée par des démocrates moscovites.

– Non, répondit Lev Salmonovitch P.

– Alors, vous n'allez pas parler.

– Mais pourquoi?

– Parce que vous n'êtes pas inscrit, conclut le démocrate en demandant à Lev Salmonovitch P. de s'écarter de la tribune.

Legoland

LE 2 MAI.

Ce printemps-là, sur les étalages de la ville de Zakopane, on vendait des tissus turcs en coton, des chemises indiennes, des jus de fruits allemands, des chaussons montagnards polonais et de la crème fraîche hollandaise. Rue Krupówki, un montagnard vendait des copies du sculpteur Rząsa, présentées comme des œuvres populaires, tandis que les originaux commençaient à pourrir à la galerie locale. Hasior distribuait à ses amis « Les pensées sur l'art » composées de douze parties : pensées sur soi-même, sur l'art, sur son art, sur le feu, sur les étendards, sur les couteaux, les vitres, etc. Les vallées étaient de nouveau plus vastes, et les chemins de montagne plus abrupts qu'il y a un an.

Une dame aux cheveux gris se promenait dans la vallée de Biały. Sans maquillage, mince, elle portait des chaussures de randonnée et un sac à dos. Au bout de la vallée, près d'une chute d'eau, elle sortit de son sac un carré de plastique qu'elle étala sur un tronc d'arbre déraciné. Puis elle sortit un autre carré et l'étala sur mon tronc à moi. Elle m'expliqua alors qu'elle connaissait l'écrivain dont j'avais parlé dans « Hypnose ». Avant la deuxième guerre mondiale, il avait habité dans leur immeuble, et il y a un mois à peine, il était arrivé de Jérusalem et s'était assis sur un banc, dans leur cour. La concierge lui avait demandé s'il attendait quelqu'un. – Oui, répondit-il. J'attends Bohdan Liwski. – Les Liwski, escalier 9, dit la concierge. Il sonna à la porte. A la question « Qui est-ce? », il expliqua que, cinquante-cinq ans auparavant, il avait joué aux soldats de plomb avec Bohdan Liwski. La porte s'ouvrit et une femme aux cheveux gris annonça : – Mon frère est mort durant l'Insurrection de Varsovie.

Le visiteur la dévisagea avec curiosité.

– Alors, tu es Basia Liwska. Je suis Jurek. A présent Uri. J'écris des livres. Mon premier livre s'intitulait : *Chajalej oferet*. C'est de l'hébreu. En polonais, cela signifie « Les soldats de plomb ».

Nous nous levâmes des troncs. La dame aux cheveux gris secoua et plia soigneusement les carrés de plastique. Elle continua à parler. Le temps tournait à l'orage. Une lumière chaude et diffuse conférait un aspect lugubre à la vallée. Dès que nous descendîmes la première colline, je dis :

– Alors, vous êtes Basia Liwska. Pendant la guerre, il y avait un piano à queue dans votre appartement, n'est-ce pas? Et près du piano, un lit.

– Un divan, me corrigea la dame aux cheveux gris. Et il n'était pas près du piano.

A l'aide des bâtons, nous dessinâmes sur le sol les emplacements du piano, du divan, de la fenêtre et des murs.

– La petite fille? s'étonna la dame. Il n'y a pas eu de petite fille. Il y avait juste l'enfant de la manucure, une femme menue et lumineuse. Elle venait chez ma mère pour lui faire les ongles et l'enfant attendait patiemment. Oui, c'était une petite fille. Elle devait avoir quatre ou cinq ans. La femme était sereine, elle avait des yeux bleus, alors que la petite fille était brune et toujours triste. Elle ne jouait jamais. Elle restait debout, sérieuse et silencieuse, en observant les ongles.

– Elle était peut-être attirée par le vernis?

– Ma mère ne mettait pas de vernis. La manucure lui polissait les ongles avec un petit chiffon; c'était un chiffon en peau de chamois, dans un étui spécial. J'en garde un encore aujourd'hui, en nacre, mais le chiffon de la manucure était dans un étui en bois... Un certain mystère flottait autour d'elles, une sorte de danger... Elles ont disparu un jour, et je ne les ai plus jamais revues.

– Avant qu'elles ne disparaissent, votre mère a donné à cette femme vos actes de naissance.

Jusqu'à la fin de la guerre, cette petite...

– Savez-vous quel nom portait cette petite jusqu'à la fin de la guerre?

– Basia Liwska.

– C'est vrai? s'étonna la dame aux cheveux gris.

LE 2 MAI (SUITE).

Au déjeuner, j'annonçai à Paweł R. que je venais de rencontrer quelqu'un que j'avais connu il y a quarante-huit ans.

– Il y a presque un demi-siècle, ajoutai-je pour faire plus d'effet.

– Où l'as-tu rencontré?

– Dans la vallée de Biały.

– J'en étais sûr. On y rencontre souvent des êtres bizarres. Tantôt Witkiewicz, tantôt Schultz, moi-même j'y ai rencontré le général Zaruski. J'étais avec un copain, le général marchait devant nous, « Zaruski », ai-je murmuré; le général m'a entendu, s'est retourné, et j'ai pu voir...

– Mais, cher ami... Ce n'était pas Witkiewicz. Ce n'était pas Zaruski. Ni d'ailleurs un quelconque fantôme. C'était une dame aux cheveux gris, avec un sac à dos, une dame que je n'ai pas vue depuis un demi-siècle. Vous ne me croyez pas?

– Mais bien sûr que je vous crois, acquiesça vite

Paweł R. ; il enleva ses lunettes aux verres si épais, et remarqua que les gâteaux à la crème rose, posés sur notre table, n'étaient pas tout à fait de la même grosseur.

LE 2 MAI (SUITE).

Au journal télévisé, on nous a montré Budapest et le nouveau chef du Parlement qui va assurer la fonction de président de la Hongrie. Il s'agit de l'écrivain Arpad Göncz. Une fois, nous avons passé des vacances ensemble, au bord du lac Balaton, Arpad et sa femme, la traductrice de la littérature polonaise, Romana Gimes, ma famille et moi. Je me souviens encore de deux choses : le gâteau d'anniversaire qu'Arpad avait offert à ma fille le 27 septembre, et son récit du camion. Nous étions en 1980 et Arpad voulait savoir comment « tout cela » allait se terminer en Pologne. Je lui ai dit que mon ami, Jacek K., ne prévoyait rien de bon, et que, quand « tout cela » aboutirait à une catastrophe et que lui-même serait conduit devant un mur, il préférerait être placé côté rue plutôt que côté cour. Non pas parce qu'il y aurait plus de spectateurs, mais plus d'arbres. Arpad se rappela alors d'un épisode de l'insurrection hongroise. La ville de Budapest venait d'être prise par l'armée soviétique, un groupe d'insurgés, dont Arpad, fut embarqué dans un camion. La voiture quitta la ville et se dirigea vers un bois. La nuit tombait. Au bout de quelques centaines de mètres, ils s'arrêtèrent, on leur fit signe de sortir. Tout devint clair. Le plus âgé des insurgés descendit le premier, se redressa, ajusta son gilet et entonna l'hymne national. Les autres le suivirent, ils avançaient la tête haute en chantant leur hymne. Les soldats russes les regardèrent étonnés, puis l'un d'eux dit : – *Eto nie budiet pif-paf. Eto budiet pi-pi.* La consternation fut générale : fallait-il interrompre l'hymne? Ou bien, tout en continuant à chanter,...? « Nous avons réussi à nous tirer d'affaire. Nous avons chanté jusqu'à la dernière strophe, après quoi nous avons déboutonné nos pantalons. Ainsi, je peux fort bien comprendre votre Jacek K., termina Arpad Göncz, futur président de la Hongrie libre. Je connais l'importance d'un dénouement esthétiquement réussi. »

LE 3 MAI.

La vallée Miętusia. Assise sur une poutre de la maison brûlée de la skieuse Bronka Polankówna, Barbara L. parle de sa famille.

Le père était architecte, le grand-père propriétaire d'immeubles, les arrière-grands-parents – noblesse terrienne de Lituanie, arborant le blason de Slepowron – possédaient les villages de Swierszczów et de Gołemb. Il existe encore une photo de l'arrière-grand-mère originaire de Wiesbaden. L'arrière-grand-mère en robe blanche, la taille serrée dans un corset, s'appuie sur le bras de l'arrière-grand-père, un homme fort, barbu, tenant une canne à la main.

La mère avait trois domestiques, hérités de la grand-mère, et un esprit large. Elle étudiait la philosophie, interprétait au piano les œuvres de Mahler et était l'une des premières femmes à Varsovie à suivre les cours de jiu-jitsu, à la Société de Gymnastique de Stéphane Szelestowski.

Peu avant la guerre, la mère fit la connaissance de M. Rysiek.

M. Rysiek était communiste. Il avait les biceps d'un athlète, aimait les femmes, et adorait chanter. Le plus souvent, il chantait une chanson russe :

Adieu, mes amis, je m'en vais
Mais je vous laisse mon cabriolet.
L'uniforme est usé, tout le tabac fumé,
Les galons arrachés, et le responsable caché.

Après chaque strophe, venait le refrain :

Eh, mon joli cabriolet, « amerikanka »
C'est une belle chipie, ma « charlatanka »

que monsieur Rysiek entonnait doucement, nonchalamment presque, puis il accélérait progressivement, se mettant à taper du pied, reprenait tout, chantait encore et encore, de plus en plus vite, jusqu'à atteindre un tempo vertigineux qui étourdissait tout le monde, mais surtout la mère.

La mère devint communiste.

Elle quitta son mari; avec les enfants, les domestiques et le piano à queue, elle déménagea dans le quartier de Żoliborz; désormais, elle jouait « Comme elle est vaste, ma patrie », tout en répétant que le communisme représente un avenir meilleur.

Durant la guerre, ses enfants – Basia, âgée de quinze ans, et Bohdan, âgé de dix-sept ans – rejoignirent les rangs de l'Armée Populaire.

Elles se séparèrent de Bohdan pendant l'Insurrection. Au mois de février, elles revinrent toutes les deux à Varsovie, retrouvèrent les membres de l'Armée Populaire et apprirent où il avait été vu pour la dernière fois. On l'avait vu près du bunker de la rue Felińskiego, dans les jardins. Tout était couvert de neige, dans la cour un cadavre gisait sur le sol enneigé. Elles le retournèrent pour voir son visage et reconnurent un ami de Bohdan, un ami d'école et de bataillon. Des arbres poussaient dans le jardin. Des lambeaux de vêtements étaient accrochés aux branches; elles essayèrent de les enlever, mais les branches se trouvaient bien trop haut. La terre était gelée, la mère dit qu'il faudrait attendre la fonte des glaces. Elles revenaient souvent et, dès que le temps se fut radouci, elles dégagèrent la neige. Elles virent une porte posée par terre, sans doute une porte de garage.

Elles la soulevèrent et découvrirent l'entrée du bunker. Les Allemands avaient dû y jeter une grenade car dans les décombres, l'on apercevait des corps massacrés. La mère dévisagea les côtes décharnées et dit : – Ce n'est pas mon fils. Elles reposèrent la porte et se rendirent au comité du Parti Ouvrier Polonais, où la mère avait des amis d'avant-guerre. Elles reçurent une binette, une bêche et une caisse carrée en bois. Le père les accompagna. La mère lui ordonna de tenir la porte du bunker, et elle se mit à creuser. Le père voulut l'aider mais elle répondit que ce n'était pas la peine. Elle déterra les côtes et les mit dans la caisse. Puis elle sortit une mèche de cheveux blonds, enleva la terre, et les mit dans la caisse. Elle déterra un morceau de veste de laine, couleur kaki. Des vers blancs, monstrueusement obèses, sortirent du bunker; la mère les écrasa avec la bêche et déterra un crâne. Elle le nettoya; ils virent alors deux belles rangées de dents blanches, avec une de travers en haut à gauche. Le père pleurait, la mère travaillait en silence. Quand ils remirent le couvercle sur la caisse, elle essuya la terre de ses mains et déclara : – Ce n'est pas mon fils. Tout le monde peut avoir une dent de travers du côté gauche.

– Durant tout ce temps, j'ai tenu avec mon père la porte du bunker, raconta Barbara L. D'un côté, à l'endroit où je me trouvais, il y avait une inscription. J'ai reconnu l'écriture de mon frère. Pendant la guerre, nous avons suivi les cours de calibrage chez l'architecte Jankowski, et l'inscription était faite exactement comme nous l'avait enseigné Mme l'ingénieur : antiques sans empattement, en respectant les espaces et les proportions. Elle contenait cinq mots et deux points d'exclamation : VIVE LE COMMUNISME! VIVE STALINE!

LE 4 MAI.

La veille de l'anniversaire de la mort de mon père, j'ai allumé une bougie.

Il est mort le 5 mai 1942 à Majdanek.

En l'allumant, je me suis demandé si mon père avait jamais vu la vallée Miętusia (du côté du passage vers la vallée Kościeliska, avec les Sommets Rouges au fond du paysage). Ou du moins, les pâturages de la vallée Kondratowa couverts de crocus à la hauteur de Kalatówki. Sans doute il ne les avait pas vus. Dieu devrait le récompenser, d'une manière ou d'une autre. Mais les jardins d'Éden peuvent-ils se comparer à la vallée Miętusia?

LE 4 MAI (SUITE).

Est-il vrai qu'il n'y a pas eu de vernis?

(Je pense aux ongles polis avec la peau de chamois.)

A mon avis, il y en a eu. Rouge, pas très foncé, plutôt couleur cerise. Mais je n'insiste pas, je l'ai vu peut-être sur d'autres ongles.

On retient tellement mieux les petits détails comme le vernis; cela constitue une preuve étincelante de la partialité de notre perception.

Mon ami allemand, l'un des plus importants au monde, dont le père avait été jugé à Nuremberg, me raconta que la chose que sa mère avait le mieux retenu de tout le procès était la couleur des ongles des secrétaires américaines. Ils étaient couverts d'un vernis rouge au reflet bizarre. A l'époque, l'Europe ne connaissait pas encore de vernis aussi brillants.

Le vernis nacré sur les ongles des secrétaires américaines constituait une preuve évidente de la supériorité de la technologie américaine sur la technologie allemande.

Les Allemands fabriquaient du zyklon B. Les Américains, des polymères.

S'ils l'avaient voulu, les Américains auraient aussi pu fabriquer du zyklon B mais, premièrement, ils n'avaient personne à empoisonner, deuxièmement les polymères étaient nettement moins chers.

Ils ont donc choisi les polymères. C'est-à-dire la création d'un monde que Dieu n'a pas créé. C'est-à-dire l'avenir.

LE 5 MAI.

Au journal télévisé, on nous a montré le président qui est un « bon Allemand ». Il n'y a pas longtemps, la comtesse Dönhoff m'avait raconté à son sujet une histoire incroyable. Elle avait eu lieu durant la guerre, près de Leningrad. Le futur président, entouré de ses collègues officiers, se trouvait dans une pièce où le portrait d'Hitler ornait les murs. (Il pouvait s'agir d'un bâtiment du Comité régional du parti, transformé pour la circonstance en état-major de l'armée allemande.) Les officiers étaient au nombre de six et ils ne se sentaient certainement pas très à l'aise, car l'un d'entre eux se leva subitement, sortit son revolver et dans un geste de rage ou de désespoir, il tira sur Hitler. Celui du portrait, bien entendu. La comtesse n'a pas donné de détails. Je pense qu'un grand silence s'en était suivi, bien qu'un cri de terreur eût été également envisageable. Le cri, ou bien le silence, fut interrompu par le futur président. – Messieurs, déclara-t-il. Avant de comprendre ce qui vient de se passer, nous devons prendre une décision. Je propose que chacun d'entre nous fasse la même chose. Ainsi, nous serons tous coupables, et personne ne pourra nous trahir.

Les officiers acceptèrent; l'un après l'autre, ils tirèrent sur le portrait d'Hitler.

(Cela se passait en 1943, au printemps. Mon père était mort depuis un an. La manucure polissait les ongles.

La petite fille regardait. Les officiers allemands tiraient sur Hitler. Le père de mon ami allemand... Qu'importe! Bohdan Liwski se préparait pour la bataille – du mauvais côté, comme il s'est avéré plus tard. Rząsa prenait dans ses mains un burin et du bois de tilleul. Que d'événements qui, tels les cubes infinis d'un Legoland, construisaient le monde!)

On montrait donc le président; et moi, j'essayais d'imaginer comment il était et je me demandais s'il voudrait bien gracier Stéphane W.

J'ai raconté l'histoire de Stéphane W. dans le reportage intitulé « Le fond de l'œil ». Il était le fils d'une Allemande et d'un Polonais, prisonnier à Dachau; il était tertoriste, membre de la bande à Baader; il fut condamné à perpétuité pour l'enlèvement de Hans Martin Schleyer; il purge sa peine, depuis douze ans déjà, à la prison de Cologne.

Après la publication du reportage, j'ai reçu une lettre d'une étudiante de philosophie à l'Université de Wrocław :

« Depuis longtemps, je m'intéresse au phénomène du terrorisme. Je me sens très proche des terroristes intellectuellement. Je ne parle pas des opinions politiques car, par principe, je suis apolitique, mais d'une attitude de révolte liée à *l'action* (souligné par l'auteur de la lettre). Pour être remarquée, cette action doit être extrémiste et n'accepter aucune règle du jeu. Tous ces gens représentent à mes yeux le symbole d'un état d'esprit où toute conviction intime appelle un acte. C'est pour moi la chose la plus importante. Le sentiment d'être inutile, l'envie d'exister vraiment dans ce monde, de le transformer même au prix de sa destruction ne sont pas uniquement liés aux conditions matérielles.

On peut choisir de rester toujours un « sous-locataire ». J'estime que c'est le seul moyen de rester LIBRE, c'est-à-dire de réduire la pression de la société qui ne sait qu'écraser... Je l'écris au nom de mes amis... Je veux me défendre sans accepter le moindre compromis... »

J'ai l'impression que le terrorisme est un virus toujours présent dans l'organisme social, telle une cellule cancéreuse. Comme le cancer, il s'active dès que l'organisme s'affaiblit. Il reste la question principale : en quoi l'auteur de la lettre et ses amis se sentent-ils brimés par la société? Que voudraient-ils faire une fois libérés de ses entraves? Comment pensent-ils organiser l'espace social reconquis? J'ai écrit à l'étudiante, mais je n'ai pas reçu de réponse.

LE 7 MAI.

En route vers la vallée Kondratowa.

... La porte ornée de l'inscription « Vive le communisme! Vive Staline! » fut enlevée, la caisse emmenée quelque part, sans doute à la morgue. Peu après eut lieu l'exhumation des membres de l'Armée Populaire. Un général arriva accompagné de ses soldats; on fit venir des pelles et des cercueils; la mère de Barbara L. indiquait où il fallait creuser. Comment la mère connaissait-elle les endroits où étaient tombés les insurgés, on l'ignore. Il se peut qu'après avoir découvert le bunker elle continua d'errer dans le quartier de Żoliborz à la recherche de quelqu'un? Le fait est que, dès que les exhumations commencèrent, elle savait exactement dans quels cours ou jardins étaient enterrés des soldats inconnus de l'Armée Populaire, et les indiquait sans la moindre hésitation.

L'enterrement fut solennel : généraux, oraisons funèbres, garde d'honneur, coups de canon, et quelques dizaines de cercueils. C'est ainsi que le quartier des soldats de l'Armée Populaire fut créé au Cimetière Militaire de Powązki.

LE 7 MAI (SUITE).

« Dans un cimetière abandonné d'Aix-en-Provence, j'ai vu une carcasse humaine vide, sculptée dans la roche. J'ai éprouvé le désir de répéter cet acte. Deux mois plus tard... j'ai sorti le premier moulage de terre. J'ai ressenti de la joie pour cette expérimentation réussie, mais en même temps, j'ai été troublé par cette exhumation. J'ai nettoyé la sculpture de terre, et j'ai vu saint Sébastien supplicié; je lui ai allumé une flamme dans la poitrine. »

(Władysław Hasior, « Pensées sur l'art »).

LE 10 MAI.

Sur la route vers la Haute Forêt.

La mère commença à être malade. Elle rentrait du travail (elle était employée au comité varsovien du Parti Ouvrier Polonais comme conseillère aux affaires féminines) et annonçait : « Je l'ai vu. Il marchait dans la rue, alors que j'étais dans le tramway et je n'ai pas pu descendre à temps. Il n'a guère changé; il porte toujours la même veste en laine, couleur kaki... »

La mère commença à avoir peur. Elle avait peur des fantômes, des voisins et des organisations secrètes ourdissant des complots contre le communisme. Elle écrivait des lettres de dénonciation au Service de Sécurité. Ses séjours dans des hôpitaux psychiatriques devinrent de plus en plus fréquents et plus longs. Elle demanda qu'on l'enterrât dans le jardin, enveloppée dans un sac, et que l'on fît pousser des herbes médicinales au-dessus d'elle. Elle mourut en 1957. Sur sa tombe poussent de la verveine, du millepertuis, du pissenlit et des fougères particulièrement recherchées pour leur ionisation négative.

Peu avant sa mort, la mère dit :

– Tu sais... ceux que j'ai ramassés dans les jardins n'étaient pas seulement les nôtres...

J'ai ramassé les cadavres de l'Armée de l'Intérieur...

J'ai voulu que les nôtres soient plus nombreux...

Quelques années plus tard, Barbara L. lut le livre de Stéphane Korboński, *Au nom du Kremlin*. Elle y trouva l'entretien avec le colonel Radosław. Radosław disait :

« ... et à présent je dois mener une lutte pour les cadavres. Quoi, vous ne voulez pas me croire? Eh bien oui, je mène une lutte pour les cadavres. Vous voyez ici le quartier des soldats de l'Armée Populaire, mais il y a peu de tombes, ils ont donc eu peur qu'en comparaison avec des milliers de tombes de l'Armée de l'Intérieur, le nombre de leurs soldats paraisse ridicule, et ils m'ont défendu de continuer d'enterrer les cadavres dans notre quartier (...). C'est à peine imaginable, mais ils en avaient volé quelques-uns qu'ils ont enterrés en cachette de leur côté. »

Tout devenait clair.

EUX, c'était sa mère.

C'est sa mère qui volait des soldats de l'Armée de l'Intérieur dans les jardins de Żoliborz pour que *« les nôtres soient un peu plus nombreux »*.

LE 12 MAI.

A la galerie d'Antoni Rząsa, près de l'accès à la vallée Strążyska.

Il a vécu soixante ans, la première trentaine dans le village Futoma, dans la région de Rzeszów, la deuxième trentaine à Zakopane. Il fit ses études à l'école de Kenar. Kenar n'était pas satisfait de son élève, il l'invitait donc chez lui de temps à autre, lui servait du thé bien fort et répétait qu'il était très important pour un artiste de trouver sa propre voie dans l'art. Rząsa acquiesçait, puis revenait à ses sculptures, rappelant quelque peu l'art traditionnel de Cepelia, et Kenar était à nouveau obligé de l'inviter à prendre le thé. En 1959, Kenar se mit à décliner rapidement. Rząsa restait à son chevet, l'observait puis revenait à la maison où il taillait des esquisses dans du bois. Après le décès de Kenar, sa femme demanda à Rząsa une sculpture pour la tombe. Il termina l'une des esquisses et devint ce jour-là un artiste de génie.

Jusqu'à la fin de sa vie, il réalisa de manières différentes la même sculpture : la souffrance. Elle avait deux visages, celui du Christ et celui de la Mère. Parfois, c'étaient des visages d'Indiens, parfois de Noirs, l'un des Christs portait les vêtements rayés d'Auschwitz, un autre la robe et la perruque d'un magistrat britannique. Le Christ d'Hiroshima avait le visage brûlé, alors que la Mère était agenouillée sur ce que Rząsa avait apporté de Bełżec, du camp d'extermination des Juifs : des morceaux de cendre noire mélangés à des éclats d'une matière blanche et rugueuse...

L'une des sculptures, offerte au pape par Gierek, se trouve actuellement au musée du Vatican. Une seule fois dans sa vie, Rząsa s'était rendu en Italie. Après son retour, il dit : – IL a déjà tout exprimé, alors à quoi bon...? Et durant huit mois, il ne fit plus que des bancs et des tabourets. (LUI, c'était Michel-Ange.) Au bout de huit mois, il sculpta un Christ avec un coquelet à l'épaule. Il l'offrit à l'église de Nowa Huta. Le curé lui envoya un peu de ciment et des briques. Il allait lui-même chercher de grosses pierres dans le torrent de Białka, et se mit à construire la maison. Comme il ne vendait pas ses sculptures, il n'avait pas les moyens de payer des ouvriers. Il travaillait seul, mais ses forces le lâchaient à cause d'une maladie des poumons. Il emportait toujours un petit tabouret en bois. Il soulevait la pierre, la posait au bout de quelques mètres, revenait chercher son tabouret, s'asseyait un instant, reprenait la pierre, puis revenait chercher le tabouret. Le maire de Zakopane programma la construction de la galerie pour les cérémonies de la fête Nationale du 22 juillet; il fit appel aux prisonniers. Rząsa buvait de la vodka avec eux, une vodka au goût amer, et leur donnait des conseils juridiques, en échange de quoi, ils lui racontaient leur vie. Il construisit une pièce, où il plaça quelques sculptures. Il mourut la même année que sa femme. Leur fils, âgé de quinze ans, habita avec la famille d'un étudiant de l'Université Catholique de Lublin, Wojtek B. L'état de siège venait d'être décrété et parmi les quatre frères de Wojtek B., trois étaient emprisonnés : l'un à Strzebielinek, un autre à Kwidzyń, et le troisième à Suwałki. Personne n'eut l'heureuse idée de chercher Wojtek B. à la galerie de Rząsa.

La galerie possède cent cinquante sculptures. Elles sont exposées dans une grande salle et deux petites pièces prévues à l'origine comme cuisine et débarras. Il n'y a plus de fonds pour terminer la maison. Cet hiver, il n'y avait plus d'argent pour acheter du charbon, les murs se sont couverts de salpêtre, le gel a brisé un morceau de toit. Les premières taches de moisissure sont apparues sur les sculptures d'Antoni Rząsa.

LE 13 MAI.

La vallée de Jaworzynka.

... Suivant l'exemple de sa mère, Barbara L. devint communiste. Au lycée, elle s'inscrivit à l'Union de Lutte de la Jeunesse, et à l'Université au Parti. Elle devint premier secrétaire du comité du Parti de l'ensemble universitaire. Quand Staline tomba malade, elle voulut lui courir en aide. L'idée lui vint de trouver une centaine de personnes, deux cents peut-être, qui accepteraient d'offrir leur cerveau à Staline, et, avec tous ces cerveaux ordinaires, on pourrait espérer y choisir les meilleurs tissus pour la greffe. Elle était tout à fait prête à donner immédiatement son propre cerveau, mais un médecin lui expliqua que la science ne pouvait pas encore effectuer ce genre d'opération. Après la mort de Staline, elle prononça le discours dans un amphithéâtre comble : « Il restera dans nos esprits et dans nos cœurs pour les siècles à venir », conclut-elle, et le vice-recteur, assis à ses côtés, fut ému jusqu'aux larmes. Bien des années plus tard, elle dit que le communisme et la religion étaient des moyens de recherche de la vérité. Elle le dit à un homme avec qui elle parlait de plus en plus souvent de Dieu. L'homme en question était le fils d'un écrivain communiste, auteur d'un livre intitulé *L'ancien et le nouveau*; à part cela, il était théologien et professeur d'astronomie (lors de son séjour à l'observatoire de Pasadena, il découvrit une comète). En septembre 1980, assise au pied de la falaise Miętusia, devant la maison de Bronka Polankówna, pas encore brûlée par des incendiaires anonymes, elle ressentit une impression tout à fait singulière : elle se décolla de son propre corps, comme la rétine du fond de l'œil... – Comment a-t-elle pu rester dans tout cela? pensa-t-elle, comme s'il s'agissait d'une autre personne.

Elle rendit sa carte du Parti. Elle quitta l'université. Elle apprit la joaillerie; l'un de ses colliers en argent avait attiré l'œil du Premier ministre Mario Soares qui l'acheta. Elle se mit à rendre visite à ses anciennes amies, à l'hospice. A la voisine qui, sur ses vieux jours, avait cessé d'allumer la lumière, ne laissait plus entrer le plombier, et ne sortait que pour aller déjeuner à la communauté juive, en mettant toujours trois manteaux, l'un par-dessus l'autre, elle expliqua patiemment que c'est ainsi que l'on reconnaissait les fugitifs du ghetto pendant la guerre. Elle se prit d'intérêt pour le yoga. Elle se nourrissait exclusivement de nourriture biologique saine. Elle renonça à la médecine traditionnelle au profit des radiesthésistes, des homéopathes et des ostéopathes, qui l'avaient guérie de tous les maux dont elle avait souffert. Un petit trouble visuel qui persiste encore ne peut être que la preuve de l'ultime effort fourni par son organisme pour lutter contre l'éternité.

LE 17 MAI.

Le Cimetière Militaire de Powązki.

Trois rangées de tombes sans croix, voilà le quartier de l'Armée Populaire. Bohdan Liwski fut enterré tout au bout d'une rangée mais, un an plus tard, on fit le grand nettoyage des allées et on passa entre chaque paire de tombes un cube de granit; une tombe – un cube de granit – une tombe – deux cubes de granit – une tombe – un cube de granit, et ainsi de suite... A cause du granit, il fallait déplacer les plaques des noms, et c'est ainsi que la plaque de Bohdan se trouva quelques mètres plus loin, dégageant un espace libre qui n'existait pas auparavant. Un an plus tard apparut à cet endroit précis une plaque au-dessus d'une tombe anonyme que l'on n'avait jamais vue là auparavant. Deux ans plus tard, il s'avéra que la tombe anonyme abritait la dépouille d'un certain « lieutenant tireur Tadeusz », et qui plus est, elle était dans une symétrie parfaite par rapport aux cubes de granit.

Le quartier comporte dix tombes ornées de plaques « soldat inconnu », et quelques-unes avec juste un pseudonyme. Les membres de l'Armée Populaire n'étaient pas nombreux et ils se connaissaient tous les uns les autres; selon Barbara L., ils auraient pu sans la moindre difficulté identifier les noms de leurs camarades tués.

Selon Barbara L., les morts anonymes enterrés dans le quartier de l'Armée Populaire étaient tous des soldats de l'Armée de l'Intérieur que sa mère avait ramassés au fond des cours et des jardins.

LE 20 MAI.

Żoliborz, l'escalier numéro 9.

Il n'y a plus de piano à queue. De cette époque-là, il

ne reste que des poignées de portes, les planches d'un parquet et l'érable derrière la fenêtre. Barbara L. se souvient que les deux femmes étaient toujours assises près de la fenêtre, à une petite table. Mme L. était assise de dos, alors que la manucure tournait le visage vers la lumière. La petite fille se tenait debout, près d'elle. Elle avait cinq ans, sa tête n'arrivait pas jusqu'au rebord de la fenêtre, elle ne pouvait donc pas voir l'érable, d'autant plus que l'arbre ne devait pas être bien haut à l'époque, à peine jusqu'au premier étage. La petite fille pouvait bien regarder les nœuds dans les planches du parquet, elle avait pu toucher la poignée de la porte. C'est une vieille poignée aux bords élimés. Peut-on préserver l'empreinte des doigts d'une petite fille qui n'existe plus... depuis combien de temps la petite fille n'est-elle plus?

LE 20 MAI (SUITE).

... Bohdan Liwski avait une fiancée, Thérèse L. Elle avait six frères et sœurs élevés par une bonne, Hélène Kowalska. La bonne était gaie, elle avait un visage paisible et une grosse natte rousse. Au bout d'un an, elle entra au couvent et prit le nom de Faustine. Quarante ans plus tard, la mère de Thérèse fut invitée à Cracovie, au procès d'instruction de la servante de Dieu, Faustine Kowalska. Le procès fut clôturé par le cardinal Karol Wojtyła, et le dossier transmis à la Congrégation pour les affaires des saints, à la cour de Rome.

Faustine avait des révélations. Depuis l'âge de sept ans jusqu'à sa mort, elle voyait se manifester le Christ qui dirigeait ainsi sa vie et ses actes. On l'accusa d'hystérie, on la suspecta de succomber aux illusions, ou d'être devenue la proie de l'esprit du mal. Elle était un être simple, humble et très seul; malgré cela, elle n'arrêtait pas de s'accuser d'orgueil et de vanité. Elle priait la miséricorde pour l'humanité et le monde. Un jour, elle demanda la miséricorde pour la Russie. (*« Après la communion, Jésus m'a dit la chose suivante : – Je ne peux plus supporter ce pays, ne me lie plus les mains, ma fille. J'ai compris alors que c'était grâce aux prières des âmes proches de Dieu que toute cette nation échappait encore à l'anéantissement divin. Oh, comme je souffre pour ce pays qui a chassé Dieu de ses frontières »*, écrivait-elle dans son journal, le 16 décembre 1936.) Elle mourut de tuberculose à l'âge de trente-trois ans.

Les maîtres de Faustine, M. et Mme L., sont décédés depuis longtemps.

L'une de leurs filles est peintre, elle peint l'histoire du peuple juif depuis la création du monde jusqu'à l'insurrection de Varsovie. Elle considère qu'Adam et Ève étaient également juifs, bien que, comme me l'a expliqué Kostek Gebert, les Juifs commencent seulement à partir de l'Alliance et du mont Sinaï. Et le mot « Juifs » en tant que peuple, a-t-il ajouté, est apparu bien plus tard encore, dans la diaspora, dans le Livre de Daniel, et tout de suite dans le contexte d'une accusation. Les Chaldéens rapportèrent au roi que les Juifs refusaient de vénérer la statue d'or. Le roi ordonna de chauffer la fournaise, « sept fois plus qu'on était accoutumé de la chauffer », et d'y jeter les Juifs. Heureusement, Dieu envoya un ange qui aida les Juifs à traverser les flammes : « les cheveux de leurs têtes n'avaient pas été brûlés, et leurs caleçons n'avaient pas changé, et l'odeur du feu n'avait pas passé sur eux ».

Ainsi, Dieu – quand il le voulait – était capable d'envoyer un ange et de sauver les Juifs du four crématoire...

Et c'est tout, au sujet de la fille de M. et Mme L., celle qui est peintre.

La fille cadette, celle qui a été fiancée à Bohdan, est mariée et elle a des enfants et des petits-enfants. *« Les jeunes filles, leurs amies d'antan, sont toutes mariées depuis belle lurette...* » aurait chanté M. Rysiek si, durant la deuxième guerre mondiale, il n'avait pas été exécuté par ses camarades du Parti, pour son retour de Lvov, pour ses sentiments antisoviétiques, pour avoir rejoint l'Armée de l'Intérieur, bref, pour avoir trahi les idéaux du Parti.

DOMAINE EUROPE CENTRALE

Collection dirigée par Ibolya Virág

JOSEF HIRŠAL

Bohême bohème

traduit du tchèque par E. Abrams, prix Laure Bataillon, 1992

BOHUMIL HRABAL

Les Palabreurs

traduit du tchèque par M. Canavaggio

SAULIUS T. KONDROTAS

L'Ombre du serpent

traduit du lituanien par U. Karvelis

HANNA KRALL

Les Retours de la mémoire

traduit du polonais par M. Carlier-Tomerska

GYULA KRÚDY

Le Compagnon de voyage

traduit du hongrois par F. Gachot

Le Prix des Dames

traduit du hongrois par I. Virág et J.-P. Thibaudat

SÁNDOR MÁRAI

La Conversation de Bolzano

traduit du hongrois par N. Zaremba-Huzsvai et Ch. Zaremba

Les Révoltés

traduit du hongrois par L. Gara et M. Largeaud

Cet ouvrage a été achevé d'imprimer sur Roto-Page
par l'Imprimerie Floch à Mayenne
pour les Éditions Albin Michel
en janvier 1993.

N° d'édition : 12456. N° d'impression : 32625.
Dépôt légal : février 1993.

Imprimé en France